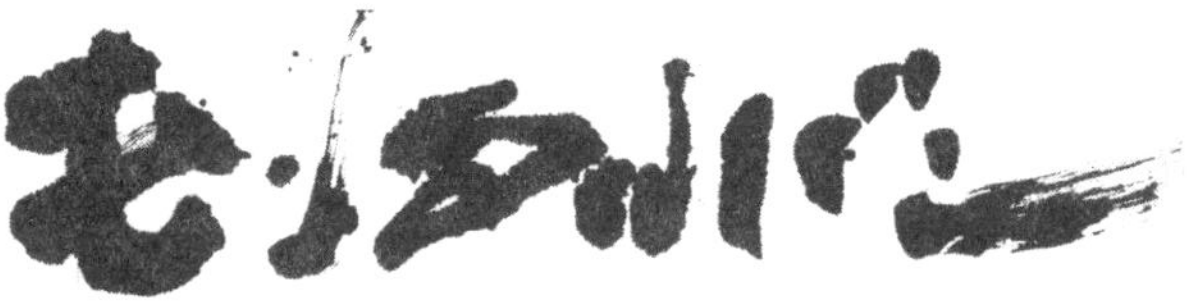

島田真祐

Shimada Shinsuke

石風社

装画　中村賢次
題字　三嶋天鴻

目次

モンタルバン

第1章　ル・チリソビレ

一

蕎麦屋と履物屋との間にのぞくいかにも旧式の簡易舗装路を左に折れると、浅い袋小路がそっくり見通せた。どれも古風なたたずまいの時計屋、菓子舗、種物屋などが低い軒を並べた突き当りには、場所柄に不似合いな常緑の大樹が一本。その下枝に半分隠れるように、見覚えのある横文字仮名書きの店名を刻んだ木扉が沈んでいる。

間違いなく、以前と同じ場所に、同じ名の酒場はあった。

持ち重みも十分な扉を押す。ドアベルの代わりに金具のきしりが短く尾を曳《ひ》いた。

客席の天井灯はまだ点《つ》けられておらず、十脚ほどの高椅子の据えられた板張りには、外の宵闇と同じく春先の冷え生臭いような薄闇が積んでいた。

カウンターの内側だけがぼうと明るい。そのぬるい明かりを浴びて、こちらに向けられて白い貌《かお》。それも、八年前に見知った婦人のものに紛れもない。

「いらっしゃいませ」
程よく澄んで落ち着いた声を聞いたとたん、思わず小さな溜め息が漏れた。

——ずいぶん以前二、三度貴君を伴った中野駅南口近くのスタンド・バーを覚えていますか。そこを訪ねて、まだ同じ店があり、あの折に貴君も会った同じ女性がそこに居たら、できるだけ内密に、同封のものを渡して下さい。もし店がなかったり、店の名が変わっていたり何よりその女性がおらず別の男か女であったりしたら、何も喋らず、何も渡さず、そのまま黙って退散してもらいたい。また、同じ屋号の店が元のところにあるが、たまたま休みだったり、その女だけ留守といった場合には、二、三日おいて一度だけ再訪してみてくれ。それで埒《らち》のあかぬときは、この件はなかった事として、一切忘れてほしい。くどいようだが、貴君には何のかかわりもない名も知らぬはずの女、それ以上の詮索は、さらに御無用——

母の三回忌で久しぶりに帰郷した九州の実家で兄から叔父の私信を手渡された。兄の昭一宛てに送られてきた小包の中身はいくつかの小函《こばこ》や袋に小分けされ、中の殊に梱包のしっかりした紙包みだけに、柏木昭二様の表書きがあったという。
「法事の四、五日前に届いたから、てっきり御供えと思ったが、中に入っていた便りから考えると、叔父貴はどうやら母さんの死去の事をまだ御存知ないらしい。そういえば一昨年の葬儀にも不参で、同じ東京にいるお前さんにもずいぶん各方面に当たってもらったが、とうとう連絡のつかず仕舞いだったよな。何せ九年前の祖父《じい》様の葬儀の時の一方的な絶縁宣言以来はじめての音信だからな、これが。で、俺宛ての文面から想像するにいまはどうやら東南アジア諸国を漫遊して優雅に生きておられるらしい。どんな伝《つて》でこちらに届いたかはわからぬが、その南洋からの土産物は、期せずして法事の御供えには加わった。これも仏縁と言うべきかな」

仏壇の前の供物台に盛られたドライフルーツの派手な化粧箱の小山の方に、昭一兄は軽く顎を振った。口調と言いまわしからこぼれる揶揄《やゆ》の棘を隠そうともしなかった。

「お前さん宛ての小袋は開けていない。子供の頃から叔父貴に馴付《なつ》いていたお前さんには、もう少しはまともな事が書いてあるかもしれん。具体的な情報があったら後で知らせてくれ」

そう言って昭二の分の紙袋を手渡すと、兄は仏間を出て行った。決して意地悪な兄ではない。旧制中学の教官だった父親を慕って大学も教育学部に入り、望みどおりに新制高校の教師となった正直で真面目な男である。その、戦死した父に似ているといわれる背筋のよく伸びた後ろ姿を見送って、ひとりにしてくれた兄のさりげない厚意を有り難く思った。

厚紙で二重に包まれた小分け包みの中身は、さらに二包の袋に分けられており、一方の表には昭二の名が普通の縦書き漢字で、他方のより分厚い紙袋の下方にはむしろ小さく片仮名横書きで「ル・チリソビレ」の墨色に近いインキ文字が見てとれた。

兄が残しておいてくれた紙鋏を借りて、自分宛ての紙袋の封を切る。宛名と同じ万年筆で書かれたらしい細字で埋められた航空便箋が二枚。そして、半透明のセロファン紙で包まれテープでとめられた、厚みが一センチを超える千ドル札の束。思わず手が震えた。

昭一兄は賢明だった。いや賢明なのは兄ではなく、自分宛ての到来品以外には決して手を出さない昭一兄の生来の律気《りちぎ》さを見抜いている叔父の方といえた。

いきなり「用件だけを書く」に始まる文面を一読。胃の腑に苦い水を落とし込んだような衝撃があった。

長年にわたる無沙汰の詫びも、昭一兄への便りにはあったらしい近況報告の類も一切なかった。末尾は、「本来余人には任せられぬ私用だが、事情があって、動けぬ」。「だから、貴君に頼む」とは書かれていない。いかにも旧職業軍人の尊大な書き様といえなくはないが、肝心の用件の記述部分にも散見される痛々しいほどの語法の乱れや表現の粗さは、尊大さや横柄さよりもっと生々しい叔父の苦境と衰弱を感じさせた。便箋の漉《す》き目ごしに、悪熱にあえぐ荒い息づかいがきこえてくるようだった。

どこか遠いところで、叔父は死にかけているのではないか。

ほとんど無意識に腕時計をのぞいた。今夕羽田に着いたらその足で中野へ直行しようと思い立った。

小柄な和服姿が、カウンターの脇戸を身軽に抜けて客席側のフロアーに出てきた。途中でスイッチを入れたのか、天井灯が点き、真近に対面しての挨拶となる。

「私は……」と言いかけると、微笑を浮かべた婦人は人差し指を唇のところへ持っていき、一呼吸置いて言った。

「存じております。柏木大尉の甥御《おいご》様の昭二様でしょう。お久しぶりでございます。よくおいで下さいました」

ほっとした。同時に、ふと、子供の使いという言葉が浮かび、叔父に遊ばれているのではないかとの一抹の懸念が横切った。

「僕もあなたのお名前を憶《おぼ》えています。たしか、明子様でしたね」

婦人の微笑が広がるように見え、脳裏に兆した奇怪な疑念の粒も姿を消した。

叔父は便りの中で「貴君には何のかかわりもなく名も知らぬはずの」と書いているが、彼女の名を教えたのは、他ならぬ叔父だった。それも、際立って無愛想な傷痍《しょうい》軍人にしてはずいぶんと興の入った紹介の仕様だった。

「俺の名は大正生まれの二男坊で大二、お前さんは昭和の御世に生を受けた同じく二男だから昭二、そして、この女《ひと》は、生まれたのはもちろん明治ではないが、祖父様が維新の元勲の御一人に連らなるゆかりから付けられたという明子様。特別に珍しくも目出たくもないが、近代日本の年号の揃い踏みというわけだな」

そう言うと、照れ笑いのつもりか片頰に浅い刃痕のような横皺を走らせて、ぐい呑みを傾けた。

「貴方《あなた》が大尉とおいでになった最初の夜でしたね」

同じ光景を思い出してか、明子さんの微笑がさらにしっとりと深まるように見えた。

他に客もなく、カウンターの奥にあるはずの調理場からも人の気配は伝わってこない。叔父の便り中にある「内密に」の依頼用件を片付けるには絶好の場面だが、間に十年近い歳月を置いての再会の直後、立ちながらいきなりというわけにはいくまい。しかし、勤め帰りの客が立ち寄るのに都合のよい駅近にある酒場の、それも宵の口。好機が何分つづくかわからない。逡巡している暇はなかった。気負い込んでこんな時刻にここを訪ねたことが、悔やまれた。

唐突は承知の上だった。昭二は右手にさげたままの旅行バッグの脇ポケットから分厚い紙封筒を取り出した。

「叔父からの預かり物をお渡しするために参りました」

「柏木大尉からの」

きき返す明子さんの声が少し上ずった。

「でも、あのお方は、七年前から……」

後の文句は発せられなかった。黒目がちの眼が見開かれ、掌《てのひら》で押さえた口から短い悲鳴が漏れた。

「まさか、あの方が……」

昭二は急いで首を大きく横に振り、婦人の動揺が少し収まるのを待って、昨日、今日の熊本でのことを手短に話した。詳しく話そうにも、叔父に関する情報といえば、突然に実家に届いた小包以外になかった。

「この中に、叔父がいま、どこで、どんな状態で暮らしているのかが分かる便りが入っているかもしれません。それは、私もぜひ知りたい。明日、もう少し早い時刻に、ここに来ます。とにかく、今日は、これをお受け取り下さい」

懇願とも命令ともとれる口調しか出なかった。自分の胸を抱くように組み合わせられた明子さんの手に、紙袋を押しつけるのがやっとだった。


扉を開けると、西に傾いた春先の陽光が薄暗い客席フロアーに遠慮がちに射し入った。たかだか二度目なのに、昨日、今日のせいかドアのきしりがどこか耳馴れてきこえる。

カウンターの客席側で、明子さんの出迎えを受けた。ワンピースの上に濃紺のカーディガンを羽織っただけの、昨日の和装から一変した軽装が、なぜかかえって二、三歳老けて見える。

「近所の喫茶店へでもと存じましたが、お話の次第では何かと不都合もあるかと思い直しまして、こちらでお待ちいたしておりました」

口調も、向けた眼差《まなざし》も重く、固かった。左手に、昨日昭二が押しつけるようにして渡した紙袋があった。仄暗《ほのぐら》い表情がさらにかげった。

「遠路、折角のお骨折りでございましたが、これはお返しいたします」

突風を浴びる気がした。案の定、例の紙袋が、昭二の目前に差し出されていた。

「なぜです。昨日の僕のお渡しの仕様が、唐突で失礼にすぎたからですか。そうでしたら幾重にもお詫びします」

相手の切り口上に合わせて自分の声が上擦るのがわかる。昨日の自分の身勝手な言動への後悔が苦酢を飲んだように、せり上がってくる。

「いいえ、そんな事ではございません。封筒の中身が、私のお受けするようなものではないからです」

「中のものとは」

聞き返しながら、自分が汚れた虫の屍《しかばね》に化身したような気分になる。あらためてはいないが、想定しなかった訳ではない。紙封筒の重みと手ざわりから、自分あての小分けの内容物と同様なものが入っている事は、おのずとわかっていた。しかし、なぜかそれが言えなかった。

「御存知ではありませんでしたよね。昭二様は」

昭二は、目前の紙袋に視線を落として、あいまいに首を動かした。

「外国のお金です。それも、大層な額の」

不吉なことでも口にするように、明子さんの短い言葉の語尾がくぐもっている。

「それだけですか。大二叔父からの便りとか、何か、書いたものとかは」

「ございません。ただ、札束の上に、この小さな紙切れが」

紙袋から、明子さんは名刺大の紙片をとり出した。受け取って読むほどの手間も要らなかった。

一行四文字で、「相済まぬ」

宛名も、署名も、年紀日付も一切ない。昨日から見馴れている墨色のインキ文字だった。

「これだけ」

今度は、明子さんの方が首を縦に振った。同時に、無言でこちらに向けられた暗いが端整な表情に、亀裂めいた細波が立った。見開いたままの両眼に涙の粒が湧くのが見えた。

差し出されていた紙袋が、不意に昭二の胸に圧しつけられる。さらに、それ以上の圧力が加わるのを、呆然としながら受けとめる以外にはなかった。

昭二の胸のあたりで微《かす》かな嗚咽《おえつ》が漏れたのは、ほんの数秒。すっと圧力が消え、気付くと、二、三歩離れたフロアーに、洋装の婦人が端然と立っていた。

「お見えになって早々に、年甲斐もなく取り乱しまして、どういたしましょう。お茶でもさしあげて御話をと、その用意までいたしておりましたのに、ご挨拶をしていますうちに、ふと昭二様があのお方に思われて、自分でも訳が分からなくなったようでございます。どうぞお許し下さいませ。あらためまして、あちらの御席へ」

明子さんの案内に従って、カウンターの奥の方の高椅子に就《つ》く。昭二の方が操り人形になったような気分だった。腰を下ろしたとたん、八年以前と同じ席に就いた直感があった。が、一方でどこか違和感もある。あの折に就いたのは、カウンターの奥から二番目の椅子だった。すぐ左脇に隣接する一番奥の壁際は大二叔父の指定席だった。満席の夜も叔父は平然とそこを占めていたし、昭二が呼ばれた夜には隣の椅子も予約席として空けてあった。

その叔父の指定席がなかった。いや、高椅子は元の位置に立っていたが、椅子の用を放棄していた。いまそこにあるのは、背凭《せもたれ》から高脚の裾まで広く厚手の藍布《らんぷ》が掛けられ、さながら頭布外套《ずきんがいとう》をまとった高椅子の化け物といった代物だった。台上には備前焼らしい、大ぶりの花立が据えられ、白木蓮の枝ものが活《い》けてある。枝の一本は昭二の頬に触れるほどに近い。ほのかな香りさえ漂ってくる。この花にも、見覚えがあった。

「この店の名の由来は、何。そもそも、ル・チリソビレって、どんな意味ですか。冠詞みたいなのが頭についてるから、フランス語らしいけれど」

ダブルのハイボールの二杯目を一口のんだ頃合い、何故かたずねかねていた問いを口にした。十数年ぶりに会って十日目、決して平穏な形の再会ではなかったが、それから少しは普通に話ができるような日数はたっていた。

「お前さんは、中学の何年生だったかな」

「大学の三年生ですが」

叔父の話法に仕掛けられる、剃刀の細片を混ぜ込んだような棘に備えて、わざと無愛想に応じた。

「で、それも分からんのか。情けない。旧制中学の一年坊主にも劣る学力のようだな、いまどきの大学生は」

叔父は自前らしい徳利《とっくり》から、これも同様のぐい呑みに日本酒を注ぎながら、抑揚を欠いた低い錆声《さびごえ》で形だけは大袈裟な慨嘆を漏らした。

スタンド・バーながら、西洋酒場らしい装飾も雰囲気もほとんど見当たらぬ店内の設《しつら》え。冷えた欝屈《うっくつ》の細粉でも混じっているような仄暗い照明。そして、来る度に目につく、木蓮か辛夷《こぶし》か見分けのつかぬ白い花の盛花《もりばな》。それらは、幼い頃に身近にあった大二叔父の日常にまつわる風物であり、それらのかもす臭いだった。改めて確かめる必要はなかったかもしれない。しかし、なぜか、その答えを叔父自身の口からききたかった。十日前の新宿淀橋署前での意趣返しがどこかで牙をむいていたのかもしれない。

「仕方ないか。大事な甥御だからな。よく覚えとけよ。死に損ないという意味の古代ロマン語だ。パリにある廃兵院の墓誌などにはよく出てくるらしい」

叔父の口辺にいつもの自虐とも露悪ともつかぬ歪《ゆが》んだ微笑が湧いていた。

「嘘でしょう。無学な甥にだからこそ、嘘を教えてはなりません。叔父さんの造語でしょう。この妙ちきりんな偽フランス語は」

叔父の微苦笑の歪みが、ほんの少し濃くなった。叔父は無言のまま、カウンターの上の箸袋を裏返しにした。ついで縦細の短冊状の白紙側に、昭二のポケットから出させたボールペンの筆先を走らせた。

「る・散りそびれ」

達筆といってもよい筆跡だった。

第1章　ル・チリソビレ

「絵に描いたようなどころか、まさに字で書いた、ル・サンティマン」

我ながらこれ見よがしの芝居がかった声音だった。わずかでも笑いを添えてでもいたら、十中八、九、鉄拳が飛んできたに相違ない。

叔父は黙っていた。黙ったまま箸袋を四つに裂き、灰皿に落とし、マッチを擦って火をつけた。叔父の目にその炎が映え、生の怒気とは少し色合いの違う不思議な濃淡の影が揺れていた。

灰皿の上の小さな炎は、すぐに燃え尽きた。

叔父の視線が灰皿から昭二の貌に戻った。感情の種別の読みとれぬ、老いた猛禽《もうきん》のような眼だった。何でもしでかしそうで、何もしそうにない目だった。

叔父は顎先を短く振った。「出て行け。二度とここへは来るな」

呟きに近い低い声だった。


「お気付きでしょう」

昭二が運ばれたばかりの湯気の立つコーヒーを一口のむのを待って、カウンターごしに明子さんが声を掛けた。視線だけは、昭二の左隣の席に向けられている。

「はい、ここにご案内を受けてすぐに。叔父の定席が、いつからお花の指定席に変わったのですか」

「七年前、昭二様がおいでにならなくなった翌年の春からです。あの頃と変わらずお花はいつも、白椿《しろつばき》か白木蓮。夏の間に、似たようなお花を探すのが大変です」

「その頃から、大二叔父はここに現れなくなったのですね」

頭の中で、歳月を数える算盤《そろばん》をはじく。

「え、。でも、あの方はきっとお帰りになります。あのよくきしる扉を開けて。それまでは、その白いお花の指定席。ほかの誰にも座れません」

そう言うと、明子さんはカウンターの腰板の下に置いていたらしい例の紙袋をとり出して、昭二の前のコーヒーカップの傍《かたわ》らに置いた。

「ですから、これをお返しするのです」

「それを受け取れば、大二叔父がここへ帰ってこれないことになるからですか」

明子さんは黙って頷《うなず》いた。数呼吸おいて、反問がきた。

「あのお方は、生きていらっしゃるのですよね」

今度は、昭二が頷く番だった。

「そう思います。少なくとも、この紙袋の封が掛けられた数週間以前までは。確実に」

答えながら、答え方がそれでよいのか、この場での対応の理と情に適《かな》っているのかどうか、まったく自信がなかった。

「どちらでですか」

問い返しは、早かった。

「正確にはわかりませんが、兄への便りや土産品の内容から、フィリピンの何処かではないかと思われます。実は、あなたへのお便りにその辺の事情が詳しく書かれているのではと、期待していました。それが、あなたの御都合も考えずあわただしくこの紙袋を持参した理由の一つです」

「フィリピン」と、明子さんは短く呟き、それはひとまず仕舞い込むようにして、別の問いをたたみかけた。

「もう一つの理由とは何ですの」

「私宛ての便りの末尾に、『事情があって、動けぬ』という文言があったからです」

「動けぬ」

これにも小声での反復がつき添った。

「御承知のとおり、叔父は片一方の脚が義足で、日常の立ち居振る舞いも不自由な傷痍軍人です。ですが、その事を他人に訴えたり、嘆いたり、それを理由に自分の言動を抑制したり、遠慮したりすることはありません。いや、逆にそうすることを最も嫌い、軽蔑する、痩せ我慢の化石のような、厄介な御人《おひと》です。多少の不自由で、つまり思いどおり動けぬことで弱音を吐く人ではありません。その叔父が、『動けぬ』と書いています」

昭二が息を継ぐ間に、明子さんが再度、今度は「事情があって」の語を加えて反復した。

「そうです。問題はその事情ですが、それがさっぱりわかりません。ただし動けぬだけでは、様々な事情が考えられます。単純に道で転んで足腰が立たなくなった。老齢にヘルニアなどの痛みが重なって歩行が適わない、南方特有の悪性の風土病に罹《かか》って病床に伏している。あるいは、誰かに拘束されるか、監視下に置かれるかして物理的にも法的にも移動の自由を奪われている、または、余人に知られては都合のわるい理由から意図的に潜伏しているなども考えられます。いずれにせよ、大二叔父が抱えている事情、置かれている状況は、かなり厄介で厳しいもののようです。そんな切迫した気配が、この無作法な甥を、ここへ走らせたのです」

一口のコーヒーのせいか、昭二は急に雄弁になった気がした。

真っ直ぐに向けられている明子さんの眼に、涙の粒とは異なる小さな輝きがにじんでいる。

「私も同じことを心配しつづけていました。昨夜あなたがここからお帰りになった後、置いていかれた封筒を開けて、『相済まぬ』の書きつけと外国の高額紙幣の束を見たとたん、何かに胸を刺されました。あのお方の命が危うい、どこか遠くで死に瀕《ひん》していらっしゃる。そんな思いが胸からおなか、そして喉から脳天まで一気に刺しつらぬき、気がついたら、そこのフロアーに座り込んでいました。どうにか立ち上がりましたが、その後ずっと、そんなはずはない、いや、きっとそうにちがいないという耳鳴り混じりの反響が身体《からだ》中を駆けめぐり、頭はふらついて物につかまり立ちをしていなければならない有様《ありさま》で、とても仕事にはなりません。昨夜は珍らしく予約もなく、七時過ぎてもお客様がお見えにならないのをよいことにして、とうとう表に臨時休店の御《お》詫札《わびふだ》を掛けてしまいました。そして一晩、寝もやらず、あのお方の無事をお祈りして過ごしました。そうして決めたのです。この封筒はいただいてはならぬ。いただいたら、あのお方は本当に亡くなられると。昭二様がお感じになった不吉な予感と切迫感と同じものを、私も感じたのです」

明子さんの目に混乱の影はなかった。泣くだけ泣いた後の、何処か清澄な決意のようなものが沈んでいた。

困ったなと、昭二は思った。

明子さんの言うことは、よくわかった。正直うれしくもあった。彼女がもし、「そうですか、御苦労さま」とばかりスルリと紙袋を受け取ってくれたとしたら、ほっとする一方で、なんだそんなものかといった白けた気持ちがどこかに湧いただろう。とはいえ、このような情理を尽くされての完全拒否では、肝心の叔父の依頼に応える術《すべ》をまったく失うことになる。とりあえず預かってもらうなどという、いい加減な方便も通じまい。それでは、文字どおりの子供の使いではないか。

「どうしたら、お受け取りいただけますか」

間の抜けた情け無い言い種《ぐさ》が、そのまま声になった。

明子さんは黙って、こちらを見ている。揶揄するでも同情するでもない、何か考え事をしている眼だった。


「コーヒーが冷めてしまいましたね。お入れ替えしてまいります。私も御相伴させていただきたくなりましたので」

カウンターごしに、ワンピースの袖に包まれた腕が伸び、半分以上中身の残った白磁のカップがソーサーごとひかれた。素早く、しなやかで、しっかりした動きだった。しかし、五センチと離れていない傍らの紙袋には、指も触れなかった。

考えてみれば、昨日、今日を除けば、この店に来たのも、明子さんに会ったのも、八年以前の三度だけ。その三度も大二叔父の同伴下で、明子さんと直《じか》に話した記憶は皆無に等しい。出自、来歴も、叔父とのかかわりも知らず、年齢も姓さえもわからない。しかも、一別以来、叔父のことはともかく、この酒場の女性について思い出したこととてついぞなかったのだ。いまここにいる実在感がスウーッと薄くなっていくような気分に襲われて、昭二は思わず首を強く振った。

コーヒーの香りが右脇の方から近寄って、新しいカップが昭二の前に置かれた。

「よろしければ、私もお隣に座らせて下さいませ」

自前のカップを置いて、明子さんが右隣の高椅子に腰を下ろした。コーヒーの香りに混じって、白木蓮の花の香りが少し強くなった気がした。

二人黙って、しばらく、コーヒーを味わう。

「昭二様は、さきほど、フィリピンとおっしゃいましたね」

カップをソーサーに戻す微かな音がして、明子さんが話しかけた。いちだんと落ちついた口調だった。

「え、、そう申しました。明子さんに何か御心当たりでも」

昭二もちょっと身構える気持ちで、飲みさしのコーヒーをソーサーに戻した。

「いいえ、特別なことではございません。ただ、以前にあの方がその国の名を口にされていたのをふと思い出したからです。あの方は御自分の事、特にあの戦争のことについては決して御自分の方からお話になることはございませんでした。ただ、ずっと以前の或る夜、店に訪ねてこられた同じ年恰好の男の方とのお話の中にフィリピンの名が出ていたのを覚えています。何故かわかりませんが、それは傍目《はため》にも激しい言葉の遣《や》り取りで、私の他に人が居なかったのが幸いなほどでした」

「それは、いつごろの事ですか」

激しい言葉の遣り取りという表現が気になった。

「昭二様がここに来られて、程なく来られなくなったすぐ後の頃ではなかったかと存じます。それから間もなく、あのお方もここにいらっしゃらなくなりました」

言葉尻が、少し湿り気を帯びていた。

潮時だと思い定めた。

「御存知かもしれませんが、叔父はあの国での戦いで片脚を失いました。そして、時も場所も違いますが、叔父の兄、つまり私の父親も同じあの国で戦死しました。それが、熊本に届いた小包の、少なくとも中身の小分け分の送り元がフィリピンではないかと推測する根拠ともいえぬ黴《かび》の生えたような根拠です。ところが現在、その送り主と思われる叔父は『事情があって、動けぬ』

という切迫した状況下にあると思われます。そして、そのことを危惧することでは、明子さんと私は同じです」

し馴れぬ演説口調は疲れる。しかし、ここは気張らねばならぬ。今日も紙袋を持ち帰ることだけは、御免だった。

「なによりもまず、叔父の所在を探り、安否を確かめなければなりません」

明子さんが目を見開いたまま、大きく頷くのが見えた。

「中身がどうであれ、明子さん宛ての紙袋です。それまで、保管しておいて下さい」

短い大演説を終えて、昭二は残りのコーヒーを飲み干した。


黒い鳥が一羽翔《と》んでいる。

ほとんど羽搏《はばた》かないで、垂れこめた雲の下を滑るように旋回しているのを見ると、鴉《からす》ではなく鳶《とび》らしい。目を凝らすと、翼の端が人の掌《て》のように分かれているのも見える。

「鳶が、そぎゃん珍しかかい」

頭上から、叔父の声が降ってきた。

「いえ、でも、僕たちに付いて来るごたる気のして」

「常題目《じょうだいもく》のお墓へか」

「はい」

「鳶と連れ立っての葬《とむら》いか、あんがい兄貴にお似合いかもしれんな」

昭二にだけ聴きとれるような小声だった。

「どうして、鳶が父さんに似合うとね」

一歩分だけ足を止めて、叔父の顔を見上げた。曇り空と帽子の蔭のせいか、叔父の顔はぼうと黒ずんで見えた。

「いや、鳶のことではなか」

叔父はちょっと言い淀《よど》んだが、すぐに語調を元にもどして、つづけた。

「昭二坊の御父上が戦死された南方の島には、猿喰鷲《さるくいわし》という大鷲のおってな。猿ば食いものにしとる強か鳥たい」

「えっ、猿ば食うとね。父さんも見たろうか。その怖ろしか鷲ば」

思わず、叔父と繋いだ右手に力が入った。大二叔父は松葉杖をついていない方の左手で昭二の手をひいている。

「深いジャングルの中とか奥山の岩場とかにおって人里には滅多《めった》に出てこん化け物のごたる鳥だけん、大一兄さんが見たかどうかはわからん。おれは一度見た。市中の食い物屋で見世ものに飼われとった鳥で、かなりしょぼくれてはおったが、嘴《くちばし》も爪も大きく、頭に冠毛も立ち、何より眼が底光りして、他の鳥には見られぬ威風があったたな」

「イフウって、なに」

「相手を圧倒するような迫力たい。道場で向い合ったとき、大一兄さんの体から吹いてきよった無言の気合のごたるもんたい。捕らわれの身でなおあの風格、自由に空を翔んでいる野性の猿喰いにお目にかかりたかったんだが」

叔父の掌の力がちょっと緩んだような気がした。その、ふっと力の抜けた感じは、つい先程、束《つか》の間抱かせてもらった白木の箱の軽さに似ていた。

「重くはないが、しっかり持って、決して取り落とすなよ。父さんの魂の入っとるとだけんね」

兄は怖い口調でそう言うと、しぶしぶという感じで、自分の首に懸けていた白布に包んだ白木の箱を昭二の両腕に抱かせてくれた。

早生まれの小学校一年生の細腕にも、呆《あ》っ気なさすぎるその軽さ。

「魂て、軽かね。空っぽだろ、これ」

ついそう口走って、箱を少し揺すってみた。カサ、カサと乾いた軽いものが、こすれ合う音しかしなかった。

「何ばするとか、こん馬鹿が」

唾のかかる近くから罵声がとび、すばやい手付きで箱は兄に奪い返されていた。六年生でも大柄な兄の目は本当に尖っていて、怖かった。びんたは飛んでこなかった。墓地へ向かう葬列の出発時で、白木の箱を抱いて最前列をつとめる昭一兄は、同じく白木の位牌《いはい》をささげる母に促されて、門前の通りの方へ出ていった。

玄関口に屯《たむろ》した喪服の大人たちは皆黙っていた。祖父母、親戚、近所の大人たちもいた。その人たちが皆険しい表情で自分を睨《にら》んでいるように思えて、昭二は無性に口惜《くや》しく、悲しかった。泣きだしたかった。しかし、そうすれば、「男の子のくせに」とか、「戦死された父上がさぞ悲しまれましょう」といった文句が降ってくるにちがいないと思うと、ますます身が縮んだ。ごく幼い頃から、どうにも仕様がなくなると、しゃがみ込んで、両膝の間に顔を突っこんで小さくなってしまう癖があった。そうなろうとしていた。

その時、右手に大人の手が触れた。誰の手かは、すぐわかった。昭二の右手に左手を繋いでくるのは、大二叔父さん以外にない。

「昭二行くばい」

叔父はそれ以外何も言わず、昭二の手をひいて、動き始めた短い葬列の最後尾に連れて行った。

「昭二坊やの言う通り、箱は空っぽ。軽いのは当たり前」

歩き出して、すぐ前を行く大人たちと少し距離ができた頃、叔父が声を掛けてきた。

「でも、中でカサカサ音がした」

答えながら、昭一兄の怒声と尖った眼差がよみ返る。

「あれはな、御国《おくに》から届いた大一兄さんの戦死を知らせる書きつけと、兄者が出征前に残していった髪の毛で、遺髪と呼ばるるものたい」

「それだけ?」

「それだけ」

同じ文句が上下六十センチくらいの宙を行き来した。

「じゃあ、父さんのお骨はどこにあるの」

「ないよ。ないから、紙きれと髪の毛が入っとる。つまりな、大一兄さんの死に立ち会った人も、遺体を確かめた人も、その証しになるものを持ち帰った人も、誰もいない。本当に死んだのか、どうかもわからん。役所からの通知には兄者の死んだ月日も場所も書かれているが、それも確かめようがない。だからな、兄さんが現在《いま》ここにいないのは、あるいはフィリピンで戦死したのではなく、あちらでただ行方不明になったままというのが正確な言い方かもしれんな」

わからない言葉もところどころあったが、叔父さんの話のおおよそは、すとんすとんと胸に落ちた。

「じゃあ、父さんは生きているかも。ね、そうでしょう」

思わず、声が大きくなる。それを注意するかに叔父の手にちょっと力が加わった。いっとき、松葉杖の先端が路面を突く音だけが足元からきこえていた。

「百万分の一の可能性がないとは言えんがな」

今度のは、ほとんどわからなかった。

「カノウセイって、なに」

「あるかもしれんということたい。ないとほとんど同じだが、ひょっとしたら、というごくごくわずかな期待だな」

「それでも、生きてるかもしれないってことでしょう」

何より大事な話である。縮こまっているわけにはいかない。昭二の手に力が入った。

「そうだな」

叔父の答えは、珍しく曖昧だった。

「だったら、どうして今日、皆が集まって、父さんのお葬いをするの。お骨じゃなくても、その代わりのものをお墓に納めて皆でお参りすれば、その生きているかもしれぬも消えてしまうじゃないか」

声が高くなったが、前を行く大人たちは振り返らなかった。歩く速さの違いで最後尾の二人との間隔がのびていた。

「そのとおり。そのとおりだが、常題目への納骨が今日になった理由の一つは、実はお前さんにある」

叔父の歩みがさらに遅くなった。

「えっ、僕にって、どうして」

「柏木昭二君の小学校入学を、皆待っていたんだよ。君が赤ん坊、幼児の時期を経て学童になる。つまり物心《ものごころ》のつき始めた時に、父上にお墓に入ってもらうためにだ。兄者の戦死の公報が届いたのは戦争が終って二年後のいまから五年前。だけど、兄者が死んだと誰も信じなかった。十中八九、そうとわかっていても、信じたくなかった。当たり前のことだ。年老いた父上と母上、姉上つまり昭二坊の母上にはことに、そしてまだ幼児だった昭一君にもわずかながら、兄者と共に暮らした頃の記憶が幾重にも重なり連なって生きている。そのそれぞれの思いにすがり、祈り、悩みながら五年が過ぎた。しかし、納得できなくても、分別しなければならないものごとと時がある。泣き虫昭二の、物心のつき始めが、その時に当てられたわけだよ」

小さな溜め息が、頭上からおりてきた。

「無理もなか。兄者の出征の時に昭二はまだ姉上の腹の中。この世に生まれ出たのが翌年の春。それから半年も経たずに兄者は外地で亡くなられ、その一ケ月後に戦《いくさ》も終った。そうだよな。昭二坊、お前さんは生身の父に一度も会ったことも、声を聞いたこともない。兄上も又、お前さんが生まれてくることをおそらく全く知らずに果てられた。昭二坊、お父さんと呼んで何が見える。何が浮かぶ」

人の形をしたものは何も浮かばなかった。ただ、いつも仏壇に置かれた白布のかかった箱、そして、祖父に教えられて最近やっと読めるようになった「剣身院教光日大居士」と書かれた御位牌だけが中空に浮いていた。

「御伴《おとも》が消えたようだな」

叔父の声で、空を見上げた。鳶の姿がどこにもなかった。視線をちょっと下げると、本妙寺山の中腹にある常題目の墓地の一隅に生えた大楠の梢《こずえ》が見える。

「昭二坊、大きくなったら、俺がフィリピンへ連れてってやる。兄者と似た野生の猿喰鷲を見せてやる」

右手がぐいとひっぱられた。

二

筋向かいのパチンコ屋から吹き寄せる「守るも攻めるも鉄《くろがね》の……」に背を押し上げられるようにして、階段をのぼる。のぼりきった階上正面にある旅行社の表示看板の「新南旅行社」をつい「南進」と取り違えて、昭二は思わず苦笑した。

まず、律気《りちぎ》な昭一兄の貌《かお》が浮かび、次いで大二叔父の青錆を沈めたような表情が立ち現れて、消えた。同時に、この探索の筋は、案外当たりではないかという妙な期待が湧いた。とすれば、パチンコ屋の暴風のような軍艦マーチも、まんざら捨てたものではない。

「小包の送り先の宛名は間違いなくうちだったので受け取ったのはいいが、送り主に見当がつかぬ。で、開梱《かいこん》前に、表箱の送り札に印刷してある東京の新橋の旅行社らしい所に一応電話を入れてはみた。ところが、『うちは中継ぎですから』というばかりで、どうも要領を得ない。その会社の海外にある現地事務所から、ここへ転送してくれとの依頼で、社用の荷と同じ便で一緒に送られてきたものらしい。係の者も不在ということで、その後の応答もない。偏屈者の叔父貴だが、居所くらいは知っておきたい。東京へ帰ったら、その旅行社を一度たずねてくれないか」

さして気懸かりなふうでもなく昭一兄は言うと、とっておいたらしい小包の送り札をよこしたのだった。つい先日明子さんに、苦し紛れとはいえ「まずは大二叔父の安否確認を」などと見得《みえ》を切れたのも、ポケットにその送り札があったからに他ならない。

四階建て中古ビル一階の正面入口に表示された社名の脇看板に、筋向かいのパチンコ屋と張り合うように「海外旅行専門、団体、個人、どちらもおまかせ」と銘打った威勢のよい文句のわりには、二階本社の店構えは、どこか冴えなかった。貧相で侘《わび》しいわけではない。店内が見透かせるガラス戸と壁には、ところ狭しと海外観光名所のカラーポスターが貼られ、壁際には案内パンフレットやカタログが隙間なく差された大型のマガジン・ラックが並ぶ。ロビーには、旅行資料を腰掛けて閲覧できるようにとテーブル、椅子のセットも配されていた。ところどころに、木彫や陶製の人形や動物像。壁の空いたところや天井のあちこちに、南アジア製の布類も展示されている。その過剰なにぎにぎしさが、反対に冴えない印象を生んでいるのかもしれない。窓ごしに、やはりきこえる軍艦マーチ。

ロビーの正面に、大部屋を横に二つに割るように低めのカウンターが走り、三角錐《さんかくすい》の案内プレートが立っている。総合受付と書かれたプレートに向かった。

名を告げると、目のくりくりした愛想のいい受付嬢は、済まなさそうな表情を浮かべた。

「社長の小沼でございますよね」

昨日の電話で応答した相手が社長とは知らなかった。

「十一時に柏木様がおみえになることは聞いておりますが、ただいま社長は近所まで出掛けております。すぐに呼んで参りますので、申し訳ございませんが」とカウンター後方に並んだ部屋の一つに案内された。社長室とも応接室ともつかぬ窓のまったくない部屋だった。壁一面にほとんど隙間なく掛けられた、ナイアガラ、エッフェル塔、エベレスト、ワイキキ海岸、富士山などの額入りの大型カラー写真が窓外の眺望の代役を務めている。


よほど近所だったのだろう、待つほどもなく、小沼社長は帰ってきた。半白の短髪に鼻下の髭《ひげ》を生やした初老の小柄な男だった。

鼻の頭に汗を湧かせ、呼吸が荒い。階段を駆け上ってきたのかもしれない。後ろ手にドアを閉めるその背後から、かすかだが例の軍艦マーチが追ってきた。ふと、近所とは向かいのパチンコ屋だったのではと思った。

「えろうすんまへんな。お待たせしてしもうて。いや、急な野暮《やぼ》用が重なりましてな」

軽い関西なまりの気さくさは、昨日の電話の印象どおりだった。

「それで、小包のことでしたな」

それでもさすがに気が咎《とが》めてか、すぐ用件に入った。あるいは、中断してきた勝負のことで気もそぞろなのか。

「そうです。どのような伝《つて》で、こちらを経由して熊本に送られたのか。あちらでの発送手配などはどうなっていたのかなど、うかがいたくて」

昭一兄によれば、小包みの覆い紙や外箱が開かれたり、中身をあらためられたような形跡も見えなかったという。であれば、小分けの中身や大二叔父の事共を、こちらから口にする必要はないと、昭二は考えていた。

「十日程前にあなたのお兄さんのお電話で同じ事をきかれましたがな」と前置きして、小沼は、熊本で昭一兄から聞いたのと同様の簡単そのものの経緯を述べ、「それだけでんがな」と締めくくった。その口調にも表情にも、何事かを隠している様子もどこかに遠慮しているような気配も感じられなかった。

そして、それでは簡略にすぎると思ったか、新南旅行社の現地事務所がマニラ市のマビニ通りにあり、そこを仕切っている支配人の米倉氏が若いのになかなかの切れ者で、東京本社を含めた新南旅行社の実際の現場運営主任でもあり、今回の小包の受け入れや発送の具体的な経緯も、その米倉氏にたずねなければ、わからないというような事を付け加えた。

「それで、その米倉さんには、たずねていただいたのでしょうね」

「それがな、つかまらへんのや。何せ、あちこち、しょっちゅう飛び回ってる人でな。会社の総務、営業みな目を配りながら、現地ガイドまで御自ら務めなさる。現地採用も含めてこちらから出向しとる社員も他にもおるんやが、国交が回復して日も浅く、観光事業もこれからという所だけに、彼でなくては捌《さば》けん方面の事がぎょうさんありましてな」

言い訳めいた内容のせいか、話が少しながくなりそうだった。ちょうど、先程の受付嬢が茶を運んできた。

「兄《あん》さんは、フィリピンに島がいくつあるか御存知でっか」

兄さんと呼ばれて、ちょっと面くらった。

「五千くらいですか」

「誰も正確にはわからんが、無人島や珊瑚礁《さんごしょう》がちょこっと海の上に面を出したのやら大小含めて、七、八千といわれとります。そないな島嶼国《とうしょこく》やさかい、小型飛行機やローカルの船便を使わずには行けん観光地もあちこちに散らばっとる。で、ですな、近年、旧戦地での遺骨収集や慰霊巡拝目的の集団旅行や派遣も増えてきとります。これがな、この業界の最近の目玉商品になっとりましてな、うちでも、目下の最重要課題として推進しよるところですわ。ところがな、その企画、立案、予行調査を重ねてのルート設定、日程や経費計算やらには、大変な手間と資金がいりますのや。かてて加えて、こちらとあちら各々のお国のお役人をも含めた人脈の手繰り寄せと絞り込み、そうしてどちらも損せぬようにする摺り合わせなどは、現地語もよう喋れる米倉はんのほか、誰にもでけへんのが実情でしてな」

自分で始めた長口舌にちょっと息切れしたのか、小沼は冷めかけた茶を一服して、語り継ぐ。

「といった塩梅《あんばい》で超多忙、たまの帰国の際も二、三泊する程度の短期滞在で、すぐマニラへ蜻蛉《とんぼ》返り。そのマニラ支社でも、滅多につかまらぬ。それで、この十日の間にも、四、五回、国際電話を入れてみますが、本人には直《じか》につながらぬ。今朝も兄さんが来られるというので、支社へ電話を入れましたが、本人はセブに出張中ということで不在。で、明日からは、ミンダナオのダバオ行きとか。それではわざわざおたずねの兄さんには申し訳ないさかい、とにかく今日の夕方マニラに帰ったら、必ずこちらへ電話をくれるよう、支社の留守番に厳しゅう頼んでおきましたわ」

「厳しゅう」は怪しいものの、まったくの出まかせでもなさそうだ。しかし、そう言いながらチラリと腕時計に目を走らせるところは、やはりおかしい。今日のテーマ・ミュージックの軍艦マーチが低く鳴っているような気がする。

「何時頃になりますか。その米倉さんからの国際電話は。僕もその時分にお邪魔して、直接にお話ができたらと思いますが」

そうでも言わなければ気が済まない。そうでもしなければ、大二叔父のおそらく深刻な事情を感知する糸口を見失うことになる。これ以上子供の使いを重ねているわけにはいかなかった。

「いや、そりゃあきまへんがな。何度もこないな所に来てもらうわけには。この小沼がしっかりきいときますさかい、また後日あらためて連絡を」

案の定、顔の前で掌《て》をひらひらさせながら、拒否の構えを見せる。

「とにかく、夕方五時に、ここに来ます」

捨て台詞《ぜりふ》にきこえるのは百も承知で、昭二は椅子を立った。つい出しそびれていた、熊本土産をテーブルの上に置くのだけは忘れなかった。

午後がすっかり空いてしまった。

久しぶりに日比谷の映画館街へでもと思ったが、そんな気分も続かず、新橋の裏通りで中華そばを食べると、昭二の足は勤め先の予備校のある飯田橋へ向かった。

休暇はまだ二日残っているが、仕事のことで気掛かりがあった。先週、母の三回忌法事のための帰郷を理由に一週間の休暇申請をした折の事務長の対応に、普段にないぎこちなさが感じられた。国公立はもちろん主立った私立大学の入試もあらかた終わりかけている時期で、休暇はあっさり認められたものの、妙な言い回しの質問を、事務長は口にした。

「そのまま郷里に居付きなさるなどということでは、ありませんでしょうね」

職域も着く席も年齢差相応に離れていて義理にも親しいとはいえないが、数年来職場を共にしてきた者への物言いではない。妙なのは、そうでないことを確かめるために冗談めかしに釘を刺すのではなく、そうだったらかえって好都合というような捩《ねじ》れた期待の臭気が感じられた。

「何故ですか」

とっさに反問した。

「いやね、以前、東北の御出身でしたか、同じようなことで帰郷したまま、それっきりという前例がありましたのでね」

見当外れの粗雑な答えが返ってきた。この小父《おじ》さん、よほどに阿呆なのか。あるいは、阿呆のふりをした警告か、どちらにしても不快だった。

「生憎ですが、そんな気も、状況でもございませんので、お気遣いなく」

それだけ言うと、事務長室を退出した。

あれは何だったのだろう。思い出すたびに、不快の棘がざわりと立ち、気が滅入《めい》った。折から、学年末と新学期との端境期《はざかいき》。予備校や大手の学習塾などの中間教育施設にあっても、人事異動をはじめ組織改編、更新等の始動期である。ことに講師族の世間で、臨時の新規採用や退任、解雇などの切実な風波が吹き荒れるのもこの時期。勤務先の架橋《かけはし》予備校も、例外のはずはない。あるいは、その風波の一端が自分の方に吹いてきたのか、そうであれば、阿呆だの不快だのと言ってやり過ごせる場合ではない。ことに大二叔父の一件で面倒な事態をかかえこみつつある現在、職探しや転職工作に頭を悩ます暇も余裕もなかった。

特別に好きとも自分に合っているとも思えないが、受験生相手にひたすら授業をやっていればよい教科専任講師稼業を少なくとも苦に感じたことはあまりなかった。一週間に、九十分十八齣《こま》をこなしていれば、東京でとりあえず暮らしてはいける。現在はそれでよいと思っていた。勤めるのが、将来の大志実現に向って橋を架けるとの御大層な心意気で名づけられたという架橋予備校とはいささか面映《おもは》ゆかったけれど。

その皮肉を突きつけるように、江戸川は相変わらずドブ溜《だめ》同然に醜悪で汚く、架けられた橋はどれも古くさく錆《さ》びていた。橋上を吹き渡る風は、上衣の襟を立てさせるほどにまだ冷たい。

事務長は不在だった。

都内に三ケ所ある分校巡りに出掛けて今日は帰校しないという。気掛かりの一件は他の事務職員にたずねても埒《らち》のあく事ではない。「明後日《あさって》に改めて」と、自分でも訳のわからぬ挨拶を残して、最上階の講師控室、通称「流人部屋」に寄ることにする。

定期授業も季間特別講座も途切れる稀少な休校期で、人気の絶えた四階建ての校舎全体が、急に空き屋か廃屋になったように閑散としている。風の疾る音だけが直に聞こえた。

戸外の風に吹かれてきた身に流人部屋は異様なほどに熱く、石油の臭いと煙草の煙が充満していた。部屋の中央に置かれた石油ストーブを、四人の顔見知りだけが囲んでいた。

「何だ、やはり君もか」

昭二がストーブに近付くなり、境野が言った。

「やはり、君もかって、何のことだ」

聞き返すと、境野だけでなく他の三人もきょとんとした顔付きをした。

「引っ越しの支度で来たんだろう。あるいは、退職、転勤のための私物整理」

気を持たせるなと言わんばかりの不機嫌な口調で、境野は言い足した。

「えっ、退職、転勤だって」

問い返しながら、不可解の殻が一枚剥げる気がした。

「何で急に。しかも、四人揃って。麻雀《マージャン》の待ち合わせかと思ったよ」

口ではまぜっ返しながら、今度は薄皮がもう一枚剥げる。

「麻雀なら面子《メンツ》も揃ったんで、君は要らない。その余計な君が現れたんで、やっぱりなんだよ」

これ以上、つまらぬ質問はするなといった目付きで、境野は昭二を睨《にら》み、空いている丸椅子の方に顎先を振った。

「五日前の月曜日に、個別に理事長室に呼ばれた。教務主任つまり事務長と学務主任も同席していて、そこで、いきなり分校への転勤が通告された。臨時の長期出講ではなく、勤務先限定の転勤、配置換えだ。しかも、本校から分校への格下げの島流し。こちらからの意見陳述も希望聴取も一切なし。『問答無用、いやなら辞めろ』の一方的な通告だったよ。それも、対象は、我等流人部屋の常連がほとんどときた。転勤先もそれぞれ、ばらばら。僕は大塚、坂口氏は蒲田、村井氏と鴨志田氏は来月開講の川越分校といった具合に、見事にばらけさせられたわけだ。異動配置の名分は、新校開講を機に各校間の交流、授業指導レベルの相互向上などともっともらしいが、意図的な人事としか考えられない。不当労働行為に該当するかもしれん」

運動家口調で一気に喋り、

「で、君はどこへ行けと言われた」

はじめて明瞭な質問を口にした。

「まだ呼び出しも通告も受けていない」

昭二は、一週間以前の事務長との不快で不可解な対応の一件を話した。

「僕が明後日に出校することはわかっている。おそらく、その時に通告するつもりではないかな。あの折は、おふくろの法事に帰郷ということで、さすがに遠慮したのかもしれん。僕もその転勤リストに入っていればの話だがね。ところで、何故、やっぱりなんだよ」

出身地も出身校も異なるものの同年輩、同年度就職の誼《よしみ》で、境野とだけはお互い学生同士のような口調になる。

「さっきも言ったろう。この流人部屋の常連だからよ。階下の常勤専任教師室に居付かず、非常勤講師の控室に塒《とぐろ》を巻いて、何かと文句の多い一党の、君もその一人と目されているからだよ。ここで謀議を重ねて、組合でも作られたらかなわんと用心されているのかもしれん。たしかに、ここに近寄る方々は六〇年代に現役の大学生、安保の波を陰陽こもごもに、しかもまともに浴びてるからな。かく言う我輩もそうだが、卒業間際に退学処分を受けたり、自主退学した面々も混じっている。つまり、経営陣にとっては、扱いにくい、あるいは将来の事業展開の障害になりそうな、不純、不逞《ふてい》分子、できたらすぐにでも辞めてほしい狼一族ということかな」

境野豊は、度の強そうな眼鏡をずり上げてまず昭二を、そして、それぞれにチェーン・スモーキング中の三人の不逞分子を見回した。次に喋るのは、昭二の番だった。

「僕もここの常連の一人かもしれないが、特別に文句の多い方じゃない。君には済まんが、大学も四年で一応卒業しているし、他の方々のように不敵不逞な迫力もない。やっぱりと目される資格には欠けてると思うけど」

「あるんだな、それが。その昔に転んで付けた脛《すね》の疵《きず》」

軽口の掛け合いじみた言葉の遣《や》り取りになってきたが、境野が何を言っているかは、わかっていた。

「遠慮も、心配もいらん。いまここにおられる面々は皆、似たような御経歴の持ち主でいらっしゃる。公務執行妨害容疑で逮捕、不起訴で、三泊四日の別荘泊まりでポイ、というお前さんの経歴などは、むしろ立派なもんだよ。俺は以前に君から聞いたので知ったんだが、ここに巣食《すく》った面々の個人情報は、雇い主側も当然ご存知。雇用時に、各方面への履歴照会をしっかりやっているはずだからな。しかし、俺たちはここに入れた。まあ、そういった寛容さが残っていたんだろうな、俺たちが入る頃までは。ところが、冷戦構造の深化、高度成長とやらの進展とかげりといった、内外の時世が徐々に変容し、その寛容さが急に冷えた」

境野は、すぐ横の机の上に置かれたままのハイライトの箱に手を伸ばした。

「なぜだい。なぜ、それほど唐突に」

「あさま山荘でしょう。たぶん」

煙草をくわえた境野に代わって、少し年輩の鴨志田が答えた。

「しかし、連合赤軍は、僕たちのドジってた頃にはまだ影も形もなかった」

「それでも、体制側の被害妄想は根拠の有無、濃淡に関係なく、無制限に肥大する」

煙を吐き出しながら、境野が言った。

「しかも、防御対策は暴力的に速く、そして狡猾《こうかつ》。我が架橋予備校の経営陣も、そのへんの機微にというか虚実皮膜の間合いにはよく通じていらっしゃる」

国語科で古典と漢文を担当する境野豊の言い回しには、芝居気に淡い自虐の粉をまぶして軽い笑いを誘う趣があったが、今日は誰も笑わなかった。当の境野も含めて一座の皆が小学生の頃に熱中したゲームのルールを忘れた中学生のように神妙な顔付きで、中断したチェーン・スモーキングに返っていた。四人の間におかれた二つの大型の灰皿は両方ともに、吸い殻の山盛り。会談の並々ならぬ苦渋と時間量とがうかがえる。

「それで、まだ成り行き不明の僕の事はさて置き、諸君はどうなさるのか。引っ越しの支度が済んでの一服の態《てい》にも見えませんが。あるいは、昔とった杵柄《きねづか》で物騒な荒事計画の御相談」

境野の真似をする気はないが、多少の茶目っ気を混ぜでもしなければ、居たたまれないような空気が澱んでいる。喫煙三服分程の間をおいて、数学担当の村井が答えた。

「柏木さんの言われるとおりです。四人それぞれに転勤通告を受けて、その場はとりあえず無抵抗に引き上げてきたものの、一方的な通告の唐突さと人選の理由はとうてい承服しがたい。しかし、個別の抗弁では問題にならないでしょうし、問題を提起するにも、ここには労組も、それに類似した支援組織もない。四、五人でこの部屋でバリケードを張るのも笑止。さて、いかにすべきか思案投げ首の態といったところです」

温厚で真面目な村井の口からバリケードと一緒に思案投げ首の態などの語が漏れるのも、何ともおかしく、同時に少々わびしい気さえしないでもない。それぞれまだ三十歳前後とはいえ、もはや学生ではない。昭二を除けば、四人中三人には妻子がいるはずだった。

「そこへ英語科の柏木先生の御登場というわけだ。四人が五人となれば、何をどうするかの思案も多少変わってこよう。涙を呑んで体制の横暴に屈するか。勝算は乏しいが不平党の筋を通して一騒動やらかすか。引っ越し支度をさっさと済ませて自棄酒《やけざけ》というのでは、たとえ吹けば飛ぶようなものであれ我らの沽券《こけん》にかかわるし、何より後世《ごせ》によくない。ところが、柏木同志の解雇、いや転勤通告は明後日とのこと。であれば、その顛末《てんまつ》を待って我らの行動を決めてもおそくはないと思うが、諸君、いかがですかな」

文語、口語入り混じりの奇怪な口舌を吐きながら、境野は、極端に短くなった煙草を、ほとん

ど火口《ほぐち》をつまんで山盛りの灰皿に捩じ入れた。その口調や動きに、普段は道化た振りをしなが

底の方では明敏な境野の、逡巡と混迷を垣間見るような気がした。

「それは困る」

他の三人の誰かが同意の表示をする前に、昭二はあわてて、その問い掛けを遮った。互いの個々

に進行している事態の深刻さは別にして、折も折、ここに来合わせた我が身の不運も呪いたかった。

「困るし、そんなことはしてほしくない。君らにとっても、決して有効なスケジュールではな

いですよ。第一に、僕が皆さんと同じく分校への転勤通告を受けるかどうかもわからない。又、

そうなるにせよ、君らと同様な受け取り方や対応をするかどうかも、いまは明言できかねる」

胸中に、大二叔父の一件が渦巻きながら立ち上ってきていた。左右の両腕にそれぞれに勝ち目

の薄い難題をかかえて走ることはできない。もともと自慢するには程遠い細腕。無理して走り始

めれば、すぐに両腕ともにへし折れるだろう。

「だから、僕のことは抜きにして、君らは君らの考えに沿った方針と方法で、事態に対処すべ

きです。冷たいようだが、いまはそうとしか言えない」

境野だけにでも、叔父貴の一件を告げたかった。しかし、説明すべき事柄も、方法も全く思い

浮かばなかった。

「わかったよ。とにかく、柏木君は明後日の通告待ちということだ。我らは流人部屋住み不平

分子の面子にかけて、我ら自身の進退を考えねばなりませんな」

境野豊は、再び机上に手を伸ばし、ハイライトを一本抜いて銜《くわ》えた後、さらに箱の底を指で弾《はじ》いて頭を出した一本を、黙って昭二に差し出した。


新宿の淀橋署の表玄関前の車寄せの中央に、大二叔父が立っていた。

半年に一度程の音信はあるものの、現実に叔父の姿を目にするのは、十数年ぶりだった。立ち始めた初夏の陽炎《かげろう》を纏《まと》ってうっそりと佇《たたず》む黒い帽子、黒いスーツ姿の初老の男を、最初はまさか大二叔父とは思わなかった。右体側に松葉杖はなく、ステッキ状の黒く光る棒を突いていた。

その棒の先が、九十度近く上げられた。

それでわかった。熱い塊が胸の奥底から駆け上がってきた。おそらく看視のために玄関まで同行した係官への挨拶もそこそこに、昭二は駆け出した。

超高速で時空間を飛ぶような、得体の知れぬ感覚がつき抜け、気がつくと、叔父の手にすがって泣いていた。ひやりとして固く、無性に懐かしい大二叔父の左手の感触だった。

いっときして、頭にこつんと固いものが当たった。

「いい若い者がそれ以上泣くと見苦しいぞ、泣き虫昭二」

叔父の左手に力が加わり、昭二の上体がひき起こされた。かつて、はるか上方にふり仰いでいた叔父の顔が、ほぼ同じ高さにあった。鋭い面貌、底冷えた眼差《まなざし》は変わりなかったが、皺が増え、黒い帽子の下にわずかにのぞく髪には白いものが目立った。

「大きくなったな。昭二坊主」

叔父は、左手を昭二の右肩に置き、右手に携えた杖の柄頭《つかがしら》で昭二の胸をとんとんと叩いた。今し方、頭にこつんと来たのは、まさしく、そのステッキのヘッドだった。

「営倉の泊まり心地はどうだった。つらくなかったか」

とっさには何の事かわからなかった。十余年前だったら、すぐに「エイソウって、なに」と聞き返していただろう。久しく忘れていたその類いの遣り取りを、昭二は思い出した。思い出したが、頭も口もそうは動かなかった。

「恐喝容疑の怖そうなお兄さんと同房の三泊四日でしたが、特別に何事もなく」

昔の遣り取りのルールを外したせいか、大二叔父は、ちょっと面白くなさそうな表情を浮かべた。

「でも、何故、叔父さんがここにいるのです。署内で先程、担当刑事から表に出迎えが来ていると知らされましたが、それが誰かは教えてくれませんでした。それより、僕が何故、ここに留置されているのがわかったのですか」

「中に旧知の者がおるんでな」

叔父は、ほうといった顔付きをし、ぼそりとした口調で答えた。

「中って、淀橋署のことですか」

「馬鹿っ、声が大きい」

低い叱声と同時に、腰骨のあたりに弱くないヘッドの一撃がきた。

「別の場所の、もっと上の階の方にだ。それ以上は、お前の知ることではない」

叔父の方も昔の対話のルールを外したようだった。

「行くぞ。車が待たせてある」

そう言うと、叔父は車寄せの左隅に駐車している黒塗りの外車の方へ歩きはじめた。十数年以前よりずっとスムースな歩行だった。脚が生え替わったわけではあるまい。武骨な松葉杖が洒落たステッキに代わった以上に、右脚の義足がより精巧な新型に付け替えられたのに違いなかった。

車のドアの側で立ち止まって、大二叔父は昭二を振り返った。

「お前の逮捕のいきさつも、幸いに不起訴にはなったようだが容疑内容も承知している。反戦デモか何か知らんが、女学生まじりの十四、五人で街中《まちなか》の大路《おおじ》をトボトボ歩いて何になる。反戦というが、どの国相手の戦《いくさ》か。どこの誰に対する抗議か」

署の玄関口から少し遠ざかったからか、叔父の声も少し高くなっていた。

「全ての戦争です。過去、現在、将来にわたる一切の戦争行為に対してです。戦争一般、それを行おうとする意志、野望、企て、準備、演習、教育すべてです」

短い答弁を終えるや、頭がぼうとした。次いで砂の底に沈み込むような羞恥と後悔の大波に襲われた。

かつて見慣れた叔父の瞳の小さな目の辺りに、たゆたう困惑とも悲哀とも冷笑ともつかぬ複雑な影を見ているうちに、いつしか十数年の時がとび、地面にしゃがみ込み、両膝の間に頭を入れている幼な児《ご》の自分がいた。

「だって、父さんは戦で死に、叔父さんは戦で脚をなくしたじゃない」。幻の小さな両膝の間で、泣き虫昭二が泣きじゃくっていた。

「煙草を吸うか」

顔を上げると、大二叔父が朝日の箱から抜いた一本を銜え、次いで箱の底を弾いて頭をのぞかせた一本を、大学生の昭二に差し出していた。


あまり嬉しくないリズムが耳に憑《つ》いたようだ。先行き不穏な問題を二つもかかえている身に、「守るも攻めるも」は、滑稽どころか無惨なほどに合わない。それでも階段を上る足の上げ下げが心なしかその調子に乗っているようで、それも腹立たしい。

五時ちょうどに総合受付の前に立つと、すぐに小沼社長が現れ、そのまま午前中に通された名所写真てんこ盛りの部屋に案内された。

「電話、まだ掛かりまへんのや。夕方いうても、五時は早すぎますがな」

昭二にソファを勧めながら、小沼は渋い声音で言った。あるいは、今回も心ならずも早目に切り上げてきたパチンコ勝負への未練かもしれない。

「それにな、マニラと東京の時差はだいたい一時間、向こうの方が遅うおます。かてて加えて赤道に近い熱帯や。日の暮るるのも、暗うなるのも、こちらよりずいぶんと遅いんと違いますやろか。多分、向こうはまだ昼間の続き、明るく暑い盛りや。夕方いうたらせいぜい八時、こちらでの夜の九時か十時。少なくとも三時間くらいは待っとらんといきまへんでっしゃろな」

早く来たのはそちらの勝手と言わんばかりの口振りだった。

「僕は構いません。御迷惑でなければ、ここで待たせていただきます」

迷惑でもそうさせてもらうつもりだった。明後日になれば、予備校の方の問題が動き出す。転勤の通告があろうとなかろうと、流人部屋の連中に相談を持ちかけられた以上、知らぬ存ぜぬ、そちらはどうぞ御勝手にで通すわけにはいかぬ。肩入れの加減や濃淡はともかくとして、必ず厄介な事態に巻き込まれるだろう。そうなれば、まだ緒にも就いていない大二叔父の所在と安否確認の探索作業は、当然滞り、頓挫してしまう。その唯一の糸口。徹夜になっても、マニラからの電話を待つ。

「それは、構いまへんわ。わたしらの連絡不行き届きもありますよってな」

思わず色に出た意気込みが効を奏したのか、小沼の口調がとたんに柔らかくなった。

「ここの営業は七時までで、社員は帰りますが、なに、わたしが居残っておれば済むことですしな。用事が済みましたら、そこらで飯でも御一緒しましょ。わてが御馳走いたしますよって。なに、先程いただいた朝鮮飴のお返しですわ。実は、あの菓子、わての好物でしてな。叔母が熊本の出でして、子供の頃に土産にもらうのが楽しみでした。兄《あん》さんが熊本ちゅうのも、何かの御縁ですわな」

また兄さんと呼ばれて、くすぐったい。同時に、この関西弁の調子の好すぎる小父さんが本当にここの社長なのか、昼間に感じた疑問が、ふっとぶり返してきた。マニラからの電話は、間違いなく掛かってくるのだろうか。

「今時から閉社までが、わたしの一番忙しい時間帯ですのや。報告を受けるやら決済書類の整理やら、ごちゃごちゃぎょうさんありましてな。そいでゆっくりお相手できんのが残念ですが、兄さんはテレビでも観て休んどいてくんなはれ。外の者は誰も来ませんよって。そのソファで横になられても結構。電話が入ったら、すぐに起こしますよってな」

それだけ早口で言うと、さしてあわただしいふうもなく部屋を出て行った。


ドアが閉まると、軍艦マーチも漏れ入ってこない。急にシーンとなると、考えねばならない事は山ほどあるはずなのに、重い疲労感と共に、妙な所在無さが腰のあたりに沈んでくる。

眺める気もなく、壁に並ぶ超大型観光名所絵ハガキに視線を漂わせる。

午前中一見した時には気づかなかった海上落日図に目が止まった。コメントを確かめる必要もない、名高いマニラ湾の夕陽であろう。空も海も焼けただれたように赤く、そこを巨大な熱球があたりの一切をさらに焼き尽くしながら落ちていく。壮麗というより、どこかまがまがしく怖い光景だった。

猛烈に眠かった。一昨日《おととい》午後の帰京以来、満足に眠っていない。落ちかかるまぶたをこじ開けるようにして、落日図を眺める。何か意識の深いところでざわめくものがあった。

火炎に包まれて白光を発する日輪が、少しずつ海に没していく。雲が燃え、海水は沸騰して火の泡を噴いている。その燃えたぎる波の上に、小さな黒点が生まれ、少しずつ、ほんの少しずつ大きくなり、松葉杖をついた大二叔父の姿になる。やがてもう一点が生じて大きくなり、面、胴、籠手《こて》を着け、竹刀を携えた父が顕現する。二人ともに火炎を背負い、不動明王さながらにしっかりと立っている。二体の不動は向き合って対峙しているかと思うと重なり合体して一体となり、いつしか背に負っていた火炎が全身にまわり、一本の火柱と化し日輪の発する炎に同化して海中に没する……。


「兄さん、起きなはれ。電話でっせ」

関西弁で目が覚めた。

いつのまにかソファで眠り込んでいたらしい。驚いたことに、腹の上にタオルケットが掛けてあった。柱時計を見上げると、七時十五分をまわりかけていた。二時間近く眠りこけていたことになる。

「兄さんが目覚めんうちに、用件は一応伝えときましたわ。あとは御自分でたずねなはれ」

卓上電話の受話器を差し出しながら、小沼社長が言った。

「もし、もし、熊本の柏木です」

とりあえず、そう名乗った。まぶたの裏に巨大な落日の残影めいたものが揺らめいていたが、よく眠ったせいか頭の中の濁りは収まったようだった。

「米倉です。おたずねの件は、小沼社長からうかがいました」

まだ若い、機敏そうな声が返ってきた。

「その小包は、団体客の土産物を一括梱包して羽田に送る業務用の便で、こちらから送り出した荷の一個と思いますが、何か不都合でもございましたか。梱包が崩れたり、中身が違ったり、傷んでいたりといったような」

「いいえ、そうではありません。私が知りたいのは、送り主の所在だけです」

「マガンダン社のシールが貼ってありませんでしたか。荷のほとんどが旅行者が旅先から日本の家族や知人に贈るお土産類ですので、東京までの送り主はお客様が買い物をなさったマガンダン社で、受け手はそこの新南旅行社。次に、東京からの個々の小包の発送元は新南となり、そこから個々の包みにすでに貼ってある各々の発送先へ送られます。二重手間になるようですが、マガンダンは準国営の大手ですし、その方が検疫や通関処理がスムースに運びます。詳しい事は、電話では話し辛いので御勘弁願いますが、あちこち特に東南アジア間では以前からよく行われているやり方です」

事柄の詳細は確かによくわからないが、米倉の説明には淀みがなかった。しかし、昭二の知りたいことではない。

「それで、その発送を依頼した人々の所在は」

「基本的には、その人がマガンダン社の店でお買い物をなさり、代金をお支払いになる時に依頼書というかカードの提出がなされます。そして、店からは当然、領収書が出されます。その領収書が、いわば発送の引受証にもなるわけです。当然、それぞれの送り先の住所・氏名・電話番号などが記されますが、依頼主の、ことに所在の記載となると、これがあまり厳密とは言えません。ことに日本からの旅行者の場合、一ケ所でまとめ買いしたお土産を、自分本人宛てに送られることが多いんです。御本人が帰国されてから、二、三日遅れで届けられた土産群をさらに小分けして、御親戚や御友人に配られる。つまり、本人が故国にいる同一人に送るわけですね。要は、外国で買った物が無事に本人の所に届けばいいのです。送り先は、すでにマガンダン社に提出してあり、その引受書も兼ねる領収書はもらってある。厳密とは言い難い事情の原因はその辺にあるようです」

「それでは、どこの、だれが送ったかわからないフィリピン土産が、届くこともあるわけですね」

「残念ながら、全くないとはいえません」

特別に残念がっているふうの口調ではなかった。

「それで、その発送元のマガンダン社の出した領収書の控えというか複写記録などは、どちらで見ることができますか」

「うちにはありませんが、マガンダン社にはあるはずです。少し時間をいただければ、調べさせていただきます」

米倉は調べはするだろうが、成果については期待できそうになかった。

大二叔父か、あるいはその意を汲んだ誰かが、マガンダン社から羽田に送られるお土産品の業務用一括梱包に、例の小包をまぎれこませた。そうとしか、考えられない。領収書か発送依頼書の写しが見つけられたにしろ、そこに書かれた所在情報の信憑性は、極めて薄いだろう。もともと、深い密林の中のあるかなきかの細路の入口。その入口が早くも閉じかけている予感に、昭二は怯えた。


マニラからの国際電話で得た収穫のあまりの乏しさに打ちのめされた。堪《こら》えようのない疲労感がぶり返してくる。次に何をどうしたらよいか、わからなかった。

「ま、そないがっくりせんと。米倉がちゃんと調べてくれますがな。とにかく、飯でも食べにいきましょ」

小沼に誘われるままに、新南旅行社を出て、パチンコ屋の前を通り、四、五軒先の縄暖簾《なわのれん》をくぐった。社長は、さっさと小上がりの一卓に座を占め、軽く指を二本立ててみせた。芸人の所作を思わせる物馴《ものな》れた動作である。店の方も心得たもので、お茶もお冷も出ず、すぐに銚子二本、大ぶりの杯二つが運ばれた。

会社を出て、そこまで互いに無言。昭二は喋る元気を無くし、小沼の方は、そんな昭二に気を遣ってか、お喋りを我慢している様子。

その均衡が、酒が来て少し緩んだ。とりあえずの一献を交わした後、小沼が口を開いた。

「さっきは会社で、あないなその場繕いを言いましたがな。兄さんのお望みの回答は、近々にはまず無理でっしゃろな」

意外に神妙な口調だった。

「マガンダン社に当たっても、発送主の所在を記載した複写記録など残していない、あっても見せてくれないということですか」

米倉の説明を聞いているうちに兆した失望の暗雲がさらに厚くなった。

「発送元は全部準国営のマガンダン社。受け手は一応会社組織の新南旅行。もともと、細かい面倒なことをせんですむようにと設定された業務用荷物運送ルートの一つですさかいな」

小沼は手酌で杯を満たしながら続ける。

「それに、中身の大半は、日本円にしてたかだか四、五千円のドライフルーツの詰め合わせや。その中身にさえ問題がなく、あちらで明記されたこちらの宛先に間違いなく届けられておれば万々歳と違いますやろか。昔の知人、あるいは訳有りの恋人が旅先から、名無しの権兵衛を装うて送ったりなんて粋な悪戯もありましょうしな」

旅行社の社長の言としては、ずいぶんと乱暴な話である。ムッとして言い返そうとして、ふっと妙な不審が湧いた。業務管理上の失態といえなくもない胡乱《うろん》な実態を、ほとんど初対面の相手に平気で漏らす小沼の意図がわからなかった。即座の反撥を控えて、昭二も、相手に倣って手酌で二杯目を注いだ。

「普段やったら、この種の問題は、この辺でシャンシャンのお開きですわ。ところが、兄さんの気張り様は違う。背中に棘が立っとる感じや」

小沼は二杯目をぐいと干して、真っすぐに昭二の目を見た。

「実は兄さんの寝言を聞いてしもうてな。六時前頃やったろうか、部屋をのぞいたら、兄さんがソファに横になってよう寝入ってござる。外はまだ寒い時分や、風邪でも引かせたらあかん思うて、タオルケットを持ってきて掛けさせてもろうた。そんときに兄さんが漏らした寝言や。薄目を開けたまんま、何やしらんが辛そうな面付きでむにゃむにゃ言うてござった。何とか聞き取れたのは、『オジサン』『ヒ』『トウサン』、それだけのことやが、これは定めし兄さんが待っていらはるマニラからの電話に関係することやとぴんと来ましたんや」

大二叔父と父が燃え盛る火柱に化して落日に沸《たぎ》る火の海に沈んでいく光景が甦る。同時に、いい歳をして初対面の他人に寝言を聞かれた恥辱がじくじくと胸にしみる。

「そいでな、ほっとけない気になりましたんや。一体、どないしはったんや。土産物の送り主の所在が、なんでそない気になりますんや」

　小沼の目に微笑はなかった。酒席での話題を探している好奇の気配もなかった。

　それをしっかり確かめてから、昭二も二杯目を干し、叔父と父の事を話した。ただし、荷の小分け袋中の紙封筒の中身と明子さんに関わる事共は語れない。その肝心の一件を除けば、口に出せる文言は少なかった。ただ、体の不自由な叔父が「事情があって、動けぬ」状態でフィリピンのどこかにいるらしい切実な不安だけは訴えたかった。

「なるほどな、それであないな寝言に出るわけや。しかも、その叔父さんの健康状態のこともあるんで、急がにゃならぬ。マニラの米倉は、調べはするだろうが、さっき内輪の事にもちょびっと触れたように、早急な結果は期待できん。また、あちらの警察に頼んでも、結局は何にもしてくれやせん。その代わりに法外な賄賂をせびるだけや」

　一息入れるつもりか、小沼社長は銚子を取り上げ自分の杯に三杯目を注いだが、その杯を口に運ぶことはしなかった。

「大使館を通じてという手もあるが、それもあまり勧められへんな。そうなれば、マガンダン社や新南旅行社、当然兄さん御自身や熊本の御実家の方へもいろんな方面からいろんな照会、調査の手が入り、これまた答えが出るまで時間も手間もかかる。それより、事が大袈裟になって、各々にあまり好ましくない場面が、つまり痛くもない腹を探られるデメリットが生じる可能性もないとは言えませんからな。所在不明の叔父さんにも、あるいは不法滞在や旅券法違反なんぞ、ありもせぬ嫌疑が及ぶかもしれんしな」

そこまで喋って、ようやく三杯目に口を付けた。

「では、どうすればいいのです」

隣の座卓が空いているのを幸いに、昭二の声がほんの少し高まった。

「兄さん自身が現地に出向く。そこであちこち歩き回り、嗅ぎ回って探り出す以外にないでっしゃろな。兄さんが出張るとなれば、米倉も本気にならざるをえますまい。マガンダン社内の訳知りの御仁やら普段から鼻薬を利かせてある御用役人、あるいは在留日本人会の顔役などに引き合わせてくれますやろ。わてからも厳しゅう頼んでおきますよって」

小上がりの奥の壁際に大画面のテレビがでんと据わっている。十分に抑えられた音量だが、小沼社長の声音もまたいくぶん厳しく高まったように聞こえる。

考えないではなかった。いや、大二叔父の便りを読み、米ドルの札束を目にした時からそうせざるをえなくなる予感があった。それに倍する不安と怖れも。そうなれば、どうするか。独りものの気楽さとはいうものの、まずは仕事、さらにその後の生きる形、それを支える具体的な方便。何も考え及ばなかった。だから、正直に応じた。

「それも考えています。でも、すぐにとなると僕にも仕事がありますし、それに向こうでの滞在が長引けば相当な旅費も必要になりましょうし」

「行くか行かぬかは、兄さんの気持ち次第。行くと決めたらその手立ての工面《くめん》、行かぬならこの件は立ち消えとなり、その代わり兄さんの胸の内は生涯晴れないままになりましょうな」

関西弁のフレーズが減ると、まるで別人の台詞のように聞こえる。

「そいで、兄さんは学校の先生であらはりましたな」

しばらく途切れた会話がまた関西弁豊富に再開された。

「予備校の専任講師です」

「何、教えとられるんや」

「英語ですが」

三呼吸分ばかり、また途切れた。

「兄さん、パスポートはお持ちかいな」

「ええ、三年前に取って、一度も使っていませんが」

或る文化財団によるイギリスへの短期留学生応募のために取得したものの、実現せずに終わった無疵の旅券が手元にあった。

昭二の返事を聞くなり、社長が大きく頷《うなず》いて言った。

「行きなはれ。本日唯今より、兄さんは、新南旅行社の臨採職員や。仕事は、団体旅行に同行の通訳。初仕事は、来月早々に出発するフィリピンへの慰霊巡拝七泊八日の旅や」

呆《あ》っ気にとられた。同時に、このパチンコ小父さんの正気を疑った。自分への好意の厚さとその表現の極端な性急さはとても尋常とは思えなかった。それともただおちょくられているのか。そうだったら許せない。

「なぜ、あなたは僕にそれほど親切になさるのですか」

小沼社長の表情に暗い紗幕《しゃまく》がかかったような気がした。いっとき杯を持った手も動かず、口も閉じた後、ごく当り障《さわ》りのない問いが返ってきた。

「その叔父さんはお幾つかいな」

「僕と二十八離れていますので、今年五十五歳になるはずですが」

不承不承の昭二の返答に「わてと同い歳やな」とぼそりと応じ、またいっとき置いて本題の返答に入った。

「戦の後引《あとび》きでっしゃろな。わての長兄は支那事変で死に、次兄は満州からの引き揚げの途中で行き倒れでした。長崎出の家内は、五年前に例の原爆の後遺症で果てました。兄さんの寝言を耳にしました時に、わけもなく戦の影が大きく射してきましたんや。それでな」

言いさして、社長は顎先をちょっとしゃくり上げた。その先にテレビの画面があった。画面には、先々月グアム島で保護され、二月二日に帰還して現在入院療養中の元日本兵横井庄一さんが、映っていた。

「戦後二十七年も経ったちゅうに、まだ戦は終わってしもうとらん」

小沼社長の声は、呟きに近かった。

月曜日午前十時、理事長室のドアを開けた。少人数会議用テーブルに事務長と学務主任の顔も並んでいた。

腹は決めていた。小沼社長の一喝が小暗い霧の沙幕をひき開ける一撃となった。〈行かぬなら、兄さんの胸の内は生涯晴れぬままになりましょうな。思い切って、叔父さんを探しに行きなはれ〉

フィリピン行きを選ぶ以上、予備校の教科専任講師の仕事は続けられない。長期休暇の許されない稼業である。どのような異動の通告、提案を受けようと、この職に留《とど》まる事は不可能だった。流人部屋の面々との間の義理の問題はさておくとしてもである。

席に着くと、正面に座を占めていた理事長が椅子から腰を上げて、慇懃《いんぎん》に辞儀をした。

「お母上様の御三回忌とお聞きしました。また、お父上は先の大戦で御戦死とか。そのお若さで御両親を亡くされるとは、心からお悔やみ申し上げます。遅れ馳《ば》せながら、お花でもお供え下さい」

そう言うと、香典らしい大振りの紙包みを両手で差し出した。

こんな折に受け取ってよいものかと迷ったが、事を荒立てないために一先ず頂いてテーブルに置き、理事長が腰を下ろすのを待った。出鼻を挫かれたような気がした。であれば、これ以上は待てない。相手が本題に入る前に、こちらの意志を明示しておく。子供っぽい掛け合いだが、昭二にはそれしか思い浮かばなかった。結果として老獪《ろうかい》な相手の術中に嵌《はま》ると同然の成り行きになろうとも、若造は若造なりの意地を張っておかねば気が済まない。大二叔父ならきっとそうすると思った。

今度は昭二の方が先に立って、辞儀をした。

「御丁寧なお悔やみを頂いたばかりで、誠に恐縮でございますが、また、急々で失礼この上もございませんが、皆様お揃いの、この場をお借りして、私の辞職願を提出させていただきます」

そう言うと、昭二は上衣の内ポケットから抜き出した封書を、できる限りの恭しい手付きで理事長に差し出した。

「柏木先生、何です、これは。非常識な」

封書を受け取りはしたものの、唖然《あぜん》とした表情を浮かべた理事長に代わって、事務長の平川が立ち上がり、上擦った声を出した。

「これから、君の将来にも有利な転勤辞令を理事長先生御自身でお渡しなさろうという時に。一体、理由は何ですか」

「中に書いております通り、一身上の理由によります」

「具体的に言って下さい。そうでなければ辞令の通達もできなくなりますよ」

理事長も学務主任も無言で、事務長と昭二の遣り取りを眺めている。

「私一身上のことで、ここで御説明することではありません。また、そちらで御準備なさっている辞令の御通達も御無用です」

事務長に向かって喋りながら、馬鹿馬鹿しくなってきた。困惑し、憤ったふうを装いながらこの男、腹の底でしてやったりとほくそ笑んでいるのではないか。逆手に取ったつもりが、取られたのはこちらではないのか。一週間前の事務長室での遣り取りと不快感が倍になってぶり返す気がした。

「柏木先生がそうおっしゃるなら、御辞職願はとりあえずお預かりして、今日はこれでお帰り願っては、どうですか」

理事長はむしろ事務長を宥《なだ》める口調でそう言い、次いで昭二に向って、妙に穏やかな眼差を向けた。

「そちらは、ほんの心ばかりのお供えですので、どうぞお納め下さい」

「退職金ではありませんから、御心配なく」とでも聞こえはしまいかを用心しいしいといった所作で、理事長はテーブルの封筒を返した掌《てのひら》で示した。

こんな場合どんな挨拶をすればよいのか、皆目わからない。自分の幼さが痛感された。どのような考え方や利害の行き違いがあろうと、五年は勤めた職場、後足で砂をかけるような去り方はしたくなかった。だが、どう未熟な知恵を絞っても、このぎくしゃくした事態を取り繕える挨拶の仕方など思い浮かばない。

「お世話になりました。他の職員の方々によろしくお伝え下さい」

言わずも哉《がな》の呆《とぼ》けた台詞を吐くのが精一杯だった。

流人部屋は、意外にひっそりしていた。

石油ストーブも燃えておらず、煙草の臭いも薄かった。火の消えたストーブ脇のいつもの席に、境野だけが腰かけていた。

「ひとりか」

昭二の方から声を掛けた。

「御覧の通りだ。で、そちらは、どうだった。落ち行く先は何処と言われた。お主の故国、九州相良か」

煙草も銜えておらず、心なしか元気の乏しい様子だが、口先だけは境野のものだった。

「聞かなかった。聞く前に、辞表を出してきた」

「辞表だって。異動通告を受ける前にいきなり辞表を。貴殿、見掛けによらず、無謀にして短慮。それでは、一揆、打ち込みの相談もできんではないか」

「うん、それを詫びるためにここに来た」

「詫びるとは」

「この架橋を辞める以上、君たちとここでの職場闘争を一緒にする必要も資格もなくなる。先日、あのような悩ましい話を聞いた以上、勝手に黙って抜けるわけにはいかんからな。それで、他の不撓不屈《ふとうふくつ》の不平党の面々は。今日はお揃いでないようだが」

「うん、実は、それを詫びるために、拙者はここで貴殿を待っており申した。有り体に申せば、一揆未発、戦線崩壊、戦はなしということだ。理由は聞かずとも、知れよう。悲惨にして滑稽な銘々伝。それぞれにいつの間にか背負い込んだ娑婆の荷の重さにつぶされたからよ。あの三人は、すでに妻子持ち、年寄りの世話に苦労している者もおる」

「それで、貴公だけが華の独身、唯我独尊、孤立無援の悪戦も辞せずというわけですかな」

境野との喋り合いは、いつもこんなふうになる。

「実はな、俺もその仲間入り寸前なのよ」

口調が急にしなびた。

それにしても、今日の境野の語りには、「実は」が実に多い。

「だって、お主だけがひとり者だろう。女っ気など露ほども感じなかったが」

「ヘビースモークの煙幕を張っていただけよ。拙者の大学での専攻は何だったと思う。日本近世文学の中でだよ」

「華の元禄三人衆。芭蕉、西鶴、近松あたりですかな」

「ちゃんと卒業したわりには、貴殿の素養も薄っぺらだのう。聞いて驚くな。艶冶《えんや》、脂粉世界の精華、人情本よ。不運にして卒論を書くには到らなかったが、モチーフは為永春水の『春色《しゅんしょく》梅児誉美《うめごよみ》』と決めておった。さような素養、学習の積み重ねもあって、これまで女っ気は途絶えることとなし。周りはいつもお花畑。ところが、そのお一人の御腹中《おんふくちゅう》に不肖某《それがし》の子種が宿った。

しかもその野の宮の姫君は生来蒲柳《ほりゅう》の質、いかな某でも放ってはおけぬといった次第でござんすよ」

いつもの飄逸《ひょういつ》な言いまわしの割には、境野豊の表情は冴えなかった。

「この俺にしてその態《ざま》だ。で、この四、五日間に重ねた一党会議の結果、当局の異動勧告に渋々ながら従うこととなった。弾の一発も撃たぬ前の完全敗北、何とも情け無い。一昨日、ここで君が帰った後に決めたことだ。その議論も生煮えの状態で、そちらはそちらで何やら悩ましい事情を抱え込んでいるらしい君に厄介な相談をもちかけて、済まなかった」

境野はそこで、珍しく神妙に頭を下げた。

「それを言うために、今ここに居るんだが、さて、そちらの抱え込んでおる難題は何なんだい。君こそ、女か。それとも金か。人情本の世間では、おおよそこの二つが難題の主人だが」

「いや、そのどちらでもない」

首を横に振って答えながら、しかし、その両方共が深くかかわっている事に思い当たる。明子さんと千ドル札に触れないように、直面する難題について説明するのはむずかしい。だが、この友だけには語っておかねばならない。昭二は主に大二叔父とのかかわりと彼の行方探索の緊急性について話した。

「そうか、お主の方もご気楽な選択ではなさそうだな。俺にはとても助っ人役はつとまらんが、とにかくドジるな。我らに共通する無謀、短慮は厳につつしめよ」

若手の同志を諫《いさ》める大石内蔵助を真似たような面付きをつくって、境野豊はそう言うと、ハイライトを取り出して一本銜え、箱の方を昭二に差し出した。一昨日の午後と同じ仕種だった。

境野と連れ立って、予備校の玄関出口に向かう。途中、事務室の前で事務長とすれ違った。わざと丁重に辞儀をする若造両人を、平川はさもありなんといった大人の表情で睨んでいたが、なにも言わなかった。

三

扉のきしる音がした。

ふり向くと、閉じかけた扉の裂け目からわずかに覗《のぞ》く外はすっかり暮れていた。昭二がル・チリソビレに入ってから、一時間近く経ったようだ。その間に、主に新南旅行社での大二叔父の所在探索と思いがけなく近々に実現しそうなフィリピン渡航計画のおおよそを、明子さんに報告し終えていた。

六十年配の大柄な体躯《たいく》の客だった。

隣の椅子席から立ち上がって客に会釈し、そのままカウンターの内に向かう明子さんの表情にはっきりした困惑と不快の影が刷《は》かれるのに、昭二は気付いた。

男は三席分離れた椅子に着くと、まず明子さんに「いつものオールド・パーをダブルで」と注文し、今度は昭二の方をしげしげと眺めて言った。

「どうやらお邪魔したらしいですな」

昭二より明子さんに聞かせるのが目当てらしい、嫌味たっぷりの声音だった。

「それにしても、お若い。学生さんですかな。春の盛りの宵の口から、こんな年寄り好みの酒場に一番乗りなさるとは。しかも、奥の席にデンと座を占めていらっしゃる。そこは常連の定席。大概はこの私が座る席なんですがね」

いつも案内される花の定座の隣に自分が今日も腰を据えていることを昭二は改めて思い知らされた。今夜も白い花が咲き、香りも漂ってくる。ともあれここは、明子さんが大二叔父を偲ぶ祈りの場。聞き流していた客の馬鹿話が、次第にわずらわしく、腹に据え兼ねてきた。男の方へ向き直ろうとしたとき、カウンターごしに明子さんの声がした。ダブルグラスが差し出されるのと同時だった。

「カサイ先生」

抑えているが尖った声だった。

「そこはどなたの定席でもございません。もちろん、先生のお席でも」

「いや、これは失礼。明子ママを怒らせてしもうた。今夜こそ御近所の旦那方を差し置いてその特等席にと意気込んでやって来ましたら、お見掛けせぬお若いハンサムがお掛けになっておる。しかも隣にママさんが座り、何やら親しげな御様子。それで、年甲斐もなくちと焼き餅をやきましてな。御免なさいよ。お詫びに同じものを一杯さしあげて、よろしいかな。もちろん、マダムもどうぞ。それから、何かオードブルを見繕って」

何の先生かわからないが、軽薄によく喋る男だった。明子さんは、それを聞き敢《あ》えもせず、キッチンへ去った。

潮時だと思った。明子さんとの話はまだ残っているが、この客がいる限り、それはできない。他の客もやがて来店するだろう。しかし、このまま立ち去るわけにはいかない。わずかだか、今夜の勘定もある。昭二は、男の方は無視して、コップに残った生暖かくなったビールを喉に流し込んだ。

「マダムはああ言いますがね、以前は紛れもない指定席がありましてな」

男は、キッチンの方にちらりと視線を遣《や》り、声を低めて再び話し掛けてきた。

「学生さんのお隣に大きな花活《はない》けのありますな。その花活けと掛け布をとり除きますと、現在もちゃんと椅子席がございましてな。六、七年前まで、そこにはいつも脚の悪い元軍人さんが、牢名主《ろうなぬし》然と着席しておいででした」

「学生さん」、「脚の悪い」と、思わず立ち上がりかけてかろうじて昭二はふみとどまった。

大二叔父のことに違いない。であれば、まずは聞いておかねばなるまい。昭二も、ついキッチンの方を窺《うかが》った。

「明子ママとどんな御関係だったのか、わかりませんが、おそらくこの店の開店時以来、あるいはそれ以前からの旧知の御人《おひと》だったんでしょうな。いつもほとんどおひとりで、ただ黙って酒を飲んでおいででした。別に変人というでもなく、物腰も決して武張った印象ではなかったのですが、われらのマドンナ、明子ママの御目付役のように思えて、いささか煙たい御人ではありましたな。その人が消えて以来、われら、明子ファンの羨《うらや》む指定席も消えたというわけですよ」

キッチンからは、まだ食器の触れる微《かす》かな音がきこえる。カサイ先生注文のオードブルが整えられているのだろう。

「その人は、どうして急に現れなくなったのですか」

疚《やま》しさを抑えながら、尋ねてみずにはおられない。このお喋り男に、昭二が初めて返した言葉だった。

「さてね。誰にもわからん。明子ママにも見当がつかないらしい。ただ、聞くところによれば、その人物、相当に窮しておられたらしい」

「窮するとは、経済的に行き詰まるという意味ですか」

何の根拠も脈絡もなく千ドル札の束が浮かび、すぐに消えた。

続いて、別の光景も浮上する。七年以前の淀橋署前の駐車場で十数年ぶりに再会した折の大二叔父の外見の変わり様。いかにも上等な黒いスーツに黒檀のステッキ、運転手付きの外車らしい黒塗りのセダン。ほとんどどこにも外出せず、祖父の家の裏の畑で俄《にわ》か百姓に打ち込んで汗にまみれていた旧兵隊服の叔父とは、とても同一人物とは思えなかった。少なくとも、経済的に窮しているふうは、さらになかった。あの変わり様は、何によったものか。頭の中でまさぐる暇もなく、カサイ氏の口舌が再開した。

「その通り。仄聞《そくぶん》するところでは、明子ママも随分援助し、手出しで足りない分は街の銀行や多少怪しげな金融、あるいは周囲の知人から無理を承知で借用工面《くめん》したものもあったとか。それも並の数字ではなかったらしい。挙句《あげく》のどろん。とんだ御目付、後見役ですな」

突然、男の目の前のカウンターの上で、ウイスキーグラスが跳ね、中身の盛られたデザート皿が割れた。

「これまでも何度か御注意いたしましたが、もう一度、これを最後に申します。今すぐお帰り下さい。そうして、今後二度とあの扉からこのお店に入らないで下さい。でなければ、駅前の交番を呼びます。よろしいですか、カサイさん、このお店はあの方が作って下さり、名を付けて下さったお店です。あなたのようなゴキブリ親父の来る所ではございません」

噛み締めた歯の間から押し出すような声が、カウンターの上から降ってきた。凄艶《せいえん》ともいえる白い貌《かお》の中で、両方の瞳に青い炎が立っている。

ゴキブリ親父と呼ばれて頭にきたのか、お喋り男が立ち上がった。昭二も立ち上がる。相手が年輩者とはいえ、明子さんに手を出すような事があれば、許せない。しかも、因縁は他ならぬ大二叔父にかかわる大事。その叔父であれば、この先生はとっくにステッキの一撃をくらって床に伸びているはずだった。

睨《にら》み合いは短かった。

「誰が来るか、こんな廃《すた》れ飲み屋に。潰れてから、咆《ほ》え面かくなよ」

月並みの棄て台詞《ぜりふ》を残し、床を踏み鳴らして、先生は出て行った。扉の外で、ガッと短い音がした。立ち去り際に、チリソビレの看板の掛けられた扉を蹴ったのかもしれない。

その音を聞いて、吊《つ》り上がり気味だった明子さんの眉が緩み、顔に笑みが広がった。

「よかった。これで、やっとあの馬鹿男の顔を見なくて済みますわ」

明子さんはいかにも清々した口調で、そう言うと、カウンターから出て、出入口の扉に向った。手に、「臨時休店」のお知らせ板を携えていた。

乱れたカウンターの上を丁寧な手付きで片付け終えて、一度キッチンに入り、再び客席に姿を見せた明子さんの持参した盆の上には、一組の酒器がきれいに並んでいた。ひと目で、七年以前ここに来た夜に大二叔父が使っていた備前焼らしい大きめの徳利《とっくり》と猪口《ちょこ》と知れた。

「御免なさい。大切な御相談、それに、昭二様の新しいお仕事の御出発間近という時に、お見苦しいところをお見せしまして。それでも、少しほっとするところもございます。これも、あの方のお守りのおかげ」

昭二の猪口に一献目を注ぎおえて、明子さんは昭二の背後にある花の定席の方にちょっと頭を下げた。芳醇な酒の香りに白い花の香りが混じるようだった。明子さん自前の猪口も添えてあり、二人だけの静かでささやかな酒宴となった。いや、二人だけではなかった。白木蓮に化身した大二叔父が、苦笑しながら側にいる。

酒気が回らぬうちに、確かめておきたい事があった。先夜頼んでおいたことでもある。

「叔父がここに来なくなる直前に、同行した客と口論というか、激しい言葉の遣り取りがあったそうですが、その折に漏れ聞かれた片言でもあれば教えて下さいませんか」

明子さんは即座にポケットから小さな紙片を取り出した。

「申し訳ありませんが、思い出せたのは、それだけ。あちらの地名か人の名の一部でしょうか」

美しくしっかりした文字で、「フック」、「ラモス」、「ガナ」、「ムロス」、「マカ」「オザサ」と書かれていた。

たずねたいことが、もう一つあった。

つい先刻明子さんに追い出されたお喋り男の「仄聞するところ」に出てきた、大二叔父への明子さんの、かなりな額にのぼるらしい経済援助のことである。「仄聞」内容の真偽がどうであれ、その話題を広げたり絞ったりしていけば、七、八年以前の、いやそれ以前の十数年に及ぶ叔父の東京での暮らしぶりが少しは想像できるのではないか。加えて、明子さん宛ての封筒の中身千ドルの札束に同封されていた一行四文字の「相済まぬ」の文意が、これまた少しは読めてくるのではないか。

しかし、喉まで出かかった問いを昭二は無理矢理飲み込んだ。先刻の明子さんの見幕を思い起こしたからばかりではない。今ここで、金銭にかかわる事を口にすれば、開きかけている明子さんの胸中の扉が再びきしりをあげて閉じるのではの危惧の念が大きかったからに外ならない。その逡巡をつくろうように、明子さんから手渡されたメモを何度も読み返しながら、昭二はたずねた。

「この一番おしまいのオザサだけが日本人の姓のようですが、お心当たりはありませんか」

「いえ、私もそう思いまして、以前からの記憶をたどり、お店のお客様の名刺を調べたりメモや日録に目を通したりいたしましたが、小さい笹《ささ》の字を当てるような小笹姓の人は見当たりません」

昭二も胸の内でオザサ、オザサと呟いてみたが、思い当たる人物の名も影も浮かばなかった。

「以前にも申しましたように、あのお方は軍隊にいらっしゃった頃の事を一切お話しになりませんでした。それ以前の事も。私は一体、あの方の何を知っているのでしょう。私が知っているのは、中支で戦死しました歳の離れた私の兄と陸軍士官学校の同期生だったということと、その花のお席に腰掛けて静かにお酒を召し上がっていらっしゃったお姿だけ。歳だけは十分に重ねながら、自分の世間知らずと思慮の浅さにいまさらながら、心細くなります」

すぐ隣から漏れる吐息混じりの口調に、さらに湿り気が加わった。

「ですから、どうか私にあの方のことをお聞かせ下さい」

言葉に詰まった。叔父について何事かを知る為にここに来ている自分に、明子さんに語れる事があるはずもない。正直に答える外にはなかった。

「僕が大二叔父と同じ所で暮らしましたのは、生まれてから小学校一年生までの、本当に子供の頃の熊本での六、七年。それと、七年以前に思いがけず再会した、ここ東京での十日ばかりの間だけ。それが、叔父と直《じか》に接した機会のすべてです。ですから、その幼い頃の記憶の切れ端と短い東京での再会時の、何だか行き違いの多かった会話の印象しか残っていません。僕もまた心細い限りなのです」

「でも、昭二様は、あのお方のお便りを御覧になるや、すぐにここへ飛んでこられました。それればかりか、一心にあのお方のお身の上をお案じなさり、お仕事を投げ打ってまで安否を探ろうとなさっておられます。あの方もまた、その身勝手な御依頼を、他の誰でもなく、昭二様に託されました。おそらく、昭二様への特別な、そして御親密な期待と信頼とがあるからなのでしょう。どのように小さな御記憶にも、そのような御機縁の元になるものが秘められているはずです。どのような事でもいい、どうぞお話し下さいませ」

明子さんの切ない湿り気をたたえた気迫に促されて、昭二は話し始めた。大二叔父が傍《そば》にいたら、金輪際口に出せない話だったろう。

「小学校一年生の秋、初めての運動会の時でした。一年生が保護者と一組になって走る五十メートル競技がありました。高学年の生徒がやる両人の足首を結び肩を組んで走る二人三脚ではなく、ただ鉢巻きで手首を結んで走る、より単純で安全な低学年向きの競技でした。たしか『お手々つないで』というような一年生にとってさえこっ恥ずかしい名がついていたと思います。大抵は男子生徒は父親か年長の兄、親戚の叔父や従兄《いとこ》、女子は母か姉や叔母さん、中には近所の小父さん、小母さんとの組み合わせもありました。尋常小学校時代から行われている競技らしく、昭和二十一年入学の昭一兄の時は、終戦直後で父も叔父も復員しておらず、国民服を着た祖父がパートナーを務めたそうでしたが、僕の相棒は大二叔父でした。叔父との手つなぎには馴れている僕はとにかく、義足、松葉杖の身を危ぶんで誰もが止めたのですが、叔父は納得せず、当日、スタート待機の列に、手つなぎ紐を持って僕の横に並んでいました。若い男の先生が来て、自分が代わりを務めるからと説得しましたが、口をへの字に結んで無視。黙って、僕の右手と自分の左手を結びつけました」

初めて他人に語る記憶上の光景のせいか、妙に遣る瀬なく、喉が渇いた。

「順番がきて、六組の手つなぎがスタートしました。最初っからビリでした。それは二人とも覚悟の上。それでも、五本の脚で、トコ、トコ、トコと懸命に駆けました。しかし、手をつないで歩くのには馴れていても、駆けるのには無理があったのでしょう。叔父の三本脚の拍子に僕の二本脚の動きが合わず、三十メートルくらいのところで、まず僕が転びました。その僕を支えようとして、叔父もバランスを崩して転びます。ボキッと、木の枝の折れるような音がしました。立ち上がろうとする僕たちのところへ、係の先生や父兄たちがすぐに駆けつけて、助けようと手をさしのべます。それらの手を邪険に振り払って、叔父が唸り声を発しました。〝俺たちに触るな、触ったら、殺すぞ〟と。僕が生まれて初めて聞く、低いけれど腹に響くような怖い声でした。それで、走り寄ってきた大人たちは皆気を呑まれて手を引っこめました。泣き出しそうだった僕の涙も、引っ込みました。自力で立ち上がった僕に叔父は言いました。〝ゴールはまだ先ぞ。さあ行くぞ〟。ゴールまでの二十メートルをどうやって進んだのか、よく憶《おぼ》えていません。周りが、何だか妙にしいーんと静まっていました。ゴールに着くとすぐ叔父は結び紐を解き、誰にも声を掛けず、頭も下げず黙ってひとり運動場を出ていきました。傷んだのは松葉杖だったのか、義足の方だったのか、背後から見る上体の揺れが上下にも左右にもいつもより激しいように思えました。それを見送りながら、僕は少しだけ泣きました」

ふと、カウンターの天板に置いた右手の甲に、暖かく柔らかいものが触れるのが感じられた。不覚にも追想世界の図像にのめり込んでいたらしい。しかし、触れている心地好いものが何かは、目を動かさなくてもわかる。

「いいお話。あのお方のお姿、お顔、お声がすぐそこにあるようです。なさり様も、いかにもあの方らしい。それで、お二人にお怪我は」

重ねた手はそのままに、明子さんはたずねた。もっと叔父の話をつづけての催促のように受け取れた。

「僕が肘を擦りむいたくらいで、どちらも大した怪我はありませんでしたが、案の定、叔父の義足と松葉杖が傷んでいました。中でも、杖の方は、支柱に深い裂け目が入り、いまにも折れそうでした。それで、翌日、その修理に行くことになり、日曜日だったので僕も連れてってもらいました。道々、叔父から聞いたところでは、その人も元兵隊で、やはり傷病兵として戦後南方から復員したということでした。手の器用な人で、大工でもないのに食器や農具などいろんな物を自分で作り、叔父の着けている義足や松葉杖もその人が作ったものでした。私たちの家から西の山里へ片道一時間ばかりの距離にあるその人の住居に行きついて、まず驚いたことは、その人が全く喋らないことでした。もともと口が利けないのではなく、復員直後から次第に喋らなくなり、やがて完全に言葉が出せなくなったというのです。大二叔父も口数が少ない方でしたが、その人は完璧な無口。ところが、叔父の言う事はすぐ理解され、正確に対応され、夕方には、義足のゆるんだ金具の締め直し、松葉杖の支柱の取り替えと補強などの修理が終了し、暗くなる前には島崎の自宅に帰り着きました。半日の間、叔父とその人との無言の対話を聞いていて、子供心にも、化け物のような戦争の影を見聞きした思いでした。実は、その春に、やはり叔父と一緒に、父の空っぽの納骨式を済ませたばかりでもありましたから」

右手の甲の上の柔らかいものが、そっと離れた。

三月も晦《みそか》になって、熊本の兄に電話を入れた。大二叔父の所在調査の経過とフィリピン行きの予定を報告した。最後に、即答は望めないと思いながら、たずねた。

「父さんの戦没した地名を確かめたいが、ルソン島、リザール州のどこだったっけ」

謹直にして聡明な兄は、即座に、端的明瞭に答えた。

「モンタルバン」

第2章　南方春菊

一

ペドロ・メンドゥーサと名乗る青年が現れた時、昭二たちは、町の広場に面した食堂で早目の昼食をとっていた。その日いっぱいかかるはずだった作業がまったくの見込み違いとわかり、午後の予定は立っていなかった。

「小学校になっていたとはねえ」

食事にもほとんど手をつけず、池野が何度目かの嘆息をもらした。

「仕方がないですよ。二十七年もたったんですから」

椰子《やし》油と大蒜《ニンニク》の強く臭う焼飯料理の皿から顔を上げて昭二は言ってみたが、それが何の慰めにもならないことはわかっていた。

空になったコカ・コーラの壜を眺めている池野の目が赤かった。昨夜は、やはりあれからずっと眠れなかったのに違いない。

聞き馴れない音にふと目覚めると、隣の蚊帳の中も起きている気配だった。かなりの時間眠ったような気がしたが、窓はまだ暗かった。すぐ頭の上で、異様な鳴き声がした。蚊帳を透かして見上げると、粗い漆喰《しっくい》天井に照度の低い赤色灯がひろげる黄色い輪の中、三十センチ程の太い紐のようなものが動いている。半身を起こしてよく見ると、大きなヤモリだった。日本のそれに較べて頭も胴も桁違いに太く長く、灰色の背には赤や緑の複雑な斑紋が散っていた。

「トッケイだよ。鳴き声からそういうんだそうだ」

隣の蚊帳から、少しも睡気を帯びていない声がした。

「でかいなあ。これ、どうもしないんですか」

「大人《おとな》しい奴だよ。捕らえても別にどうもしない。さすがに食べた者はいなかったがね。もっとも、こいつは人気のない山の中にはあんまりいないんだよ」

寝返りの音もたてず、先刻からの話の続きでもしているように、池野の口調は静かだった。

「眠れないようですね」

しばらくヤモリを観察した後、再び横になって胸元に毛布を引き上げながら昭二がたずねた。

昼間の暑さは耐え難かったが、乾期中の山間地では、夜半ともなるとさすがに少し冷えた。

「うん、いよいよ明日だと思うとね。連中がすぐ側に寝てるような気がするんだよ」

声が少しくぐもっていた。

「うまく見つかるといいんですがね」

「見つかるさ」

池野は短く答え、それでも一息ついてから話し始めた。

「小屋の周りにバナナの林があるんだよ。街道からアグノ川の支流に沿って五キロばかし入ったところでね。川が山の方に向かって大きくL字形に曲がった右手にちょっと開けた台地があって、そこに現地人の小屋が三つばかりと唐黍《とうきび》畑があった。俺達が行った時には、バナナも芋も唐黍も洗いざらい持って逃げられた後で、何も残ってはいなかったがね。それでも、屋根のある場所で二、三日休めるというので、皆大いに喜んだものだよ。分隊のほとんどがマラリアと栄養失調で、満足に動ける者は一人もいない有様《ありさま》だったからね。それにもう雨期が始まっていて、毎日何度か物凄い雨が降るんだよ。マラリアにやられてると、この雨がひどくこたえてね。シソンの戦闘では三人しか死ななかったのに、雨期に入ってから分隊の半分近くが死んだんだ。糧秣《りょうまつ》なんか、もう何ケ月も前に切れてしまっていたよ。兵隊が南方春菊と名付けた草が主食で、それを飯盒《はんごう》で煮て食べるのだが、馴れないとこれが下痢の原因になってね。かえって衰弱する者もいたよ。でも、いろいろ試してみて結局腹に入るものといえばそれしかないんだな。その南方春菊が小屋の近くに沢山《たくさん》生えていてね。民家のある所には必ずゲリラがいるということで以前は滅多に近寄らなかったんだが、その頃はもう、食い物のことと雨を避《よ》けることと以外には何も考えられなくなっていたんだな」

通い馴れた道筋をゆっくり辿っているかのように、口調には澱みがなかったが、どこか奥深いところで微《かす》かに震えているようだった。

「奴等は夕方やってきた」

息を整えるためにちょっと沈黙し、それから、口の中の湿った闇を少しずつ吐き出すような声で、池野は続けた。

「小屋に入った翌日の日暮れ時だった。ちょうど飯時《めしどき》で、摘んできた草の葉や茎を煙が外に漏れないようにバナナの葉でおおって煮ている時、小屋の前に展《ひら》けた唐黍畑の中から奴等は撃ってきた。逃げようにも逃げられず、こちらも各自四、五発ずつしか持っていない弾を撃って応戦したんだが、幸いなことに、敵のゲリラもほんの偵察程度の小グループだったらしく、戦闘は十分ばかりで終わったよ。火の側に緒方が、入口の柱に寄りかかるようにして村井が死んでいた。何故そのまま逃げ出さずに、二人を埋めることにしたのか、自分でもよくわからない。とにかく、奴等が川の方へ遠去かったのを確かめてから、分隊の比較的動ける者を叱りつけるようにして二人を小屋から二十メートルばかり離れたバナナ林まで運び、ちょうど大きなバナナが輪のようになって生えているその真ん中に埋めたんだ。銃剣と手だけで掘ったので、そんなに深く掘れるはずはなかった。もちろん身体《からだ》も弱っていたし、それに何時《いつ》奴等が引き返してくるか気が気ではなかったからね。それでも、二人重ねるようにして穴に入れ、土を掛け終わった時にはもう真っ暗だったよ。奴等がきて掘り返すのを用心して、埋めた跡には何も目印になる物は置いてこなかったが、あの台地まで行けば、あとは目を閉じてもわかるよ」

「でも、随分時間がたってますからねえ」

幾度も目にしてきた生存者たちの落胆ぶりを思い浮かべながら、昭二は言った。

「いや、あそこは大丈夫だよ。地図を調べてみても、一番近いこの町までだって二十キロ以上も離れているし、開発するといっても、なんの取得もない山の中だからね。前に住んでた連中が帰ってきて小屋を建て直したり、畑の様子が多少変わっているかもしれないけど、大方は昔のままだと思うね。これまでのところとは違うよ」

昭二にというより、自身の思いにあらためて念を押すといった強い口調だった。しかし、同じような口調で語られた同じような確信が無惨に裏切られる光景に、昭二はもう幾度か立ち会ってきていた。人間の手が加わらなくても、地形そのものがすっかり姿を変えている地点も少なくなかった。モンスーン地帯の自然は容赦がない。だが、昭二はそれを口にしなかった。

「さっきから考えているんだが……」

それまでとは幾分感じの違う声で池野が言った。

「二人重ねて埋めた時、どちらを上にし、どちらを下にしたかどうしても思い出せないんだよ。明日掘り出す時には、どうせ骨だけになっているだろう。二人共似たような体格だったからなあ……」

最後の方は低い呟きの中へ消えていった。

顔の上で、トッケイが微かに鳴いた。腹の垂るんだほの白い蚊帳ごと湿った闇の底へ沈んでいくような気分だった。

目を閉じると、泥にまみれて重なり合う青黒い骨たちが身動《みじろ》いだが、それらとはもう馴染みの仲だった。フィリピンに来てやがて一ケ月。いろんな景物、老若男女に出会ったが、もっとも馴染んだのは山野に埋もれた骨たちだったのかもしれなかった。

方角や距離の目測に狂いはなく、川のカーブも台地の位置も、池野の記憶通りだった。しかし、バナナ林も唐黍《とうきび》畑も小屋もなかった。灌木《かんぼく》が生い茂っていたという川原《かわら》から台地までの斜面は幾段もの棚田に変わり、駆け上るようにして登り着いた小高い丘の上には、教会兼用のバリオ・スクールを中心に、三十戸ばかりの村落が散らばっていた。

二十年程前にずっと北の方からやってきて住みついたという新しい住民たちに二十七年前の小さな戦闘を知る者はなく、彼等がやってきた当時まではまだ残っていたはずのバナナ林の位置さえ定かではなかった。

あちこち懸命に駆け回って池野が推定した埋葬地点は、小さな校舎の建っているあたりだった。一つきりの教室で、子供たちが、窓の方をしきりに気にしながら音楽の授業を受けていた。物珍しさも手伝ってか村人たちの態度は協力的だったが、教室の床下や、手狭な校庭の植え込みにスコップを入れるわけにはいかず、収骨調査は断念せざるをえなかった。

池野と昭二は、校庭の一隅を借りて小さな祭壇を設け、持参した供物を供えて心ばかりの慰霊を行った。煙草や日本酒の一合壜《びん》、昨夜ホテルで作っておいた握り飯に混じって、近くで池野の摘んだ南方春菊の一茎があった。

「小学校でよかったのかもしれん。緒方も村井も、まだ子供みたいな年頃だったからなあ……」

池野が、ぽつりと呟いた。今朝までの張りが削《そ》げ失せて、力無い老人の表情が露わだった。池野の顔から目を逸《そ》らすようにして、昭二は入口ごしに外を見遣《みや》った。入口といっても戸らしいものがあるわけではなく、店の正面は広場と地続きの道路に向かって完全に開放されており、何本かの柱と軒の横木に吊《つ》るされた簾《すだれ》がその境界を示しているにすぎない。薄く削った貝殻を繋ぎ合わせた簾は人の頭の高さまでしかなく、腰を下ろした位置から眺めると、人影もなくギラギラ光る広場がまともに目にとびこんでくる。

椰子の梢《こずえ》が揺れているように見えるのは、風ではなく、深い陽炎《かげろう》のせいに違いない。土も木も、車の屋根も、広場をはさんで真向かいにあるスペイン風の教会の白壁も、正午近い陽光に焙《あぶ》られ、透明な炎を放って燃えていた。

その炎の揺らぎに揉まれて、身体の中と外にある一切のものと思考の輪郭が歪《ゆが》み、溶解し、気化していく不安に襲われる。中に、一ケ月程前に羽田からしっかり連れてきたはずの、大二叔父にまつわる様々な記憶、その所在探索への決意と期待と懸念も混じっているようだった。だが、警報は鳴らない。その上、明らかに緊張から鈍化へ誘われていることへの不安と恐れ自体が、奇妙な脱力感を伴っていた。一向に進展しない探索の不調に加えて、年配者がよく口にする南方呆《ぼ》けまで始まったのか、この年齢で。食べる気もなく口に入れた生温かいパパイヤを噛みながら、昭二は苦笑した。

マニラに着いて早々に受けた米倉からの報告は、東京で受けた国際電話の中身とほとんど同じだった。小包の発送依頼者の所在は確認できず、新たな糸口も見当たらず、つまり収穫ゼロということだった。翌日から、支社の現地採用社員を案内にたてて、米倉に紹介された人と場所を訪ね歩いた。マガンダン社はもちろん、日本からの進出企業の支社や出張所、邦人クラブの顔役たち、はては日本人がよく行くという評判のレストランやバーにまで出向いて、十日間で数十人の老若男女に当たったが、柏木大二の名も、右足の不自由な初老の日本人についての見聞、情報も皆無だった。ふと、叔父はこのマニラ都市圏には出没していないのではないか、あるいは、姓名も容姿も変えてどこか辺地の山村に逼塞《ひっそく》しているのではないか、という疑問が湧いた。

折しも、日本から、戦没者の遺骨収集の事前調査も兼ねる慰霊巡拝旅行団が相次いだ。臨採とはいえ、昭二も新南旅行社マニラ支社の出向社員である。米倉支配人の指示もあり、昭二はとりあえず、それに同行する通訳任務についていた。この種の旅行団のルートは一般の観光旅行とはまったく異なり、自ずとかつての日本軍の敗走ルートを辿る。しぜん、普段は人跡まれな険しい山岳地帯や深い森林の多い山間地を巡ることになる。マニラ都市圏部を離れて、ルソン島の深部の情況に触れる誂《あつら》え向きの機会になるはずだった。

入口に近いテーブルにいる人物たちの輪郭が影絵のように黒々と見えた。通訳のミス・グロリアが一人の男と話していた。Ｐ・Ｃ（国家警察軍）のロドリゲス軍曹が、煙草をふかしながら二人の話を聞いている。

立ったまま時々簡単な身振りを混じえて話しているその小柄な男は、昭二と同じような年恰好に見えた。山岳民族イゴロットの血が濃いらしく、額のつまったちょっときつい顔付きをしているほか、目立った特徴はなかった。情報提供者かもしれないとの思いがひらめいた。失意を収めきってない様子の池野をしばらくそっとしておいて、昭二はグロリアたちのところへ行くことにした。

テーブルに置いていた地図を手にして立ち上がろうとした時、入口の影絵の構図が崩れ、三人が近づいてきた。

「ミスター柏木」

グロリアが昭二に話しかけた。マニラ大学の学生で、新南旅行のマニラ支社でアルバイトをしている彼女は、英語はもちろん流暢だが、日本語はまだ片言程度しかしゃべれない。本来なら、年長でもあり厚生省の認可も受けた派遣員でもある池野にまず話を通すべきだったが、池野の方は全然英語ができなかった。

「この人が、日本兵の骨のある場所を知っていると言っています。ここから車で一時間ばかり北へ行ったトリーガンという村で、彼の父親たちが昔三人の日本兵を埋めたということです」

昭二が彼女の話の内容を池野に伝え終わるのを待って、青年は右手を差し出した。

「ペドロ・メンドゥーサです。あなた方が日本兵の骨を探していると聞いて、お手伝いにきました」

名前同様スペイン訛りの強い英語だった。昭二も立ち上り、青年の手を握った。名前を告げ、「父がマニラの近くで死んだ」と言うと、彼は、「通訳から聞きました。お気の毒です」と短く答えた。池野のこともグロリアから聞いていたらしく、握手しながら、「友達の骨が見つからなくて残念でしたね」という意味のことを言った。

グロリアが、池野が元兵士だったと伝えたかどうかはわからない。この種の旅では、生存者たちはかつて兵士としてこの国へきたことを伏せておくのが不文律とされていた。戦時中の日本軍に対する憎悪が根深く生きているこの国の国民感情を配慮してのことである。殊に、戦後日本人がほとんど入っていない山間部には、個人的な復讐心を燃やしている人々も少なくないといわれていた。万一の要心にP・Cの護衛がついたのも、そのためだった。

だが、ペドロの物腰には頓着している様子は感じられなかった。椅子を勧めると、彼は昭二の正面に腰を下した。

「もう少し詳しく話してくれませんか」

テーブルの上の食器を片付け、そこに地図を拡《ひろ》げて昭二は言った。池野も緊張した面持ちでペドロの口元を見詰めていた。

ちょっと入口の方を振り返ると、地図に目を据えるようにして、ペドロはゆっくり話し出した。

「戦争が終わって、山に隠れていた父たちが村へ帰ってくる途中、村から四キロばかり離れた森の中に三人の日本兵が倒れていたそうです」

「二人はもう死んでいて、一人だけが生きていました。でも、その兵隊も脚にひどい怪我をしていて、全然動くことができず、父たちに助けてくれるように頼んだそうです。日本の兵隊は恐ろしかったけれど、もう戦争は終わっていたし、すぐに死んでしまいそうな程弱っていたので、皆で抱いて村へ連れていったのです。村で介抱して、一時は少しよくなったように見えたのですが、またすぐ悪くなりました。いよいよ死にそうになった時その兵隊は、自分が死んだらあの二人を埋めたところに一緒に埋めてくれと頼んで、父たちに金貨をくれました。その時自分はヤマモトだとも言ったそうです。それから二、三日して、ヤマモトは死にました。父たちは、彼の頼み通りに死体を森まで運び、前の二人を埋めた同じ場所に彼を埋めました。跡には木で作った大きな十字架を立ててきたそうです」

時々出てくるタガログ語系の表現はその都度グロリアが英語になおしてくれるので、大して不自由を感じなかった。ペドロの話が途切れたところで、あらましを池野に伝えると、彼は、ちょっと首を傾《かし》げた。

「山に隠れていたくらいの比島人が敗け戦《いくさ》の兵隊にそんなに親切にするわけはないがなあ。金貨というのも少しおかしい。もう一度場所を確かめてくれないか」

そう言って、口の中で「トリーガン、トリーガン」と呟きながら、彼は地図をのぞきこんだ。確かに、その地名は、一行の現在いる町から国道を三十キロ程北上した地点から山地の方へ四、五キロ入った狭い盆地に小さく記されていた。

「森というのは、どのあたりですか」

昭二がペドロにたずねた。彼はしばらく考えてから、小指の爪の先で狭い盆地がさらに山間にくびれ込んでいるあたりを示した。小さな谷がいくつも集まった複雑な地形のように思われた。

「村から歩いてどれくらいかかりますか」

「山道ですから。一時間程です」

車を使う時間を合わせて、往復だけで四時間潰れることになる。しかし、情報が確かならば、時間のことなど言ってはおれなかった。この地域の調査に使える時間は今日の午後の半日しかない。問題はその信頼度だった。

情報提供者の意図は様々だった。これまでにも何度か土地の人の案内で調査のための試掘作業を試みていた。思いがけない成果を収めることの方が多かったが、時には、見当違いや謝礼欲しさの偽情報に引きまわされる経験もないではなかった。ことに、ペドロ青年の指差す一帯は、かってその近くを通ったと思われる生存者の池野さえ馴染みの薄い場所である。土地の様子も民情もわからなかった。顔付きから、ミス・グロリアもロドリゲス軍曹もその付近には詳しくない様子。もう少し確かめてみる必要がありそうだった。

「あなたは、その当時どうしていたのですか」

詰問の口調にならないように注意しながら昭二はたずねた。

「私はまだ幼かったので、母や兄弟たちと一緒に別の場所に隠れていました。でも、ずっと後になって、父に連れられてそこに行ったことがあります。土盛りの上に古い木の十字架が立っていました。その時に父がこの話をしてくれたのです」

「ヤマモトがお父さんにくれた金貨を見たことがありますか」

「一度だけあります。これくらいの大きさでした」

ペドロは、右手の親指と人差指で十ペソ硬貨と同じくらいの円をつくってみせた。

「お父さんにお願いすれば、墓に行く前にその金貨を見せてもらえますか」

昭二を見詰めていたペドロの黒目がちの目に、ちょっと怯《ひる》むような影が横切った。その目を伏せ加減にすると、彼は低い声で、

「父はもう持っていません。以前に誰かにプレゼントしたそうです。それに……」と言い澱み、「父はもうトリーガンにはいないんです」と答えた。声音にそれまでの明快さがいくらか欠けて

いた。

「お父さんがいらっしゃらないのに、私たちが急に行って、墓の調査をしてもいいのですか。もちろんきちんと事情を説明して、承諾していただくようお願いはしますが、村の人たちは不愉快に思いませんか」

「心配はいりません。皆もう日本の兵隊の墓のことなんか忘れてしまっています。それに、ただの骨ですから」

低い声に変わりはなかったが、再び視線を昭二の顔に戻してペドロは答えた。彼の最後の文句は確かに、この国の人々が日本兵の骨に対する時のある共通した態度を物語っているように思われた。日本兵の行為に根深い怨《うら》みを抱いているはずの人々が、その骨に対しては淡泊といえるほどの無造作な反応しか示さなかった。彼等は、むしろ、四半世紀も前に死んだ者の骨をわざわざ遠くまで掘り集めにくる異邦人の心情を不思議がっているようにさえ見えた。宗教、文化、習俗の違いによるのだろうか、日本人と接触する機会の多いグロリアさえも、「何故そんなに骨（ボーンズ）が必要なの。お祈りするだけでは駄目なのですか」と昭二にたずねたものだった。トリーガンの村人たちの反応も同様なものかもしれないと昭二は考えた。

「私たちがこれから行くことになったら、あなたも同行してくれますか」

「もちろんです」

彼は奇妙に光る目で頷き、それからちらっと入口の方を振り返ると、声をひそめて付け加えた。

「村のことは心配いりませんよ。実は、村を通らずに森へ行く道を知っていますから」

「いや、そんな必要はありません」

と答えたものの、相手の意図を測りかねて、昭二はペドロの視線が走ったあたりを見回してみた。店の中には、昭二たちのほかに客はなく、入口のところに四、五人の子供たちが一列にしゃがんで、見馴れぬ客たちの様子を見守っているだけだった。小さな影法師共の背後で、無人の広場はさらに輝きを増していた。日本人と親しくしているところを人に見られたくないのに違いないと、昭二は独り合点した。

「どうしますか。他に当てもないことですし、行ってみるということで話をしてみましょうか」

ペドロとの遣り取りをもう一度まとめて池野に報告してから、昭二はたずねた。促すような口調になっていた。

「そうだね。このままバギオに引き返すわけにはいかないからなあ。しかしな、金貨の件はまあ思い違いだとしても、村の大人たちが忘れてしまっているようなことを、どうしてこの青年がわざわざ言いにきてくれるのか、どうも引っ掛かるんだよ」

視野の遠くを掠《かす》めるものを追うような眼差《まなざし》を浮かべて、池野は曖昧に頷いた。心から納得してはいない口振りだった。

ペドロに行ってみることにすると伝えると、入口を気にしていた彼は目を輝かせ、すぐにでも出発するような勢いで立ち上がった。

広場の方角から正午を報せるチャイムの音が聞こえてきた。それを合図のように、店の前が急に騒がしくなった。日に二便しか通らない長距離バスが着いたのだった。

ここで昼食をとることになっているらしく、全部の乗客が降車した。彼等はバスの屋根に括《くく》り付けられたそれぞれの荷物が無事かどうかを確かめると、広場の熱気をそのまま押し込むようにして入ってきた。薄暗い空気が熱気と騒音に煽《あお》られて動き、床のあたりに沈んでいたさまざまなものの臭いがわらわらと立ち昇る。

テーブルはすぐに満席になった。最初気付かない様子だった新しい客たちも、やがて奥のテーブルにいる見慣れぬ一行に気付いた。ほんの一瞬店の中が静まり、数十の視線が一斉に自分たちの上に結ばれるのを昭二は感じた。

出発の準備を急ぎながらペドロを見ると、今し方まであれほど入口を気にしていた彼はそちらに背を向けて、振り返ろうともしない。背《そむ》けた顔の表情も強張っていた。

ロドリゲス軍曹が陽気に誰彼となしに挨拶を交わしていた。バスの終点になっているルソン島北端の町出身の軍曹は、乗客の中にも顔見知りが多いらしかった。

「ディーノ」

音の渦の中から、明らかにこちらへ向かって投げられた声があった。応答がなかったからか、声は重ねて「ディーノ、ディーノ」と叫び、それに短い土地の言葉が続いた。入口に近いカウンターのところで、側《かたわ》らに闘鶏用らしい鶏を入れた大きな鳥籠を置いた赤シャツの男が、昭二たちのテーブルに向かって手を振っていた。昭二にはもちろん見覚えのない顔だった。グロリアもロドリゲスもそちらを向いたが、彼等の知り合いでもなさそうだった。昭二はふと、ペドロの肩が小さく震えているのに気付いた。立っていた軍曹がその男に向かってペドロの背中を指差してみせると、男は大きく頷き返した。軍曹がペドロの肩をつついて、入口の男を指差したが、彼は振り返りもせずに黙って首を振っただけだった。唇を噛むようにしているためにますます表情が強張り、狭い額に汗が浮いていた。誰の目にも、おかしな様子だった。

軍曹の目付きが鋭くなり、彼は、こちらへやってこようとしている赤シャツの男を手で制して、自分から入口の方へ向かった。

出発の準備は整ったものの、動き出せない状態になった。真っ先に出掛けたがっていたペドロが、今は椅子から腰を上げようとさえしないのだ。

正面に腰を下ろしている昭二の顔を、先程は見せなかった底光りのする目で見上げて、彼は不意に呟くように言った。

「トリーガンへは行けなくなったよ」

声色も言葉遣いも急に乱暴なものに変わっていた。

「何故」

昭二は反射的にたずねた。

「何故だって」

彼は毒々しい表情を露わにして何か言い募ろうとした。

だが、思い直したように、「すぐにわかるさ」と言い捨てると、口の奥で、チッチッチッと微かな舌打ちの音をたて始めた。深い憎悪と恐怖の予感に盲《めし》いたような、おそろしく暗い目付きだった。

ペドロの頭越しに、カービン銃を揺り上げ人々の肩を押し分けながら近付いてくるロドリゲス軍曹の姿が見えた。

耳障りな舌打ちが中断された。軍曹がいきなりペドロの肩を両手で掴《つか》み上げて、テーブルの脇へ突き飛ばしたのだった。

床に顔を打ちつけてころがったペドロに向かい、土地の言葉で軍曹は激しい罵倒の文句を投げつけた。のろのろした動作で身を起こしながら、ペドロが何か言った。その胸倉を掴み引き起こしてもう一度突きとばそうとする軍曹を、昭二と池野があわてて止めた。

「どうしたんです、一体」

軍曹の腕を押さえて、かろうじて昭二はたずねた。

「こいつは嘘つきだ。あなたたちを欺そうとした。名前も、ペドロ・メンドゥーサなんかじゃない。

日本兵の話もみんな出鱈目です。何年か前にも、バギオで日本人を欺したそうです。やはり骨があるといって、危険な山奥まで案内して、そこに置き去りにしたそうです。札付きの悪党ですよ、こいつは。あの男がよく知っていると言っています」

軍曹は切れ切れの英語で言い、ペドロ、いやディーノの体を赤シャツの男の方へ突き付けるように動かした。赤シャツの、どこか卑しそうな顔付きをした男は、ただ呆然としているようだった。ディーノはまったく抵抗せず、軍曹の腕の動きのままに首をガクガクさせていた。右の目蓋《まぶた》の上が切れて、一筋の血が頬を伝った。

「どうするつもりですか、彼を」

軍曹の、というより自分自身の興奮が静まるのを待って、昭二はたずねた。

「ここの警察に引き渡しますよ。こんな奴は少し痛めつけておいた方がいい」

警察ということばに店の中の何人かが明らかな不満の声を漏らした。声のしたテーブルを、軍曹は睨《にら》み据えた。

「赦《ゆる》してやることはできませんか。何も起こらなかったことですし」

「あなたたちを欺して、危険な目に遇《あ》わせようとしたんですよ。あなたたちばかりじゃない。このわたしをもだ」

赦すなど以ての外だといわんばかりの口調で軍曹は言った。

「でも、結局何も起こりませんでしたよ」

理屈に合わないことはわかっていた。確かに、バスが着く前に出発していたら、あるいはあの赤シャツの男の差し出口がなかったら、トリーガンの谷間でどうなっていたかわからない。生命の危険はともかく、道に迷って途方に暮れている可能性はあった。だが、ペドロと名乗る青年に対して、不思議に怒りは湧いてこなかった。


池野が、ハンカチで青年の目蓋の血を拭いてやろうとしていた。

突然、彼がすさまじい声で吠えた。

「触るな、穢《きたな》い兵隊の手で俺に触れるな。お前は日本の兵隊だ。隠してたって、俺にはわかる。お前が父や姉たちを殺したんだ。俺の父は、フクだった。俺もフクになってお前たちを殺してやる」

ロドリゲス軍曹の手が一瞬ゆるむ程、その声は大きかった。叫びながら、彼は池野のハンカチを叩き落とそうと右手を振った。手はハンカチには当たらずに、軍曹の頬に当たった。すかさず軍曹が青年の口を殴りつけた。青年の体から力が抜け、両膝が床についた。

軍曹は見てみろといった表情で昭二の顔をちらっと見ると、青年を引きずるようにして入口の方へ向かった。

引きずられながら、青年は懸命に体をねじっていた。軍曹の脇の下から、今度は昭二の方に人差指を突き付けて彼は叫んだ。

「お前も兵隊と同じだ。お前は父親たちの骨を掘りにきたというが、俺は五つの時、この手で父を埋めたんだ。埋めたんだぞ……」

血と涙で歪んだ顔がわずかにのぞいた。それを軍曹がさらに殴りつけた。鈍い音がして、叫びが止んだ。

立ちすくんだ昭二の前から入口まで人々がつくるトンネルの中を、二人はいびつな影絵となって遠ざかり、入口のところでちょっともつれ、次の瞬間には、正午の広場に盛る陽炎を浴びて燃え上がった。

二

午前中の見込み違いによる収骨調査の不調と正午に生じたアクシデントで、午後は早々に中継地のバギオに引き返し、翌日、昭二の加わった中部ルソン調査班一行はマニラに帰った。

ボントック道沿いの山間の町を出て以来、ペドロのことがずっと頭を離れなかった。あの自分と同年輩の若者の暗い陽炎《かげろう》の澱む眼差《まなざし》と憎悪に満ちた烈《はげ》しい口調とが、眼裏《まなうら》と鼓膜に貼り付いていた。ペドロを町の警察に連行させたままにしてきたことが無性に悔やまれた。

マニラに帰るとすぐに、昭二は米倉に一件を報告し、事後の対策を相談した。すでに池野とグロリアによる電話での通報を受けていた米倉の対応は速かった。

「ロドリゲス軍曹の処置はいささか荒っぽいが、外国人旅行者の安全確保の役目を負っている者としては間違っていないでしょう。しかし、貴君の懸念もよくわかります。今後の遺骨収集や慰霊巡拝団に対する住民感情への影響も配慮する必要がありましょうしね。とにかく、その不良青年の留置がこのまま長引いても具合が悪いし、微罪でも刑務所送りになったりしたらもっと面倒になる」

面倒になると言いながら、この敏腕の支社長の口調には苦慮している形跡はほとんど見えない。

「それで、どうするのですか」

「お金です。あの町か州の警察の上の方に何がしかの献金をすれば、明日にでも釈放されるでしょう。ロドリゲス軍曹にも、彼の面子《メンツ》への配慮のために、謝礼金というか慰謝料というかそれなりの手当が必要ですね」

「それだけですか。こちら側の事情聴取とか、書類上の手続きとか、受け渡しのセレモニーとかは要らないのですか」

「その青年の釈放というだけなら、それで十分でしょう。しかも、大した金額ではない。法規に従った保釈とも違うので、特別な条件もなければ、手続きも要りません。まあ、この温暖な国の世間で培われた大様《おおよう》な融通芸の一つとでも考えればよいでしょう」

昭二が拍子抜けするほどに、事もなげに米倉は言った。

「お金の心配も貴君がする必要はありません。会社がお世話をしている旅程の進行中に起こったアクシデントに関わる費用ですので、当然会社持ちです。また、金額の交渉や具体的な遣《や》り取りも、会社の方でやります。貴君は御自身が出向かなければ気が済まないと思っているかもしれないが、その必要もないし、そうすれば事が表立って、かえって面倒になります。大丈夫、小悪党は、少なくとも今週中には釈放されますよ」

米倉は、蔭りのない表情で、昭二の肩を軽くポンと叩いた。大学生時代にテニスの選手として鳴らし、東京オリンピック時にフィリピン選手団の世話をしたのが縁でいまの仕事についたという若い元気者の支社長らしい所作だった。

ペドロの留置や釈放だけが気懸かりの原因ではないが、いまそのことを米倉に語っても詮無いことはわかっていた。ただあの暗い眼差と痛切な憎悪にもう一度対峙する棘立った予感のような思いが昭二の胸中に居座っていた。

「それより、今回の貴君の研修を兼ねたマニラ出向もあと十日で終わる。そうしたら、貴君も一度は帰国しなければならない。それまでは、肝心の叔父上捜しに集中して下さい。新橋の小沼社長からもくれぐれもと頼まれていながら、その方の成果は一向にはかばかしくない。事の起こりがこちらから発送された小包にある以上、私にも一端の責任があります。これまで当たった筋からは得られなかった情報の糸口が、まったく別のところからのぞいているかもしれません。たとえば、邦人会などに属していない地方の在留邦人や残留軍人、或いは片親が日本人の二世の人達などが、そうです。おっと、そういえば、つい一昨日《おととい》、貴君の中部ルソン移動中に、思いがけない大物が一人貴君をたずねてここへ来られた。実は、今日は、何より早くそのことを貴君に報せたかったのです」

途中から、ちょっと口調を変えてそこまで言うと、米倉は上衣の胸ポケットから、一枚の名刺を抜き出した。表裏にそれぞれ漢字と英字でどれも日本の一流企業の顧問・相談役などの肩書に飾られ、ことに『関元二』の氏名の目立つ大判の名刺だった。おびただしい数の肩書の中に日比親善交流協会顧問の一行があった。

「こんな御大層な人がですか」

昭二に思い当たりはまるでなかった。

「そうです。名刺を見てもわかるように、関元さんは、この国に関わる多様な人物の中でおそらく三本の指に入るフィリピン通であり、日比間の人間、物流ルートの、いわば万事相談役といったお立場の人です。そのような人がわざわざ当社まで出向かれた。何でも、貴君が先々週に僕と一緒に出向いた邦人クラブや日本企業のマニラ支社などで、貴君の叔父上捜しの事を耳にされてのことらしい。僕もその日に留守でお会いできなかったので、昨日そのお詫びのお電話を入れた折に、そうおっしゃられておった。その名刺は、お出での折に会社の者がお受けしたもので、貴君がマニラに帰ったら直接に連絡をくれるよう、伝言を残されたとか。この僕なども滅多にお目にかかれぬ超多忙の著名人。その人の御存知の情報なら、きっと確かな、しかも朗報に違いないでしょう。ボントック道の小悪党の一件は、僕らにまかせて、貴君は早速、関元さんにお会いなさい」

そこまでほとんどひとりで喋り続けると、米倉は少し体の力を抜き、めずらしく、どこからともなく取り出した、この国の名物の一つらしい細巻の葉巻を銜《くわ》えた。しかし、火は点《つ》けない。おそらく、運動選手時代に身につけた一息つくためのお呪《まじな》いの一種なのだろう。昭二が微笑すると、米倉はにやりと照れ笑いを返した。

「その関元さんも、元軍人ですか」

昭二も、支店長に付き合って一日五、六本しか吸わないハイライトを銜え、こちらは遠慮なく火を点けて一服しながらたずねた。

「さてね。別にタブーというほどではないが、その辺の事は、ここではあまり話題にしない慣《なら》わしになっている。関元さんの年齢や内外の人脈から想像するに、旧軍との関わりは当然に考えられるものの、詳細はわからない。現在の大統領とのつながりも戦中以来という噂もあるが、真偽の程は一切不明。貴君は会ってお話しすることになるだろうから、あるいはその辺の話も聞けるかもしれないね。しかし、あまり単刀直入な質疑応答は避《よ》けるように。でなければ、聞ける話も聞けなくなる」

すでに夕刻を過ぎ、他には無人の支社の応接室にちらっと目を走らせて、米倉は一段低い声音で話を締めた。

明子さんが渡してくれたカタカナ書きのメモに、セキモトの名はなかった。日本人の名らしいものとしては、オザサだけ。聞き違えそうな音の連なりではない。だが、別人だとしても、何かのつながりが隠れているかもしれない。七つの語の中で、フックは、ペドロが毒々しく口にしたフクに間違いないだろう。収穫の乏しい探索行だが、あえかな陽炎の路さえないというわけではあるまい。そこを這い巡る以外に術《すべ》はない。短くなった煙草をしっかり吸いながら、柏木昭二はすでに暮れた窓の外を眺めた。

「似てますよね」

支社を出てマビニ通りをリサール公園の方に向かいながら、柏木昭二は肩を並べて歩く米倉に声を掛けた。

「うちの本社のある新橋の裏通りにだろう。僕も以前からそう思っているんですよ。まず道幅の狭さ。人と車の混雑ぶり、騒音とものの臭い。派手な色彩の氾濫。それに怪しげでちとヤバイ雰囲気。国際都市大マニラ市の中心部エルミタにありながら、ここは一種の特殊地域でね。が、そのイージィなにぎやかさが目玉で、海外からの観光客がわんさと集まってくれる。ことに夜間のにぎわいはすさまじく、バンコクのパッポンにも引けをとらぬと評判らしい」

米倉は答えて、混み始めた通りの左右を目で示した。遠慮会釈ない車のクラクション、様々な言語の飛び交う人声の渦、通りに面した雑多な商店から吹き出してくる雑多な音楽や呼び込みの掛け声の洪水……。新橋の裏通りより、むしろ新宿歌舞伎町の一角に較べる方がより確かかもしれない。

道の両側にビルは少ない。ホテルや銀行、レストランなどの四、五階建てもあるにはあるが、ロハス大通り周辺やマカティ地区に多い高層の大型建築物の林立はまず見当たらない。代わりに、実に多種多様な店舗が、二階建てか平屋の軒を隙間なく並べている。様々なタイプの飲食店、バー、キャバレー、クラブ、大小の土産物、物産店、服飾や履物、骨董、民芸を扱う店から両替屋の出店等々。その前面では、歩道、車道の区別なく、花売りの女や煙草売りの子供たちが走り回る。

スロット・マシンを並べたゲーム賭博店の隣に、何とパチンコ屋があった。機械の音と街の騒音をおし破って店から吹き出してくる音楽は、さすがに軍艦マーチではなく、青江三奈の「伊勢佐木町ブルース」。それが、この何でもありの街にはさほど不自然ではない。表からのぞく店内はほとんど満席のようだった。

思わず足が止まった。小沼社長のチョビ髭面ととぼけた関西弁が、騒音に満ちた街の夜景の只中《ただなか》に浮かんだ。同じ思いが兆したらしく、米倉も足を止めている。

「社長、お元気ですかね」

「この一週間ばかりは特に連絡はないが、見掛けのわりには性根の強いお人の事、私どもよりお達者でしょう。今夜も、いま時分はまだ球技場タイガーのお気に入りの台の前で奮戦中ですよ。社長もひとり暮らしですからね」

そのことは、一ケ月ほど以前にフィリピン渡航をすすめられた時に聞いていた。その折に、たしか社長は「戦《いくさ》の後引き」という言葉を用いた。不意に、昭二の脳裏のスクリーンが暗転した。バックミュージックも、伊勢佐木町はもちろん「守るも、攻めるも」でさえなく荘重な「海ゆかば」に一変し、左指で玉を入れ右指でハンドルを続けざまに弾《はじ》く小沼社長の立体像が必敗の戦場で軽機関銃を連射する兵士の姿に見えた。身震いするほどの痛切さで、小沼社長に会いたいと思った。

そう思った瞬間、軽い目眩《めまい》を覚えた。この一ケ月余りの時空の光景が、未編集の電光映像のように順不同で点滅しながら流れる。チリソビレの白木蓮、明子さんの愁い顔と重ねられたしっとりとした掌《て》の感触、境野をはじめ流人部屋のダルマストーブを囲んだ冴えない面々と吸殻の山盛りになった灰皿のくすぶり、小沼社長と居酒屋のテレビで観たグアム島からの生還兵士のやつれた顔、そして、火炎をまとって落日の海に没する父と大二叔父。さらに、山野に散らばり、あるいは谷間の洞窟の底にわずかに先端をのぞかせて埋もれた青黒い骨の数々。つい昨日のペドロの暗い目。何より、自分が現在ここに居る不思議。それらが、渦巻きながら点滅する。

目眩は一瞬だったのだろう。米倉が歩き出す気配を感じて、昭二もそれにならう。

「ひとり者という点では、今夜の我らも東京の社長とご同様。宿に帰っても、大人《おとな》しく寝るばかり。しかも、我らは同じ異国の街中《まちなか》の同じ所に仮の巣を持ちながら、こうやって一緒に帰るのも珍しい。そこいらでメシでも食って帰りましょうかね」

マビニ通りを東へ折れ、「ザンボアンガ」という半地下にあるレストランに入った。

すでに馴染みになったサンミゲルを飲みながらの会話も、先刻の事務所と同じく、ペドロ事件から始まった。昭二が抑え切れずに口火を切った形だった。

「あの青年は、『自分の父親はフクだった。自分もフクになって、お前たち日本人に復讐する』と叫びました。彼の言うフクがフクバラハップ、戦時中に結成された抗日人民軍、いわゆるフク団のことで、戦後は反米・反大土地私有、反資本、反政府をスローガンに主に中部ルソンを舞台に激しく活動した武装共産党グループくらいの知識は、僕にもあります。しかし、マグサイサイ大統領時代に指導者のルイス・タルクが政権に投降し、長い服役の後解放されたものの、その間に共産党、フク団ともに非合法化され、また、組織内での分裂、分派も生じて、いわゆる戦闘的活動性を失ったとも聞きました。で、そのフクが現在も存在しているのですか。現役ゲリラ組織として活動しているのですか」

一応は周囲をはばかって声音もいくぶんと落としての質問だったが、米倉はちょっと眉をひそめ、まだ空席の多い店内に素早く目を配った。

「サンミゲルを飲みながら、しかも目下もっとも反政府活動の活発な御当所ミンダナオ料理の看板店で交わすには、やはりちと具合のよくない話題ですな。もっとも、あちらで派手に暴れているのはフクではなく、四、五年前に発足したフィリピン共産党の軍事部門のＮ・Ｐ・Ａ、新人民軍とごく最近新生したムスリム系反乱軍の連中らしいですがね」

N・P・A、ムスリム部分の発語には、米倉の声音はさらに低く、囁くような細声になった。

「場所柄もありますが、長年こちらで暮らしていながら僕はその方面の事には、ほとんど知識もなく、貴君のお役にはあまり立てそうではありません。ただ、この国での旅行周旋・案内業者として、旅行者の安全への配慮は当然であり、そのための情報には普段から気をつけています。この国の治安情況は、日本に較べれば決してよくない。詐欺、窃盗、非合法の私税収奪の類いは日常茶飯事。強盗、傷害、殺人、身代金奪取目的の誘拐事件も少なくありません。それらの多発する犯罪事件の少なからぬ折々にフクの名が大袈裟に語られたり、囁かれたりします。しかし、その大半は、ただの噂であり、虚仮威《こけおど》しの言説にすぎません。はっきり言って、フクはもう終わりました。つい四、五日前にはタルラックでかなり大掛かりな強盗事件があり、フクの名が出ました。十日ばかり前にはイロコス・ノルテで町の警察署の襲撃事件が起こり何人かの死人も出まして、その折にもフクの噂が広がりました。しかし、いずれも根拠なし。ことにフク・ゲリラの出身地となった中部ルソン一帯では、そのような犯罪の名分にフクの名が利用される傾向があるようですね」

烏賊の墨でまぶした焼飯料理の皿が運ばれてきた。

「だから、その不良青年の捨て台詞《ぜりふ》について、気に病む必要はありません。さあ、食べて元気を出しましょう」

米倉の声音が普段の大きさに戻っていた。

翌朝まだ早い時刻に、名刺の余白にメモされた番号に電話を入れる。マニラホテルのフロントが出た。こちらと関元氏の名を告げると、すぐに本人に繋がった。電話でのことで挨拶は短くして、早速面会の要望と都合をたずねる。早朝を感じさせない老練のビジネスマンのような平静で機敏な応答が返ってきた。

「柏木大二氏の甥御《おいご》さんですね。早い方がよければ、今からでもいらっしゃいませんか。貴君もお忙しそうだし、私も十時には出掛けなければなりません。一階のカフェに九時半ではいかがですか」

「承知いたしました。すぐに伺います」

思いがけない早々の面会実現に、我ながら浮き立つような声音で応えながら、一方でマニラホテルへの道筋を考えていた。同じエルミタ地区内ながら、パコ公園に近いタフト通り沿いにある、昭二の宿のビジネスホテルから、マニラ湾岸に直《じか》に接したマニラホテルまでタクシーでなら十四、五分かかる。しかし、リサール公園を斜めに徒歩で突っ切れば、二十分ぐらいで行き着くのではないか。この国の生の地面をできるだけ自分の足で踏んで往来したかった。そうでもしなければ、この国に到着して以来ずっと続く、半分夢を見ているような、陽炎の野を手探りしながら進んでいるような頼りない浮遊感覚から逃れられない気がする。

すでに出社している働き者の支社長に、関元氏への面会の予定を電話すると、昭二は、マニラ出向社員の定宿というより社宅に近いビジネスホテルを出た。

まだ九時を過ぎたばかりなのに、タフト通りに射す陽光は東京の真夏の正午に近い。建物の陰を縫って歩いていても、すぐに汗が湧いてくる。

ルネタ公園とも呼ばれるリサール公園にさしかかる。後楽園球場の二倍はありそうな、あまり手入れの行き届いていない芝生の広がりの向こう、ちょうどホセ・リサール像の後方に、すでにマニラホテルの上層階が見えた。たしかに、もう十分も歩けば行き着ける距離である。ただ、凪《な》いだ広場は、温帯の国から訪れた旅人にはただの炎熱の溜池にひとしい。ところどころに花壇や泉水池もあり、枝葉を広げた巨樹も立ってはいるが、数も配列もまばらで木陰を選んで辿るには間隔が空きすぎていて、かえって暑気を溜めこみそうだった。自分の足で生の地面をなどと心中でほざいた意気込みが呆《あ》っ気なく蒸発するようで、昭二は苦笑するほかなかった。

公園内を縦横に走る小道を、できるだけ目的地のマニラホテルを進行方向の正面に据えるようにして急ぐ。時折小道は南北に折れていて、北方に正対すると、スペイン統治時代の城郭都市イントラムロスの城壁とその奥にある教会の尖塔が望めた。椰子《やし》の梢《こずえ》ごしに眺めると近代の高層ビルなどよりもよほどに似合う前近代の遺構に思わず目を細める。城壁の内なる都市という意味らしいスペイン語の語感もいい。

暑気払いの呪いのように何度か口の中で呟いたとき、ひらめくものがあった。明子さんのメモの中の一語、ムロス。大二叔父と明子さんの見知らぬ同年輩の客との口論中に漏れた語の表示するのは、あの城塞都市のことではなかったのか。ただ、イントラが頭に付いていたのかどうか。誰に確かめようもない。ムロスだけなら、囲《かこい》とか城塞の意の普通名詞、いま目前にある前近代の遺跡とはにわかに特定はできない。しかし、かつてはフィリピン占領後の日本軍の軍政施設が置かれ、一九四五年二月には首都マニラ攻防の激戦場ともなったイントラムロス。フィリピンにかかわった旧日本軍人たちの会話にただムロスとして登場してもおかしくないのかもしれない。

芝生の中の小道を再び三度左に折れると、目指すマニラホテルが正面にきた。玄関までもう四、五分の距離である。間もなく相見《あいまみ》える関元氏の待つそのしっかりした古風の建物もまた、戦前と戦中には交互に日米両軍の司令部として接収された無惨な因縁をもつ名門ホテル。そして、そこでの話題の対象は、この国で戦傷を負った元日本軍人の消息。語り手の関元氏もあるいはこの国と戦時中にもかかわった旧軍関係者かもしれない。いやいや、そう都合のよい偶然が重なるはずはないと思うものの、昭二は軽く息の詰まるような緊張を覚えて、にわかに吹き出した額の汗を拳の甲で拭った。

ボーイに案内されたのは一階に三ケ所ある中で、ロビーの奥、夜にはバーにもなるマニラ湾側の窓のないカフェだった。戸外の陽光と暑気に瞬時に入れかわった仄暗《ほのぐら》さと冷気に、一瞬ふらっとした。

奥のブースで白っぽいスーツ姿が立ち上がり、軽く頭を下げて合図を送るのが見えた。見事な銀髪、しかし、顔に目立った皺も染みも見当たらず、とても還暦をこえていそうな様子はない。

近付いて頭を下げて初対面の挨拶に移ろうとする昭二を、手で制して、椅子を示し、自分も同時に腰を下ろした。動作に一分の隙もない。

「電話でも申しましたように、今朝は三十分しか時間がありません。こちらの大使館に、お国の外務次官が来る事になっておりまして、私も同席しなければなりません。それで、今日はとりあえずお互いの用件の骨子だけの遣り取りにいたしましょう」

国政レベルの人事予定を初対面の若造相手にぺろりと漏らしながら、何の衒《てら》いも外連味《けれんみ》も感じさせない。米倉が評した日比交流ロビーの大物というより、大手企業の老練な経営者か遣り手の上級官僚を思わせる口調だった。

「それで、まず私の方からのおたずねというか、確認ですが、あなたは叔父さんに当たる柏木大二氏の消息を捜しておられる。その大まかな御事情は新南の米倉君や邦人クラブの連中から聞きました。ところが、その成果が一向に実らず、困っておられる。そうでしたね」

「その通りです。こちらに来まして一ケ月、ずい分と各方面の方々にうかがいましたが、どなたも叔父の名も所在も御存知ありません。そんな折に、叔父に関して何らかのサジェストをいただけるのではと思いまして、今朝こうやって押しかけた次第です。早速にお会いいただいて感謝しております。不躾《ぶしつけ》なおたずねですが、叔父を御存知ですか」

こちらも下手な変化球は使わないことにした。

「知っています。十年程以前までは、東京やこちらで何度かお会いしました。脚こそ御不自由だが、身ごなしも頭の働きも闊達なお人とお見受けしましたが」

すらりとした答えに、かえって面喰らった。なぜこんな人物にもっと早く会わなかったのか。詮ないとわかっていても、悔やまざるをえない。短兵急はつつしまねばならないが、ここは追撃の潮時と一人決めにした。時間も惜しい。それでも、声が上擦らないようにだけは注意して、昭二はたずねた。

「それで、叔父はいまどちらにいるのですか。このマニラ市中でしょうか」

思わず上半身が乗り出し気味になる。

ウェイターが二人前の茶のセットをのせたトレイを運んできた。昭二が着く以前に関元氏が注文しておいたものらしい。上質のコーヒーのいい香りが、微風にたゆたう薄物のヴェールのように仄暗い店内に漂った。

ウェイターが離れるのを待って、関元氏が口を開いた。

「申し訳ないが、その肝心の件が皆目わからんのですよ」

返答の意外な内容にかかわらず、悪びれたふうは微塵もない口調だった。

「それで、次のように考えてみました。彼がこちらにいるのなら、現地にいる私共が知らないはずはない。ところが、さして広くもないこの国の邦人社会の誰も知らない。これは、いわゆる灯台下暗し、見れども見えずの現象ではないのかと。逆に今は遠く離れていても、かつてはお身内同士として親しく暮らされていたあなた方の方が、かえって思いがけない探索の糸口を知らず知らずの中にお持ちになっているのかもしれない。であれば、両方の情報をつき合わせ、整理していけば、もう少し実効的な捜索が可能なのでは。それなら、私共にも出来る」

期待から失望への落差が急激すぎて、呆然と関元氏の演説を聞いていた。だが、一方で、聞き漏らしてはならぬという最低限の身構えは残しているつもりだった。

関元氏は優雅な手付きで昭二にコーヒーをすすめ、自分も淡い湯気の立つ白磁のカップに手を伸ばしながら、問答を再開した。

「米倉から聞いた話では、あなたが叔父上と最後にお会いになったのは七、八年以前、まだ大学生の頃ということですが、その折に叔父上はこの国にかかわりのありそうな事を何か話されませんでしたか。戦時中のことも含めて」

言葉を中断して、関元氏はカップを口元まで上げた。淡い湯気ごしに向けられた眼差は優雅なだけではない。冷えた酸味を刷《は》いていた。昭二のどこかで、微《かす》かな警報が鳴った。

「軍隊にいた頃の事について、大二叔父はほとんど何も話しませんでした。この国での戦闘体験はもとより、脚の負傷の経緯、台湾での病院生活や戦後一年しての復員についても。ですから、いまだに私は、恥ずかしいくらい叔父の軍歴を知りません。戦前、戦中、戦後の叔父の履歴や交友関係についても同じです。八年以前の東京でのほぼ十年ぶりの再会の折も、戦時中の話やフィリピンにかかわる会話はないも同然でした」

そこまで喋って、昭二も卓上のコーヒーカップに手を伸ばした。わずかな時間の差なのに、昭二のカップの表にはもはや淡い湯気の気配はなかった。代わりに、口に含んだコーヒーには、典雅な香りの中に、気のせいか針で刺した程の酸味が隠れているようだった。それが、思いがけない台詞を、口にさせた。

「ただ、前後の脈絡や細部は忘れましたが、その折に叔父の口から、この国の言語の一部らしい『ムロス』と日本人の名らしい『オザサ』の音が漏れたのをわずかに覚えています。関元さんにお心当たりはございませんか」

心中に兆した微かな警報の精度を占う小さな賭けだった。

相手は「ムロス」には全く無反応。もう一方の語には、「オザサ、下の名は」と短くたずね返した。

「わかりません。覚えているのはそれだけですので」

嘘言を弄する疚《やま》しさはなかったが、不安はあった。明子さんの記憶の一部を勝手にそのまま借用する自信のなさからだった。当の「オザサ」の語が大二叔父の口から出たものか、当夜の客の口からのものだったのかさえ確かめていない自身の杜撰《ずさん》さに身が縮んだ。

「パズルのヒント・カードが少なすぎて、わかりかねますね。もう少しありませんか。そのオザサ以外に」

関元氏はちょっと首をひねり、コーヒーカップを卓上のソーサーに戻した。問い返す口調にも、昭二の面に向けられた眼差にも、妙な揺らぎも濁りもなかった。

提示を控えた二語以外の単語の破片をつい口にしそうになる。しかし、思い止まった。今朝の面談に感謝しながらも、何故この超多忙な名士が自分の方から、初見の若造のごく私的な関心に接近してくるのか、どう考えても納得できなかった。何か魂胆があるはず。だが、その片鱗ものぞかせない。その隙のない自然体が、昭二の口をかえって重くした。

さして間をおかず、今度も口を開いたのは関元氏の方だった。

「さて、先刻も申し上げたように、今日は残念ながら時間がありません。しかし、これだけの遣り取りでは、折角お会いしたのに、互いにほとんど何の役にも立ちませんな。ところで、叔父上が同じ脚を二度負傷されたことを御存知でしたか」

「えっ」と、昭二は思わず腰を浮かせた。

「私は軍人ではありません。昭和十八年春にこの国へ外務省の新米役人として赴任して以来およそ二年間、当時のラウレル政府、日本の軍政部、大使館の火傷《やけど》するように熱い三角洲の間を駆け回るのが仕事でした。そんな或る日、たしか十九年の春頃でしたか、ところもここ、マニラホテルの二階にありました軍の士官談話室で、顔見知りの中佐に、バターン攻略戦の勇士として紹介されたのが、柏木中尉でした。陸士出のピカピカの少尉として出陣された初陣で片脚の機能を失うほどの重傷を負いながらの抜群の戦功により中尉に昇進されたとか。その折は、松葉杖ではなく、木刀を改造したような杖をついておられましたな。そんなお身体で現役任務に就いておられるのを不審に思い、中佐殿にたずねますと、彼は苦笑して、『特例中の特例ですな。一時帰還にも転属にも応じようとなさらん。内地では兄上共々、天覧試合にも度々出場される名剣士でもありましてな』と、困ったというより、誇らしげに答えましたね。当の中尉とは挨拶だけで、会話らしい会話はない袖擦り合いでしたが」

ふと、関元氏は昔話を語るような口調を中断して、斜め上方に視線を走らせた。昭二もそれにならう。古様で見事なイゴロット彫りに飾られた柱時計の針が、十時前五分を示していた。

「柏木中尉との御縁の第二景は、それからほぼ一年後、台湾は高雄の陸軍病院のロビーでした。そこに至る私の方の事情はいささか外交の秘事もからむので割愛させていただくが、日米比全体で十数万の犠牲者を出したマニラ市街戦終結の一ケ月後といえば、その時期のフィリピンやすぐお隣の台湾の情況はお若いあなたにも想像がつきましょう。米軍の波状爆撃の奇蹟的な裂け目をかい潜《くぐ》って病院にとび込みますと、何故か人気の少ない玄関ロビーの椅子に、柏木中尉が腰かけておられた。この時は、患者衣を着て、紛れもない松葉杖を携えておられた。あわただしい会話の中でお聞きしたことは、中尉は半年以前に中部ルソンの山間地で大部隊のゲリラと遭遇、激しい交戦に及び、前回と同じ右脚に複数の機銃弾を被弾。敵を撃退して、マニラに帰ったものの、今回はさらに重傷。ひどい壊疽《えそ》症状をおこし、強制的に高雄に転送されて大腿部以下の切断手術を受けたとのことでした。それでも、現地の戦線復帰を重ねて希望したが、叶《かな》わぬ状態でここで腐っていると歯噛《はが》みされておられましたな」

カフェの入口で人声がした。立ち上がりながら関元氏が言った。

「迎えが来ました。近々にまたお会いしましょう。オザサの件は、調べておきます」

オザサの発語は三度目。その繰り返し様が、昭二には、何故か、ポケットに仕舞い込んだ小さな落とし物を指の先で確かめているような仕種に思えた。

マニラホテルの玄関で黒塗りの高級車に乗り込む関元氏を見送った後、ルネタ公園を左手に見て、ロハス通りを歩く。往路とちがい、イントラムロスを背後にして遠去かることになる。

小一時間前に辿った往路時より一段と熱度を増した陽光がやや東寄りの市街地の上空から照り付ける。右手にはマニラ湾からの照り返し。今日も間違いなく暑い一日になりそうだった。

その炎暑を掻《か》き立てる車のエンジン音やクラクションよりも、数分前に聞いた情報の衝撃波が、昭二の耳の奥で鳴っていた。大二叔父の戦傷は二度。その二度目の敵ゲリラとの戦闘での負傷が原因で右脚を完全に失うことになったという。大腿部の半ば以下の切断手術を受けたのは台湾の陸軍病院に転送されての事になる。そういう状態でなお、叔父は前線復帰を執拗に申請しつづけたが叶わず、関元氏の言では、空襲下の病院のロビーで、このままここで腐るのかと歯噛みしていたとか。その失意に歪《ゆが》んだ痛切な表情が思い浮かぶ。口中の悲嘆を皆噛み割るような歯ぎしりも聞こえる。

ホテルの玄関を出て一人になった時から、昭二の眼裏には小学一年生時の運動会の「お手々つないで」での光景が鮮明に顕現していた。二人して転倒し、手助けに駆け寄った先生や父兄に向って叔父が発した「俺たちに触るな。触ったら殺すぞ」の唸り声と、凍った炎のような怖い眼差が。そして、誰とも口をきかず、黙って運動場を出て行く、前後左右に異様に揺れる後ろ姿が……何の抵抗もなく時空を隔てた二つのシーンが重なる。思うさまにそうやって炎暑の道を歩いていると、泣き虫昭二が顔を出しそうになる。「叔父さん、どこにおるとね。今度は僕が叔父さんを探しに行く番だから、どこにおるか教えて。むかし散歩に出る時の合図のように、後ろから僕の背中をぽんと叩いて」。そう叫びたくなる。

さすがに、そうはしなかった。代わりに、叔父の登場する別のシーンを乏しい記憶の引き出しから取り出して、実行に移すことにした。

関元氏との面談が短かったことで、時間はあった。ロハス大通りから二筋の内陸寄りに、新南旅行社も面しているマビニ通りが平行して走り、そこから程近いマラテ地区のハリソン大通り沿いにマニラ動物園があるのは知っていた。そこに、サルクイワシが飼育されている知識も、米倉から仕入れ済みだった。

父の戦死公報と遺髪を常題目のお墓に納めに行く途中、折から葬列を慕うように上空を飛ぶ鳶《とび》から、南方に棲息するという大鷲の話になり、終わりに大二叔父は昭二の右手をぐいとひっぱって言った。「昭二坊、大きくなったら、俺がフィリピンへ連れてってやる。兄者に似た野性の猿喰鷲《さるくいわし》を見せてやる」と。

本当はそうしてほしかった。大二叔父に連れられてフィリピンに渡り、そこで共に亡父のおもかげを偲ばせるという野生の猛禽《もうきん》の飛翔を眺めたいとずっと夢見てきた。だが、叶わぬままに時が過ぎ、近々に叶う保証も薄い。であれば、檻の中で飼われているとはいえ、生きている同類をこの目で確かめておきたい。同時に、それは叔父の安否を占う手がかりにもなるはず。

別の理由もあった。この国での体験について寡黙というより沈黙を押し通していた叔父が、兄の納骨に向かう葬列の途中で幼い昭二だけに漏らした数少ないものの名である。復員後六、七年の間、熊本の祖父の家で大二叔父にとっての実の父母、義姉、二人の甥と同居して暮らしながら、自分の脚の負傷についてさえ、彼は語らなかった。二度の負傷の件は、おそらく誰一人知らなかったと思われる。昭二が母から幾度かきいたのは、兄の戦死の公報が届いた日の夜、叔父は、不自由な脚をどう工夫したのか、親族一同の前に正座し、血を吐くような口調で詫びた。

「兄上ではなく、私が死ぬべきでした。戦地を同じくしながら、召集兵の兄上が散華され、現役の陸軍士官である私が無様に生き残りました。誠に申し訳ございません」と。そして、その折でさえ、フィリピンの一語さえ出なかったという。

その叔父が昭二の耳に直に残したサルクイワシ。明子さんのメモの中にもなかった猛禽の名。関元氏が言ったように、それにも何か探索の糸口が隠されているのか。初めて見《まみ》える猛鳥の勇姿を想像しながら、しかし、雑多な車種が猛スピードでぶんぶんとばすハリソン通りを用心しいしい渡った。

わびしい動物園だった。

東京の上野動物園などとはもとより較べものにならず、以前熊本にあった水前寺動物園より規模も小さく、施設も古くて粗雑。何より展示されている生物、動物資料の種類も数量も気の毒なほどに少ない。当然のように来園者の姿はほとんど見えず、木陰のベンチで昼寝する老人が目立つだけ。

お目当ての猿喰鷲は、たしかにいた。さすがに国鳥と呼ばれるだけあって、数種雑居のゲージではなく、大きめの檻籠に一羽だけの別待遇で飼われていた。解説板を見ると、雄の成鳥らしく、大きな嘴《くちばし》とかぎ爪の生えたがっちりした脚を持ち、沈金色《ちんきんしょく》の眼を宙に据えている。しかし、餌が合わないのか、飼育係の世話が行き届かないのか、羽根の毛並みが乱れ色艶も冴えず、一見してかなりくたびれた様子で、大二叔父が父の剣風にたとえた威風らしいものは感じられない。

改めて解説板を読む。捕獲地はミンダナオの中央山地とあった。昨夜、米倉支社長と夕食を摂《と》った「ザンボアンガ」の烏賊墨まぶしの炒飯《チャーハン》が思い浮かんだ。むかし大二叔父が見たのも、マニラ市内の食堂の見世物で飼われていた鳥だったとか。米倉の話などをつき合わせると、この猛鳥の棲息地はミンダナオやパラワン島などの、南部ビサヤの島々が主で、近年はまったくというほどルソン島内部では見られないという。とすれば、父の死地ともなったらしいマニラ東方山地とこの島との因縁は、大二叔父の印象表現の綾《あや》にすぎなかったのか。肝心の大二叔父の戦地がどこだったのか詳しくは知らない。今朝の関元氏の話では、まずバターン戦での負傷、次には中部ルソンでのゲリラとの戦闘で負傷とか。いずれにせよこのルソン島内である。叔父が戦時のフィリピン在任中にビサヤの島嶼部《とうしょぶ》に出向しなかった保証はないが、自分でもたしか野生の猿喰鷲は見ていないと言っていた。であれば、叔父探索の糸口としてのサルクイワシの線は薄れると考えてよいのではないか。

が、相手は大二叔父、そうは問屋がおろすまい。幼い頃に大二叔父と交わしたおたずね遊びの数々を想い出す。会話の途中、理解不能のことばがあれば、度毎《たびごと》に「それは、何」、と昭二はたずねた。叔父はたいてい、面倒がらずに、わかり易い方法と表現で答えてくれた。だが、時には意地悪な反問を重ねたり、わざと言葉の迷路に誘い込んで昭二坊にべそをかかせたりもする。そんな時の叔父の表情と眼の色は底知れぬほどに邪悪なものに見えた。時折夢の中に出てくる蜥蜴《とかげ》の魔物の眼だった。二ケ月ほど前に、熊本で叔父の便りを読み、その依頼に従って東京、中野のル・チリソビレを訪れた折に一瞬兆した、毒針を呑みこんだような懸念の影がちらっと頭の隅をかすめ、姿を消した。

午後は久々に支社にいて、電話の応対や資料整理など、旅行社の内勤社員の日常業務の研修を心懸けた。といっても、主に現地語での観光情報やサービスの問い合わせにはまるで役立たず、二十歳前後の受付嬢たちの失笑を買う始末。時間の大半を、タガログ語と英語の対訳辞典を片手に、書棚に積まれた雑本やカタログ、諸種の資料綴りに目を通して、この国の地理、気候、歴史、民俗、風土、国勢などの概観をなぞる初歩的な学習に費やした。

窓の外のマビニ通りに西陽の射す頃になって、米倉支社長が帰社してきた。

珍らしく机についている昭二を見て、元体育会系はにこりとして、「どうでした」と短くたずねた。今朝の、関元氏との面談のことに外ならない。

「とにかく時間が短くて。収穫らしい情報はどうも。いずれ近々に、また、との御挨拶でお別れしましたが」

こちらの答えも、短くならざるをえない。大二叔父の二度の戦傷の件は、米倉に報せても何のインパクトも与えまいと判断してのことである。

「なにせお忙しいお人ですからね。今日のところは面通しと思って、今後に繋がれば万々歳でしょう。もともと先方からの面談のお申し出、決して無駄にはなりませんよ」

米倉の慰めの言を聞き流しながら、昭二は別のことで臍《ほぞ》を噛んでいた。面談の短さや情報の少なさに関してではない。自身の度し難い間抜け加減に対してだった。叔父の二度目の負傷の原因となった戦闘の相手がゲリラと聞いた時、なぜ即座に「敵はフクだったのですか」とたずねなかったのか。明子メモ中のフクと叔父とのかかわりの質量がよりふくらむ絶好の機会だったろうに。叔父が側にいたらとうに張り倒されていただろう。ひたすら気が滅入った。

「ところで、明日からの仕事の件ですが」

急に途切れた応答の変調に気を遣ってか、明敏な支社長はすぐに話題を転じた。

「慰霊、巡拝と遺骨調査旅行団は、明日から最終日程の、このマニラ周辺地域巡りに入ります。つい先程そのミーティングが終わったところですが、貴君は、前回と同じく池野班に付いてもらいます。彼の班の担当区域に貴君のお父上が戦没なさったとお聞きしたモンタルバンが含まれていますので、そのように手配しました。仕事を兼ねての探訪で存分にとはいかないでしょうが、出来る限りの御慰霊をしてあげて下さい。お父上の御慰霊、叔父上の安否確認と、貴君の御心痛、御苦心にはただ胸が痛み、頭が下がります」

米倉の両眼に、ただの上司の眼差とは違う真摯な湿り気が差している。

「御配慮、感謝いたします」

こちらも自然に頭が下がる。

「ただ、残念なことがあります」

再び口を開いた米倉の声音には、なお詫びるような慰めるような湿った余韻があった。

「終戦の年の二月初旬、米軍のマニラ突入で始まった激しい市街戦で、多くの市民、近郊住民が犠牲になり、市街のほぼ全域が破壊され焼亡しました。その恐怖と怨恨《えんこん》が、この一帯の人々の間になお深く残っています。また、マニラの後背地である東方山地一帯も、マニラを退去した振武集団の日本軍が要所要所に陣地を構えて米比軍と交戦、そこで敗れた後も、さらに背後の山地に退いて、八月の終戦までおよそ半年にわたって自活、抵抗をつづけた地域です。当然一帯の住民との血生臭い摩擦と抗争の様相は深刻で、しかも長期に及びました。それだけに両者の間の、ことに被害者である住民側の敵意は深く、根強く、戦後になって国交が回復し、賠償問題を含めて様々な交流が行われるようになった現在でも、その棘の生えた溝はふさがりきっていないようです。そして、その枢要地域の一つがモンタルバンなのです。これまでも、数次にわたって両国政府の認可と協力のもとに戦没者遺骨の調査や収集が計画され、実施もされましたが、慰霊や巡拝はともかく、具体的な収骨成果は乏しいものでした。つまり、地域住民の同意と協力が特に得られにくい地域なのですね。以前から政争の激しい土地柄の上に、現在の大統領とこの地区の首長の仲がよろしくないからとの噂もあります。そんなことで、今回も定められた地点での慰霊は可能ですが、収骨やそれを目的とする立ち入り調査はできかねるという情況です。お父上の戦没地への初詣ですのに、誠にお気の毒なことです。一口にモンタルバンといっても、相当に広い範囲をさします。せめて御最期の地のできるだけ近くまで行けるよう取りはからいたいと思いますが。どちらかわかりますか」

いかにも申し訳なさそうな米倉の表情と語り口に昭二は応えようもない。誰よりも残念がらねばならない自分の、その残念の根拠が吹き晒《さら》しの空地になっている。

一ケ月前、日本を離れる前日に、兄からの速達書留が届いた。

昭一兄らしい簡明至極な文面の便箋一枚、その前々日に電話で頼んでおいた父の戦死公報の写しと父が現地で編入所属したといわれる臨時歩兵第五中隊略歴メモ、父の入営直前に撮ったらしい家族写真の複写一葉。それに、こちらは頼んだわけではない五万円。表書きは一切ないが、親父の戦没地の近くに行ったら花でも供えてこいの意図が読みとれた。兄の頭には父の記憶が確かに生きている。五感には父の痕跡が歴然と残っている。その記憶と痕跡を保存する努力と訓練も欠かさなかった。

昭二が高校二年生の頃、五歳年長の昭一兄は地元の国立大学の三年生、すでに三段位を取り大学剣道部の主将をつとめていた。晴天の休日の彼の日課は、愛用の剣道具の手入れと日陰干し。その防具も稽古着も皆、父の遺品だった。胴の塗りはところどころ剥げ、面鉄に黒錆《くろさび》が沈み、刺子《さし》《こ》の稽古着の藍は色褪《いろあ》せてほつれや切れが目立ったが、兄は新しい道具に取り替えることはなかった。

珍しく二人で縁側にいた時、昭二がからかい半分にたずねた。

「なして替えんとね。こぎゃん古臭かとば使うて、試合の時に紐の切れたりしたら、危なかろうもん」

竹刀の柄革《つかがわ》を締めていた兄が、怖い目で振り向いた。

「こるば着とらんと身体《からだ》が動かん。竹刀も思うように振れん。ええか、こるが親父さんの臭《にお》いぞ。

よう覚えとけ」

鉄を下にして伏せて干してある面具の方から漂ってくる、太古の爬虫類《はちゅうるい》の化石を碾《ひ》いたような乾いた黴《かび》の臭いがよみがえる。

紅茶色化が進んでいる複写写真を見る。後列に祖父母と母が立ち、前列中央に軍服姿の父が椅子に腰を下ろし、その右膝に寄りかかるように四歳の兄が立っている。「昭和十九年七月吉日」の貼り紙があるのも、律義な兄の仕業《しわざ》らしい。南方出征中の大二叔父の姿はない。昭二は、もちろんいない。いるとすれば昭一兄のすぐ後ろに立つ和服姿の母のお腹の中。

不思議な気分だった。悲しくもなくしみじみと懐かしくもない。物語の登場人物の一人の自分が、もう一つの別の物語を読んでいるような奇妙な疎外感があった。

モンタルバンに行くべきは昭一兄、自分ではない。自分にはその資格がない。

神妙な顔付きのまま火を付けない細巻きシガーをくわえた米倉と向かい合って、昭二はそう思った。

父の戦死公報の写しに添えられた臨時歩兵第五中隊戦歴メモは、種々の公刊戦史や戦記、生還者の聞き書きなどを参照して昭一兄が書きとめたものなのだろう。客観的な戦況の推移の中に、ひかえめながら父の動勢への推察もはさまれた、いかにも兄らしい簡にして要を得た記述で、昭二は、あらためて兄を見直す思いだった。

「昭和十九年十二月中旬、軍指導部は持久作戦を主眼としたルソン島戦の計画を定めた。この計画の影響によって、父は臨時歩兵第五中隊に編入されたらしい。中隊は、マニラ防衛軍としての小林兵団に属し、その小林兵団は、他の二つの兵団と共にマニラ東方山地に拠点を置く振武集団を形成した」

「二十年一月九日、米軍のリンガエン湾上陸により本格的にルソン島の戦いが始まった。一月末まで数次にわたって上陸を続けた米軍は、その半分で中部ルソンの要都バギオの攻撃に向かい、他の半分がマニラに進撃、二月三日夕刻市内に突入した。方面軍司令部はマニラを無防備都市として戦場外に置く方針で、当時市中では、日本軍約一万人余が軍需物資の搬出等の作業中だった。そこへ突然の攻撃を受け、やむを得ず海軍陸戦隊を中心に三週間に及び激しい市街戦を展開し、二月二十六日に玉砕したといわれる」

「この間、父の所属した臨歩第五中隊は兵団司令部と共にモンタルバン東方に退き、芙蓉山《ふようざん》と呼ばれる山に陣地を築いていた。市街戦が激化しマニラの日本軍の孤立が極まった二十四日から約一週間にわたって行われたマニラ北側の米軍に対する斬り込み攻撃に、中隊は参加している。しかし、この攻撃もマニラ部隊の一部を救出しただけで、日本軍の劣勢をくい止めることは出来なかった」

「二月下旬から、マニラを手中に収めた米軍は、日本軍振武集団の籠もる東方拠点に対して本格的な攻撃を開始、三月五日、マリキナ東方台地が突破され、主要陣地のほとんどが崩壊した……」

モンタルバンの町から、兵団司令部がその近くにあったというワワダムへの道は、マリキナ川の支流モンタルバン川に沿っている。四キロ近いその未舗装道路を歩いた。

昭和二十年二月中旬、兵団が組織計画した斬り込み隊が通った道である。父が所属した臨歩第五中隊も加わった記録がある以上、父も出撃した可能性も少なくない。

出征に際して父は祖父に請い、家伝の備前長船則光の太刀を軍刀様に仕立て持参したという。戦争末期とはいえ階級にうるさい帝国陸軍で、召集兵が自前の軍刀の携帯を許された事情はよくわからない。天覧試合にも度々出場した著名な剣道家ということがその理由だったのかもしれない。とにかく、祖父が父の話をする時には必ず登場する話柄の一つだった。その話を聞く時の昭一兄の、子供離れした厳しい表情と悲痛な眼差が思い浮かぶ。

風景は予想に反して単調なものだった。左下方に川幅十メートル程のモンタルバン川の瀬の多い流れ、右手になだらかな傾斜地が進むに従って急峻《きゅうしゅん》な山地に変わっていく亜熱帯の疎林が続く。所々に油断すれば車のひっくり返りそうな凹凸のある砂利道。池野班の十数人以外に行き交う人も車もほとんどなく、ただ午後の目くるめくような日射しの下で、深い陽炎が燃えていた。

中隊の戦闘指揮所があったという芙蓉山の麓を通る。そのひときわ急峻な中腹あたりで鳴き交わす小鳥たちの澄んださえずりに思わず足を止めた。一瞬、二十数年前にこの谷間を震わせた殷々《いんいん》たる砲声の幻聴と交錯する。自分の現在いる時空の足場がぐらりと揺れるのを、昭二は感じた。

昭一兄の臨歩第五中隊戦歴メモは、二月の斬り込み攻撃の失敗、三月初旬の陣地崩壊による組織的抗戦の終焉、以後の部隊も陣地も定かならぬ小グループによる遊撃戦への記述が続き、公刊記録そのままの写しらしい文言の文章で終わっていた。

「四月二十五日、残存者数十名となり、後退のやむなきに至る。五月四日、天神谷に転進し、一ケ月半同地で遊撃戦に任じた。六月下旬、糧秣《りょうまつ》逐次欠如のためラコタン山附近に移動し、同地を拠点として連日の如くノバリチェス方面に糧秣斬り込みを実施し自活した。九月八日、ラコタン山麓で終戦を迎え米軍に投降したが、その人員は僅かに二十一名であった……」

現実の小鳥のさえずりと砲声の幻聴の二重奏に立ち眩《くら》んだまま、濃淡とりどりの緑におおわれながらどこか荒涼とした谷間の光景を眺める。

勝ち目のない後退戦であり、絶望的な斬り込み抗戦の繰り返しだったとはいえ、この谷にいる間は、武器も食糧もかつかつはあったはずである。父たちの現実の地獄はやはり、この芙蓉山陣地を追われた時から始まったにちがいない。海岸部や都市周辺の陣地から山地へ追い上げられていった兵士たちの辿った経験の苛酷さは、この旅の間に様々に聞かされてきた。彼等の大部分は、弾に当たってではなく、飢えと病に冒されて死んでいったという。熱帯に直に接した島国でありながら、複雑な地形をもつルソン島の山地には、直接に食糧に適した動植物は意外に少ない。低地には豊富なバナナ、マンゴー、パパイヤの自生も、ここにもかしこにもといった豊饒さには程遠い。しかも、さほど広大ともいえぬ山野に数十万の敗兵がひしめいていたのである。彼等の敗走ルートの現地周辺住民との対立と攻防は抜き差しならぬ深刻度を増幅していったと想像される。昭一兄のメモにもある糧秣斬り込みの実態が、強盗、略奪に他ならず、多くの場合に命の遣り取りにつながった事例についても、同行の生還者から知らされていた。そして、ここモンタルバンもまた、その深刻な相互関係が濃厚に刻印された地域の一つだと、つい先日、米倉支社長から聞かされたばかりだった。

芙蓉山の麓を回り込む山沿いの砂利道は、ワワダムで行き止まりになった。アメリカ統治時代から大都市マニラへの主要な給水源の一つとされてきた古典的な大型ダムである。

貯水壁下の巨岩の散在する河原の一隅でささやかな慰霊式が行われた。祭壇を飾る供物の中には、昭二がマニラで準備した花束と日本酒も加わっている。費用は昭一兄から預けられた香典を使わせてもらった。遺児の一人として池野に紹介され慰霊の言葉も勧められたが、それは固辞した。旅行社のスタッフという立場からの遠慮だけではなかった。正直、言葉が出なかった。自分には、父について何ごとかを語る資格がないという思いが、胸と喉をふさいでいた。

式が済んでの休息時に、昭二はひとり、ダム障壁の脇路を上った。路は広い貯水湖の右岸沿いに川の流水口まで続いていた。そこから、獣の踏み分け跡のような小路をさらに百メートルばかり進むと、川がえぐった断崖の縁に出る。そこに立つと、足元の流れが鋭いくさび形の裂け目を造って、かつて万古山と呼ばれていたという岩山の間に吸い込まれていくのが眺められた。

岩の巨大な裂け目ごしに、僅かに霧を漂わせた山地と、そこに向かって次第にせり上がっていく原生林の広がりが見えた。父の死の原郷はそのどこかにあるはずだったが、大二叔父の消息同様、そこに到る道標はどこにもなかった。

三

マニラ周辺の戦跡巡拝と残留遺骨情況調査行の最終日程を終えて三日後、明日はいったん帰国という夕刻、新南旅行マニラ支社の表ドアからマビニ通りに出た。乾期から雨期へ移行する季節に入ったのか、心なしか大気が水気を含んで緩んでいるように感じられる。とはいえ、七時半を過ぎているのに西陽はしっかり射し、暑気も衰えていない。

いつもと同じくルネタ公園の方向へ歩き出し、パチンコ店の前を過ぎようとした時、腕を掴《つか》まれた。ぎょっとして振り向くと、上眼遣いの、忘れ得ぬ暗い眼があった。

「ペドロ」と昭二が声を出す前に、

「立ち止まるな。このまま黙って、歩け」

低い声と同時に、後ろ脇腹に尖った金属の圧迫感を覚えた。

「僕がちょっと騒げば、すぐ人が集まる。警官もその辺りにうろうろしている。きみはまた捕まるぞ。とにかく、それを仕舞えよ」

出来るだけ穏やかな声音で、忠告するが、ペドロはいっそう身体《からだ》を密着させ、刃物らしい硬いものの圧力を加えてくる。

「とにかく、黙って歩け。お前を張っているのは、俺だけじゃない。そいつが離れるまで、俺の言う通りにするんだ」

刃物よりも、その台詞《せりふ》の方に驚いた。振り返ろうとすると、ペドロは容赦なく昭二の背を前に押し出した。刃物を握った方の手はシャツの裾か何かで隠しているらしい。二人はゆっくり歩き出した。


雑沓《ざっとう》と呼んでもよい、繁華街の往来である。肩を寄せ合って街歩きをする親しい友人同志にでも見えるのだろう。二人の挙動に注意する者はいなかった。

一ブロック先の角をゆっくり左に折れ、すぐ近くの小ぶりの辻を、今度は素早く左に曲がる。そこで、後ろ脇腹から刃物らしきものの気配が消え、次の大きめの辻をはじめて右に折れたところで、ペドロの身体が少しだけ離れた。

それでも立ち止まらず、言葉も交わさず急ぎ足で直進すること四、五十メートル。一瞬目眩《めくるめ》くように視界が開けた。ロハス大通りだった。通りの向こう縁に低い防波堤が走り、その外はすぐマニラ湾。彼方の水平線に太陽が落ちかけていた。

椰子《やし》並木で縁取られ小さな植え込みもある歩道公園で、初めて向かい合った。もちろん何度も周辺に目を配り、不審な人影の有無を確かめてのことである。向かい合ったものの、再会の挨拶の交わし様もなかった。

「きみ以外に僕を見張っている者がいると言ったが、誰だい、それは」

「知るか」

昭二の脳裏に焼き付いた暗い陽炎《かげろう》の煮凍《にこご》りめいた眼差《まなざし》を据えて、ペドロ・メンドゥーサは吐き捨てるように言った。

「では、きみは何故、僕を待っていたんだい。何日《いつ》マニラに出てきたんだ」

「お前に礼を言うためじゃあない。お前の面を一発殴るためだ」

目に涙を浮かべて手を取り合うような再会を予想していたわけでは、無論ない。だが、こんなひりつくようなアンコールになるとは、思い及ばなかった。

「礼なんかどうでもいいが、殴るとは穏やかでない。何故だい」

相手の口調に合わせて、こちらも多少ぞんざいになる。喋りながら、ペドロの上唇が青黒く変色し軽く腫れ上がっているのに気付いた。P・C（国家警察軍）のロドリゲス軍曹に床に叩きつけられた時か、或いは連行された町の警察署でさらに加えられた殴打の跡か。左の眼尻にも同様な痕《あと》が見てとれた。

「お前の、いや、お前たちハポンの思い上がった鈍感さを思い知らせる一発だ。ナイフを使わないだけ、有り難く思え」

素手の右手が動くのが見えたが、避《よ》けなかった。遠慮のない一発を、左頬にくらった。一瞬頭がボーっとし、脚がぐらついたが、どうにか耐えた。

「避けられたのに、何故避けない。俺の言った殴る理由に畏れ入ったか。それとも、俺のパンチが速過ぎたのか」

二撃目の構えを解いて、ペドロはたずねた。

「いや、どちらでもない。きみの顔の痕を見ていたからだ」

そのどちらでもあるが、そうは答えたくない。それで、まんざら嘘ではないが、パンチに乏しい答えになった。答えながら、生臭い味に気付く。口の中を傷付けたのだろう。

「この程度の顔の痕など、どうでもいい。それに、これはお前でなく、あのP・Cの糞ったれが付けたものだ。あいつには、いずれ必ず仕返しをする」

眼差の暗さが濃さを増した。それは警報の一つだが、一方でペドロが能弁になったのに昭二は注目した。彼のアメリカン・イングリッシュは、つい先々月まで英語科の予備校講師だった昭二より数等こなれて、語彙《ごい》も豊富だった。ふと、小狡《こずる》い気が芽生えた。もっと彼に喋らせなければならない。

「あれは確かにやり過ぎだったが、元はといえば、僕たちの為にした彼の職務執行でもある。恨みを彼に向けないでくれないか」

あの時には反発を覚えた米倉の言い訳を、そのまま口にしている自分が、情けなかった。

ペドロの眼に、さらに一刷《ひとは》け険しい暗さが差した。

「糞っ。お前が本気でそう思って言うのなら、俺も本気でお前を殺すぞ、お前らは、いつもそうだ。小金をじゃらつかせて、いい面《つら》を見せて、自分の手は汚さない。ジャップもヤンキー野郎も、同じだ。あの時にお前たちが俺を気に入らなかったら、俺がお前を騙《だま》しているとわかったら、どうしてお前ら自身で手を出さぬ。なぜ、お前か、あの年寄りの元兵隊が俺を殴らぬ。なぜ、俺と同じフィリピーノにそれをやらせる。糞野郎共が」

ペドロは昭二を睨《にら》みつけたまま、左手をズボンのポケットに突っ込んだ。仕舞ったナイフを掴んだのにちがいない。

返す言葉がなかった。

自分が煽《あお》って引き出したペドロの怒声に圧倒されたわけではない。こんな遠方の異国まで来て、御大層に悩み駆けずりまわっている自分がペドロの言う糞野郎の一匹にすぎない証拠をすとんと自覚させられたショックだった。

次に襲うのが、拳でなく、ナイフの鋭利な刃先であっても、避ける気が失せていた。

ペドロは上目遣いに昭二を睨み、ポケットに左手を突っ込んだまま、それ以上口をきかず、身体も動かさなかった。

辺りはしっとりした金彩混じりの赤みを増し、落日の切迫を告知していた。風が絶え、没する直前の太陽の直射熱が、海の方に向いた二人の片頬をじりじりと照り焼きにする。歩道に伸びている椰子の影が徐々に長くなり色もまたほんの少し薄れる頃合い、

「やめた。あるいは小休止」

不機嫌そうな声音のまま、ペドロは告げた。

「お前を殴るのは一発と決めていた。その一発は済ませた。お前も口の中を切ったようだし、まあ殴りっこはお相子《あいこ》としよう。だが、話はまだ終わっちゃいない。今さっき俺が言ったのは、本音だ。この国の阿呆な利口者たちの外交辞令は、『赦《ゆる》す。だが、忘れない』らしいが、俺は違う。俺のスローガンは『断じて赦さない。忘れてたまるか』だ。それをお前の胸に叩き込むために、三日前から旅行社の前で、お前を張っていた」

ペドロの眼にも映えていた残照が徐々に陰ってきた。海の彼方に陽《ひ》が完全に没したのだろう。

ペドロの悪態の語り口にも変調が生じた。

「俺は少なくとも日に三度は嘘を吐《つ》く。それも俺の仕事のうちだからで、寝る前に一度しっかり十字を切っておれば、天なる主も大概は見逃して下さる。ところが、このあいだお前に吐いた嘘は、どうも後味が良くない。どんな嘘だったか、憶《おぼ》えているか」

いま、ここで、こんな告白を聞くとは思いもよらなかった。昭二は眼を瞬《しばた》かせた。

「このまえとは、あの騒動のときか」

「あの時以外にいつがある。しっかりしろよな」

「名前のことかな。あの時にきみを知り合いがディーノと呼んだ。そのこと?」

「けっ」と、ペドロは鼻先で笑った。

「阿呆、名前くらいで人の面《つら》を殴るか。ペドロ・メンドゥーサは、間違いなく幾つかある俺の本名の一つだ。あの惚けが口にしたディーノは頭のとろい連中の間だけでの俺の通り名だよ。お前らハポンは年寄りも若いのも頭が硬いから、ちと骨張った名乗りがお好みと案じて、久々に本名の方を使ってみただけよ」

たしかにそうだった。昭二は田舎食堂でのペドロの役者ぶりを改めて思い起こしながら、その暗い眼を見詰め直した。であれば、彼の話の中身以外にない。

「日本兵の骨のことか。あの話は全部嘘だったと言うのか」

「当たり前だ。俺のよく使う仕事のネタ話の一つさ。お前たちがまんまと罠に嵌《はま》ってトリーガンへ出かけようとしたのには、正直言って面喰らったぜ。だから、その話じゃない。たしか俺はあのお仕舞いの場面で、お前の連れの元兵隊の爺さんに、お前たちが俺の父や姉を殺した、俺の父はフクだった、俺もフクになってお前たちを殺してやる、と喚《わめ》いたよな。後味が悪いのは、その部分だ」

声のトーンが一段低くなった。

「きみのお父さんと姉さんは日本兵に殺されたのではない、またそのお父さんはフクでもなかった、というのか」

「そうだ。二人を殺したのは……」

言葉が途切れた。

「二人を殺したのは、同じ村の連中だった。そして、親父はフクバラハップではなく、ガナップだった。ガナップだったので、戦争が終わった直後、村に帰ってきたところを捕らえられ、私刑にされたんだ。八つになった一番上の姉も一緒だったとか。俺はまだ実家に帰っていたお袋の腹の中。それで、お袋と一緒だった二人の姉と一緒に生きのびたというわけさ」

暗然となった。同じ村人に私刑にされた父の悲惨と、その時に母親の腹の中だったという血のしたたるような自分との同一性。先程のパンチよりはるかに堪《こた》える、鈍器で頭を殴られるようなしびれが襲った。

「ガナップって、なに」

そうたずねるのが精一杯だった。

「何だ。お前も知らんのか。日本の糞ったれ軍隊に命懸けで協力した武装集団なのに。といっても、詳しいことは俺も知らん。ガナップについて喋るのは、現在もタブーだからな。まずは残虐な侵略者である日本の軍政の手先、時に日本軍と共に米比軍と戦った、祖国にとっては許されぬ裏切り者、反逆の徒。当然、一般のフィリピン人の彼らへの侮蔑と憎しみは激しく根深い。同時に、日本の敗戦が明らかとなるに従って、彼らが受ける報復もまた苛酷な形をとったわけだ。帰郷しても容《い》れられず、町や村から追放され、留《とど》まることができても厳しく監視され、いじめられ、中には俺の親父たちのように、一切の弁明も許されずに処刑された者も少なくなかったらしい。彼等の活動に関する資料、伝聞の類いも消去され、関係者の死去と共に、そんな集団が存在していた記憶さえ忘れられていった。俺がそんなことを知ったのも、だからお袋が亡くなった十数年前のことだ。お袋も、周囲の誰にも一切明かさず、中学に入ったばかりの俺に、パン屑のような記憶の切れっ端を漏らしただけで死んでしまったよ」

そこまで喋ってペドロは短い溜め息を一つ吐くと、尻のポケットから煙草の箱を取り出した。しかし、銜《くわ》える前に、例の上眼遣いを光らせて、つけ加えた。

「だが、言っておくぞ。親父と姉ちゃんが同じ国の同じ村の者たちに殺された元々の原因をつくったのは、日本人だ。日本の兵隊たちがやって来て、この国をやりたい放題に荒らし回ったせいだ。その挙句《あげく》に、同国人同士の殺し合いを仕組んだ。だから、俺は『断じて赦さない。忘れてたまるか』を通すぞ。日に百回嘘を吐きまくってもだ」

言い回しの激しさに反して、ペドロの眼は潤んでいるように見えた。

昭二は黙ってその夕映えを沈めた暗く潤んだ眼と正対した。応えねばならなかった。

「きみの言いたいことは、確かに僕の胸の中に叩き込まれた。きみに会えて、本当によかった」

そして、軽く頭を下げた。自然にそうなった。ペドロは小さく頷《うなず》き返すと、はじめて煙草を銜え、箱を昭二の方へ差し出した。仕種がどこか境野に似ていたが、節々には、まだひりつくような気配が潜んでいた。

昭二は、一本いただいて、自前のライターを取り出して火を点《つ》けた。しばらく口を利かず、二人して煙草を吸った。ハイライトより細巻だが、ハイライトより塩辛い味がした。

昭二が初めて耳にしたガナップという発語が、沈みかけた水泡が浮き上がるように思い出された。

一瞬、明子メモ中の「ガナ」が跳ね上がって重なる。もう一方の「フック」もまた、ペドロとの遣《や》り取りの途中に出現した一語。しかも、フクバラハップの略称。ならば、ガナがガナップの略称である可能性がないではない。それも、両方ともに、目的、陣営は正反対ながらゲリラ活動にも従事した武装軍事集団だったらしい。昭二の脳裏に、電波の交錯めいた連想が飛び交い、重なり合った。ガナはガナップに間違いない。思いがけない収穫、すぐに確かめなければ……。

だが、そうはしなかった。できなかった。昏《く》れていくマニラ湾の沖の方に顔を向けて、黙って煙草を吹かしているペドロを、こちらも黙って見守っているほかなかった。この、自分とまったく同年齢の浅黒い体色をした青年の眼裏《まなうら》に去来しているであろう親しい死者たちの面影が、昭二にも垣間見えるようだった。

ペドロが口を開いた。悪態口に戻っていた。

「警察の顔見知りから聞いたんだが、俺を出す金を用意してくれたのはお前さんらしいな」

お前がさん付けになっていた。

「いや、僕の勤め先の会社だよ」

「どっちだっていい。礼は言わんが、糞暑い田舎の留置所と早くおさらばできて助かったよ。それで、お返しに、どんな事情かは知らんが、お前を張っていた奴の身元を調べてやるよ。一見サラリーマン風の若いフィリピーノだったが。分かったら会社に電話するか、今日のように待ち伏せして会うことにしよう」

心当たりはまったく無かったが、それだけに有り難い申し出だった。

昭二は明日からいったん帰国し、一ケ月後には再度渡比する予定を述べ、再会を約束した。黄昏《たそがれ》の深まるロハス大通りをルネタ公園の縁まで歩き、そこで別れた。握手も肩の叩き合いもなかったが、奇妙な充足感があった。

宿のビジネスホテルに帰り着くと、受け付けに昭二宛ての伝言の控えがおかれていた。関元氏からのもので、「用件があってしばらく日本に帰る。きみも帰国すると聞いたので、次には東京で会おう。オザサについてはその折に」とだけあった。

伝言メモの紙背に、何故か片膝をついてうずくまる軍装の大二叔父の姿が紙魚《しみ》のように平たく沈んでいるのが見えた。

第3章　陽炎の道

一

ゴールデン・ウィークも過ぎた五月半ばの東京は暑かった。正午近くになるとマニラとほとんど変わらぬ強い陽射しがアスファルトを焼き、照り返しで倍加された盛夏同様の炎熱が新橋裏通りの路上に滞留する。違いといえば、辻に立つ陽炎《かげろう》がまだ浅く、いくらか控えめなくらいか。

十時前十分になると、タイガーの正面ガラス戸を押し破るように、「守るも攻めるも」が響き始める。その時刻には、毎朝二十人余りの熱心なパチンカーが列をなしている。パチプロらしい面々が少々と、多くはギャンブル依存症のお年寄り。当たり台の情報交換を行ったり、世間話に花を咲かせたり、手足や腰の屈伸など準備運動に余念がない者もいる。

その時間のその集団に小沼社長の姿を見かけることは、さすがにない。しかし、社員の全員が、社長のタイガー日参の事は承知している。その割には社内での噂や社員たちの表情にうかがえる社長の印象、評価は著しく悪くはない。威令が行われているふうはないが、独特の存在感は確かである。現に、柏木昭二の異例な採用は、小沼社長の独断で、しかも居酒屋の小上がりで即決、実行された。帰国したら、その辺のことを訊《たず》ねてみようと思っていた。そうしないと、こちらの尻の落とし所がどうも定まらない。

帰国して三日間の午前中二時間は、今度の研修報告とその審査に当てられた。審査役は事業の一切を取り仕切る上原常務と林田営業課長で、小沼社長は一度も姿を見せなかった。二人の上司の机上には、マニラ支社の米倉の手によると思われる柏木昭二の研修実績報告書の綴りがのっていた。研修内容の実際や数字面での適合性については決して甘くはない指摘や指導があった。しかし、異例の臨採早々に海外研修を許された事情や経緯に関する質疑はまったくないままに、入社試験の面接にも似た報告は終了した。

終わりがてらに、林田課長が昭二の今後の勤務、予定を告げた。

「来月には再度フィリピンへ出張してもらうことになるが、明日から三日間は休暇をとり、その後の二週間余は、営業部門の研修を受けることになります。企業や団体への団体旅行の勧誘案内の初歩を飲み込んでもらう学習と考えて下さい。ことに海外旅行の場合、個人客相手だけでは埒《らち》があきません。筋のありそうな集団、グループをさぐり当て、各々の御要望に応じる多様で十分なサービスを準備してその懐にもぐり込むのが肝要です。ことに昨今、身近な外国である東南アジア諸国はどこの旅行社も力を入れている業界の主戦場と心得て、研修に臨んで下さい」

四十をようやく超えたくらいの歳格好にしては、言葉遣いが旧《ふる》い。主戦場の語にちょっとひっかかった。

一方、上原常務は机上の書類を手にして椅子から腰を上げてから、さらりと言い添えた。

「社長に御挨拶なさりたければ、現在の時刻なら出先から帰られて、近くの仁兵衛で昼食を摂《と》っておられると思います」

午前中の出先も仁兵衛の場所がどこかも君は知っておろう。行ってあげなさいといわんばかりの口調だった。

「御昼食御用も可」の看板も掛けられた縄暖簾《なわのれん》をくぐると、いつもの小上がりに小沼社長の小さな背中が見えた。座卓の上には、当然のように二人前のビールセット。

席について挨拶しようとする昭二を掌《て》をひらひらと横に振って制し、両方のコップにビールを注いでから社長は言った。

「ほんのひと月というように、そないに色の黒うならはって。南洋還りとは、ほんまによう言うたもんや。とにかく元気で、ようお帰り。まずは乾杯や」

一口だけは乾杯に応じて、お礼の言上に移ろうとする昭二をさらに社長は制した。

「会社での研修報告なら済んだんでっしゃろ。米倉からの報告書はわてでも目を通しておりますさかい。それに、今日の午後から週末を入れて五日間は長期出張あけの休暇のはず。によって、安心して少し呑みなはれ。それより、わてが聞きたいのは、兄《あん》さんの叔父さんの消息のことや」

久しぶりに兄さんの呼びかけを耳にして少し胸がしびれた。一方で、その社長の厚意と期待に応えるべき成果の乏しさに項垂《うなだ》れる思いもつのる。サンミゲルに代わったキリンでしっかり喉をうるおして、できる限り詳細に現地での見聞を伝えた。ただ、大二叔父との関係とは無縁としか思えぬペドロとの一件を省くと、まだ端緒についたばかりの関元氏とのかかわりくらいしか語るべき材料はなかった。

長くもない報告が終ると、小沼社長は、むしろ慰めるような眼差《まなざし》を昭二に向けた。

「しんどうおましたろ。なんせ三十年ばかり以前に埋まった干潟を掻《か》き回して昔失《な》くした釣糸を拾い集めるみたいな探し物、ひと月余りでは、どだい無理もない話や。でもな、まだ終わったわけやない。来月中旬には、兄さんはまたあちらに行くことになってますな。それまでに、いまの話にちいっとでも繋がる糸の切っ端をもっと掻き集め、縒《よ》り合わせとくことですがな。叔父さんに面識あるちゅう関元はんに会えたのは、大きな収穫ですがな。米倉や常務からの又聞きでは、戦後の日比交流史ではそれなりの役割を果たした切れ者のお一人らしい。その方から兄さんに会いたいというのは何らかの情報か魂胆あってのことでっしゃろ。その線はことに念入りに手繰っていかなあきまへん。せっかく生じた兄さんとの御縁、わてにできることは、何でもお手伝いしまひょ。音《ね》をあげずに、あんじょうやんなはれや」

社長のほんのちょっと赤らんだ眼の奥に不敵な影が据わっているように見えた。チャンスは今と思った。

「一つだけ、お訊ねしたいことがあります。いまも縁という言葉をお使いでしたが、社長が新南旅行社をおつくりになったのはどのような御縁ですか。傍目《はため》には、あまりしっくりした御関連とは見えないのですが」

怒声か黙殺のいずれかを覚悟したが、どちらでもなかった。代わりにビールの湿り気十分の穏やかな笑い声が返ってきた。

「わてが始めた会社ではありまへん。大陸から引き揚げて、ルンペンみたいな暮らし向きのまま大阪から東京に出て、ここでも食い詰めておった時に、この会社を創業した奇特なお人にお金を無心して、わびしい株屋を始めましてな。半島での動乱が始まった頃でした。ところが、これがとんとん拍子に当たりに当たり、三年の内に俄《にわ》か成り金になりましたんや。折も折、そのお人が事故で急死なされ、会社も傾いて破産しかけているのを知り、かつての御恩返しに出資を申し出て再興しました。その成り行きを見極めて、引退するか、無給の会長でもと希望しましたが、急死された創業者の御子息、現在の上原常務ですが、承知いたしませなんだ。で、何もせん社長のまんま、あそこに出入りしておるわけですわ。会社でのわての役回りは、近所付き合いとよろず難題、苦情受け付け。近所付き合いの主な御相手はタイガーさんとこの仁兵衛さん。そして後の役割で兄さんとの御縁が生じたわけですわ」

頃合いを見計らったように、近所付き合いの御相手がお昼の天麩羅御膳を運んできた。

帰国したら真っ先にと意気込んでいたが、ル・チリソビレを訪ねたのは、会社での研修報告を終えた日の夕刻だった。前日に電話を入れた時の明子さんの少し弾んだ声が耳に残っていた。

「あちらでは食べ物などでも御不自由なさったでしょう。明日は少し早い目においで下さい。日本の夕飯を用意しておきますから」

まだ西陽の当たっている木扉に、『臨時休店、御免下さいませ』の報知板が、早々と掛けられていた。忘れようもない扉のきしりが、昭二だけを迎えるように鳴った。昨日の電話の声といい、その翳《かげ》りのない歓迎の辞に応えるに値する成果を懐にしていない自分が、何より悔やまれた。

客席のフロアーで出迎えた明子さんは、夏らしい藍染《あいぞめ》の単姿《ひとえすがた》だった。明るめの天井灯の下で、大二叔父の定席に活《い》けられた白木蓮さながらに、明子さんの微笑を浮かべた白い顔がほっこりと咲いていた。

「お帰りなさいませ。御無事でのお帰りをお待ちいたしておりました」

立ちながらとはいえ、返し様に戸惑うほどの古風で丁重な辞儀だった。一瞬、明子さんが自分を大二叔父と取り違えているのではないかと錯覚した。しかし、いつもの奥から二番目のカウンター席に案内されてからは、明子さんの挙措もごく自然に親密で快活なものに変わり、昭二はいくらかほっとする。

「まあ、海水浴帰りの中学生みたいに陽灼《ひや》けなさって。でも、それでかえって大人っぽくなられたみたい。とにかくお元気そうで何より。お話はお食事の後で」

そう言って典雅な仕種で身を翻す明子さんの方から、すでに嗅ぎ馴染んだ花の香りが吹いてくる。その精妙な微香を無意識に追っている自分に、昭二はうろたえた。

生もの以外はほとんど全部手造りらしい美しい夕食膳をいただきながら、先刻入口で味わった奇怪な錯覚が二、三度、顔をのぞかせた。その度に、すぐ左横の席に据えられた白木蓮の大鉢から、大二叔父の謎めいた含み笑いが漏れてくるような気がする。勧められたお酒はあえて、辞退した。小沼社長と飲んだ昼酒が残っていたからでも、土産話の貧困を恥じてのことでもない。信じたくはなかったが、白木蓮の向こうに叔父の気配が感じられた。

明子さんへの報告は、現地での仕事の経過説明も交えて、かなり長時間になった。ときに素朴、ときにユニークで鋭い質問を繰り出しながら、明子さんは真剣に耳を傾けてくれる。小沼社長には語らなかったペドロとの一件には、ことに興味を寄せる様子だった。すかさず、昭二は訊ねた。

「僕があちらへ出掛ける前にいただいたメモの中にあった『ガナ』とペドロの話に出てきた『ガナップ』とは同じ意味を表す単語と思いますが、それに関連する御記憶が何か引き出せませんか。例えば、メモの順序に従えば『ガナ』の前後に『ラモス』、『ムロス』があり、この三語は何か繋がりがあるように思えるのです。ムロスは昔スペインが築いた城塞都市イントラムロスを指し、日本占領時には軍や軍政部の重要な根城となり、マニラ攻防戦の激戦地となりました。ガナップについてはすぐに調べるつもりです」

昭二は、あの折以来肌身離さず手帳に挟んで持ち歩いている明子メモを開いて見せた。驚いたことに、明子さんも懐中の紙入れから同じメモ紙を取り出していた。

「あれ以来、私も何十度となくこのメモを見詰め、乏しい記憶力と知恵を絞って、これ以外の言葉は聴こえなかったのか、またそのことにわずかでも繋がるあの方の言動がなかったかを考えてきました。しかし、あの方の面影はいくらでも思い浮かびますが、言葉となるとどこかに置き忘れてきたように、まるで思い出せないのです。本当に申し訳ございません」

白木蓮の方に注がれている明子さんの瞳にうるみが増し、大粒の涙が膨らむのが見てとれる。

「ただ……」と、語り継ごうとして、その涙が頬を伝った。

「ただ、あの口論の折でもなく、あの方のお口からでもありませんが、戦後間もなくして亡くなりました私の父が、戦中まだ早い時期にラモスという外国人の名らしい語を一度、しかも電話口で口にしたのを、なぜかふと思い出しました。私が女学生の頃で、どんな事情で私の耳に届いたのかは、まったく思い出せませんが。父は軍人でも政治家でもなく、ただの経済人でしたが、曾祖父が長州軍閥の出だったらしく、その方面の人脈の片隅にはいたようです。私の貧弱な記憶力と想像力では、父たちのその筋のお仲間で、その外国人のお世話つまり経済的な援助をしたとか、しているとかに関わる話の一部ではなかったかと思うだけです。どこの人かも分からないラモスさん。こんな事でも何かのお役に立つのでしょうか」

繋がったと、昭二は思った。

「そのことを、大二叔父は知っていましたか。叔父がお父上にお会いしたり、明子さんが何かの折にその事を叔父にお話しなさったりしたことがありましたか」

意気込みが表に出て、手にしていた茶碗の中身に小さな波紋が揺れる。

「いいえ、私の知る限り、父と大尉とは直接の面識はなく、私がその事を大尉にお話ししたこともございません」

「では、中支で戦死なされたお兄上は御存知でしたか」

「その時、兄はすでに出征中で家にも居りませんでしたが、男同士のこと、父から聞き知っていたとは考えられます」

であれば、大二叔父が陸士同期の明子さんの兄者から、その話を聞いていた可能性はある。が、そのラモスとは何者か。フィリピンだけでもスパニッシュふうの同名は、掃いて捨てるほど多いにちがいない。しかし、それは、明子メモの中の「ガナ」直前の記名。まったく無関係であるはずはない。興奮の余り、叔父の気配もあらばこそ、茶碗を捨て置いて、自前のメモ用紙を開いたままの明子さんの白い手を握り締めたくなる。

明子さんの涙眼が、ちょっと呆れたように昭二を見ていた。そんなに驚くようなことなのと、言っているような眼の色だった。

「実は、たったいま、あなたのお話をお聞きしていて思い出したことですの。ガナップだったお父様が同じ国のしかも同じ村人たちに殺されたペドロ青年のお話。その当時に彼はお母様のお腹の中にいて。昭二様、あなたもお父上の御出征の時には、同じくお母様のお腹の中。なんという悲しい偶然、と言うより非情な運命の出会いなのでしょう。私の涙のもとは、そのことでした。そして涙を堪《こら》えている間に私の身の内を駆け上がるように浮かんできたのが、そのラモスの名です。三十年もの間まったく埋もれていた記憶が何故いま急に……。おそらくその名や事柄に直《じか》にかかわった方々が皆亡くなってしまわれたからでしょうか。そのような戦世《いくさよ》の大勢の非業な死者たちの目に見えぬ力が、失われて久しい私の貧しい記憶のお墓の底を掻き動かしてくれたのかもしれません。もちろん、あのお方の御加護も加わって」

明子さんの頬を、新しい涙の筋が滑り下りた。

海外研修明けの休暇に入ったらすぐに熊本への予定が、一日おくれになった。

前夜の明子さんとの会見で思い掛けなく出現した「ラモス」のせいだった。その一語が明子メモの次にくる「ガナ」とどう結びつくのかはまるで見当がつかないものの、それが彼女の、大二叔父とのかかわりとは無縁の記憶の抽斗からひょっこり転がり出た衝撃は小さくなかった。この世での実体験の時空間では交差するはずのない明子さんとペドロが、見えない糸で繋がる一瞬だった。しかし、「ガナ」が、ペドロが荒々しく解説した戦争末期に敗色濃い日本軍に協力したフィリピン人武装集団のガナップと同義語だとしても、それがなぜ終戦二十余年後の大二叔父たちの口論めいた遣《や》り取りに登場するのか。さらに、それよりも旧い記憶に属する「ラモス」がそのガナップにどうからむのか。

ともあれ、誰かに訊ねるなり、図書館か現代史関係の資料調査研究機関に当たる以外にはない。しかし、こちらの調査の事情と理由があまりに私的で微妙なだけに、誰にでもどこにでもという訳にもいくまい。すぐに思い付くのは、大手新聞社の外信部と他ならぬフィリピン大使館だった。だが、その二つは、想像するだけで昭二の体内警報が鳴った。叔父の雲隠れの背後に、どこか棘立った闇が澱んでいた。昭一兄も小沼社長も明子さんも、これ以上、闇の針山に近付けてはならない。その得体の知れぬ領域に出入りするのは、自分一人に限る覚悟だけは、すでにできている。大二叔父からの奇妙な依頼とそれに応じる自分との関係は、昭二の幼少期に二人の間だけに結ばれた一種の黙契によるという思いが、次第に固まりつつあった。


とはいえ、時間がないのも事実だった。探索の事情、理由に頓着せずに、ガナとラモスのかかわりだけのヒントを与えてくれる誰かはいないか。ル・チリソビレを出て中野駅へ向かいながらとりあえず浮かんだのは、境野豊の顔だった。

高校生相手の夜間授業もやらされるらしいとぼやいていた転勤先の分校に、駄目もとで電話を入れた。運よく一発でつながった。

「なんだ、お主、いつ外遊から帰朝なされた」

懐かしい境野先生の口調にほっとする。駅舎の改札近くの公衆電話でもあり、用件だけを告げる。

「うーん」とまず先生は唸った。

「博識をもって鳴る拙者にも、さっぱりわからんお訊ねじゃな。お主の渡航先で思い浮かぶのはバナナとタバコとマニラ麻。人の名では、セブで死んだマゼラン。キリシタン武将の高山右近。それについこないだの戦で処刑されたマレーの虎の山下将軍。おまけはせいぜい、大岡先生の『野火』、メイラー氏の『裸者と死者』くらいの頼りなさ。これじゃあ到底お主の苦境の助太刀はつとまらんな」

そこで煙草一服の思い入れの後、この芝居っ気過多の陰謀家はつづけた。

「某《それがし》より多少ましなのが一人いる。流人部屋仲間で社会科担当の坂口氏だよ。大学での専攻はマル経だったが、近頃ではアジア現代史研究にも勤《いそし》んどられるらしい。そのガナとかラモスとかにまで通じとるかどうかはわからんが、明日の夜でも久しぶりに一杯やろう。君の抱え込んどる事情説明は一切抜きにして、少し調べてくるように頼んどくよ。で、待合茶屋はどこにする」

待合茶屋とは畏れ入った。もちろん待合にも普通の料理屋にも御縁がない。ル・チリソビレでは、やはり具合が悪い。会社の御近所、仁兵衛さんしかなかった。

予約はしなかったが、都合好く小沼社長の常席の小上がり卓が空いていた。

昨日の今日という急な連絡だったからか、他の二人は不参だったが、お目当ての坂口氏は転勤先の蒲田分校からの帰途、新橋に寄ってくれた。あるいは、昭二の抱え込んだ厄介な事情への境野の配慮だったのかもしれない。

およそ二ケ月ぶりの再会を祝っての乾杯が済むと、生真面目な坂口氏は、一枚のメモ紙を手にさっそく小宴の主題に入った。

「お訊ねの件について、今朝から若干の刊行資料で少し調べてみたが、詳しい事はわからん。端的に言えば、ベニグノ・ラモスと彼が創始したといってもよいガナップ党は、フィリピンの戦中、戦後史の中で現在もっとも冷淡に扱われている人物と集団という以外にありませんな。肯定的評価が皆無と言うだけでなく、文献資料も伝聞の類いも極めて乏しく、散逸というより意図的に無視、破棄、抹殺されているとさえ思われます。もちろん、これは、ラモスの一貫してナショナリスティックな思想と恣意《しい》的な偏向性の強い政治行動、また、ガナップがアメリカとは別種のより露骨な侵略者である日本軍に積極的に協力、追随した、いわばフィリピン人民の敵だったことが公然の、また当然の理由でしょうね。加えて彼ら一党の動向に関する記録、伝聞の著しい欠落は、たとえばタガログ詩人として出発し、戦前一時は後に大統領にもなるケソンの有力な政治スタッフも務め、反米、完全独立を標傍するサクダル党を発足させ、日本の軍部や政財界との繋がりも深かった超著名人ラモスが、いつ、どのようにして死んだのかさえ不明というだけでも明白でしょう。また、一時はルソン島中・南部だけでも万を超えたといわれるガナップ、その軍事部門と目されるマカピリ隊の参加人員の実数や出自、敗走する日本軍に従っての、追撃する米比軍と戦闘中の死傷、餓死、病死などの情況、さらに日本軍の全面降伏によって、仕方なくそれぞれの村落社会に帰った彼等が経験しなければならなかった悲運、悲惨の諸相など、ほとんどが霧の中」

そこまで一気に喋って、坂口は乾杯コップに半分残っていたビールを喉に流し込んだ。十四、五分で済む短さだったが、聞くも語るも、愉快な話ではなかった。

「親方のラモス先生はともかく、同国人を敵にまわし日本軍の敗け戦に最後までつきあってくれたガナップの面々の可憐な律気《りちぎ》と悲運。主義主張をこえて何とも涙を誘われますな」

相変わらずの軽口めいた言い回しながら、境野の口調にも一抹の湿り気がにじんでいた。喉まで出かかる幾つかの質問を懸命に抑えながら、昭二には、吐くべき言葉がなかった。吐けば、自分だけがかかわる針山を呑んだ闇の領域にも触れる質疑に、当然及ぶことになろう。入り口だけはすでに話してある境野はともかく、アジア現代史の学究たらんとしている真面目な坂口をまで、その得体の知れぬ厄介事に近付けてはならない。

「いまの話に、ラモスが日本の軍部や政財界との繋がりもという部分があったが、彼が日本に来た事もありましたか」

ようやくそれだけを口に出した。

「来てますね。まだ日米開戦以前の三〇年代半《なか》ばの四、五年間。東京、神奈川を中心に政治的亡命者同様の長期滞在をしています。この間に、右翼の大物や軍部の首脳連との連携を強め、財界人のグループからの経済援助も受けているようです。大東亜共栄圏構想を強硬に推進中の日本側としても、この著名な反米・民族主義者との親交は、相互の利害も含めて歓迎すべき好機と考えられていたのでしょう。一人でなく、サクダル党の主要メンバー数名を伴った、いわば大がかりの私設外交団のような扱いだったようです」

明子さんの古い記憶は、間違いではなかった。収穫を得た充足感と共に、悪寒に似た尖った冷気が腹の底に走った。

これほど昭一兄に会いたい、話したいと感じたのは初めてだった。

兄弟仲が悪かったからでも、五歳の年齢差が生んだ疎遠のせいでもない。何かにつけ兄は昭二の面倒を見てくれたし、遊び相手も、家庭教師役も根気よくつとめてくれた。にもかかわらず、なぜかするりと渡れない切れ込みのような溝が、物心ついて以来ずっとあった気がする。それが何なのか朧《おぼろ》げながらわかってはいた。幼少期の記憶の有無から生ずるズレ。昭一兄にあるものが自分にはない。逆に昭二にある生まれながらの喪失感が兄にはない。

そのことを改めて痛感したのが、フィリピン渡航前に兄に郵送してもらった複写版の家族写真だった。初めて見るものではない。熊本に帰れば、仏壇の亡父の遺牌《いはい》の前にいつも立ててある葉書大の写真。そこには、すでに南方出征中の大二叔父とまだ母の胎内にあった昭二の姿はない。

祖父母と父母、そして満四歳になっていた昭一兄は軍装の父の右膝に倚《よ》りかかるようにして立っている、典型的な直系家族の一体感を象徴する集合写真。裏に、昭和十九年七月一日と祖父の墨書があった。

その撮影日から奇《く》しくも一年後の七月五日は、公報によるモンタルバンでの父の戦死の日に当たる。そして、そのほぼ一ケ月後の八月十五日に終戦。戦後の歳月が始まり、十二、三年後に祖父母が相次いで逝き、二年前に母が五十二歳の若さで他界した。

写真中の人物で存命しているのが昭一兄唯一人と気付いて、愕然とする。何より兄と話しておかなければならない。祖父母のこと、父と母のこと、自分が紐解くのを怠ってきた本筋の物語の空白のページを少しでも埋めておかねばならない。そして、ことに急を要する大二叔父にかかわる事共を。

二

「大二叔父が復員してこの家に帰省されたのは敗戦の翌年、昭和二十一年の秋口だった。お前さんは満一歳の赤ん坊、この俺は戦後初入学の小学校一年生。日米開戦当初から外地へ出征していた叔父貴に会ったのは、その時が最初だったと思うよ。俺が赤ん坊だった頃に何度か会ったのかもしれんが、まったく覚えがない。だから初対面の印象はただ怖かった。枯れ枝を組み合わせたような松葉杖をついて、よれよれの軍服を着た痩せこけた青鬼。眼だけは底光りしているけれど、その光は外に向かっているのではなく、内側に向かってチロチロと青白い炎を揺らめかせているだけ。正直言って、子供心にこの人は見掛けだけでなく、内側も壊れているように思えてただ無性に気味悪く、お袋さんの手を握りっぱなしだった。だから、歳を経たいままでも、大二叔父といえば、あの時見た青鬼の顔しか思い浮かばないんだよ」

昭一兄は、ちょっと申し訳なさそうな面をつくって、ビールのコップに手を伸ばした。

その日の午後熊本空港に着いた柏木昭二は、奮発してタクシーを使い常題目の墓地に直行した。累代に較べると簡素な佇《たたず》まいの父母の墓標に向かって、モンタルバンに出向いた顛末《てんまつ》を報告し、改めて父母や祖父母の冥福を祈った。

マニラとは比較にならぬ穏やかな夕陽を右の頬に受けて兄一家の住む島崎の家に向かいながら、およそ二十年以前に同じ道を逆に辿った父の埋葬の日を思い起こした。空に一羽の鳶《とび》の影があり、右手には大二叔父の左手があった。

「そういえば、叔父さんの写真って、どこかにないのかな。士官学校時代の集合写真とか、父さんと同じ剣道着姿の写真とか、昔見たような気がするんだけど」

二人ほとんど同時に、仏壇の方に目を遣《や》った。そこには、剣身院教光日大居士の遺牌《いはい》と並んで父の出征前の家族写真が立っている。

「う―ん、それがな、叔父貴が家を出て音信不通の時も過ぎ、さらに、祖父母も亡くなられた後で、家の改装のためもあって何度か家中の片付けをする度に、叔父貴のおられた離れの小部屋の整理もしてみたが、写真とか書き付けの類いはまったくといっていいほど見当たらないんだな。家を出る前に自分で処分するか、焼いてしまうかしたのかもしれん。なんさま、あの異風者《いひゅうもん》のこつだけんな」

言葉尻のあからさまな肥後弁に、昭一兄の抱く大二叔父の印象が総括されているようだった。

「僕が一年生の三学期の頃に、叔父さんはこの家から居なくなったんだけど、なぜ急に、そうなったの」

ずっと以前から、昭二の最も知りたかったことだった。幾度か祖父や母に訊《たず》ねたが、仕事が見つかって東京に行ったということ以外に返ってくる言葉はなかった。

「そのことか」

来たなといった面付きを、兄は浮かべた。

「叔父貴が復員帰省したのが俺の一年生時で家出したのが六年生の頃、つまり五、六年は同じこの家で寝起きしていたわけだが、会話らしい言葉の遣り取りをした覚えがない。俺ばかりではない。母も祖父母も、朝晩の挨拶はともかく、叔父を相手にあるいは交えて話しているのを見掛けたこともない。帰省以来叔父貴は滅多に外出せず、当然客の訪れもなく、食事の時以外は離れに引き籠もるか、裏の畑で鎌か鍬《くわ》を振っていた。そういえば、笑うのも泣くのも見たことがないな。いつも口をへの字に結んで、例の不気嫌な青鬼面を貼りつけていたよ。祖父母や母さんが気の病ではと見兼ねて何度も病院での診療を勧めたが、まるで取り合わない」

兄は、もう一度コップを取り上げて、口を湿らせた。

「そんな日常に、いっとき穏やかな変化の訪れがあった。昭二坊やが四、五歳になり、つまり多少の子供口が利けるようになった頃だ。無口な青鬼さんが、なぜかお前さんだけには話し掛けたりする。昭二坊やの方もいっこうに怖がらない。あの札付きの出嫌いがお手々つないで散歩には出る。漫才のごたる掛け合いはする。この俺には竹とんぼ一つくれなかったのに、お前さんには手の込んだ竹馬の高いの低いの何台も作ってくれる仲の好さ。何だったんだろうね、あの仲好しぶりは」

兄の照れ臭そうな語り口を聞きながら、急《せ》き上げてくるものがあった。

「僕にもわからないんだよ」

他に答え様もなくそう答えて、昭二の視線は自然に仏壇の方へ動く。釣り込まれるように昭一の視線も動いた。

「成る程な……」

兄が口にしたのはそれだけだったが、それに続く声にならない呟きが、昭二には確かに届いていた。

「ところが、その普通に穏便な我が家の日常も長くは続かなかった。叔父貴の鬱屈再発の発端は、どうやらあの運動会だったらしいな。一年生のお前さんと叔父貴が組んで走って転んだ、それこそ競技名も皮肉な『お手々つないで』。あの騒動以来、叔父貴の引っ込み始めていた角がまた尖りだした」

「あれは、叔父さんが起こした騒ぎじゃあないよ。兄さんも見てただろう」

大二叔父の怒声と両眼に燃える青い炎がよみがえる。

「確かにそうだが、周囲に与えた印象と叔父貴自身が受けたトラウマは大きかった。それから、半年もせずに叔父貴は姿を消す。直接の引き金は、その直前に起きた事件だったがね」

兄は、大きな溜め息を一つ漏らした。


「引き金って、叔父さんが何かやらかしたの」

思わず、声が上擦った。

「昭二坊や、進駐軍を覚えとるか」

坊や呼ばわりには閉口するが、二十余年以前の記憶の質量の圧倒的な差がある以上、我慢する他はない。

「戦争が終わってすぐの頃、熊本にもいたアメリカの兵隊だろう。母さんかお祖父さんかに連れられて街に出た時に見掛けた気がする。それが、どうしたの」

「その進駐軍と揉め事をおこして、逮捕、勾留された」

「脚の悪い叔父さんが、どんな揉め事を」

「揉め事自体は何てこつはなか。桜町の市民会館は、以前、公会堂だっただろう。そこは、当時熊本県庁の仮庁舎になっていたんだよ。そこへ熊本へ乗り込んできた進駐軍の軍政司令部が居座ってしもうた。その公会堂大玄関付近で、大二叔父は衛兵か誰かに見咎《みとが》められ、凶器所持の現行犯として検挙されたらしい」

「凶器って、あんな手造りの古松葉杖が凶器なの。あれを振り回して暴れたの」

「いや、物理的な抵抗や暴力はなかった」

「では、なぜ、一目瞭然の傷病者を捕らえたんだよ」

「刃物を持っていた。それも、そこらにあるナイフや包丁じゃなか。祖父さんが大事にしていた家伝の備前則光の鎧通《よろいどお》し。長い方の同じ則光の太刀は、親父さんの出征の時に軍刀仕立てにして戦地に持たせたという名刀の連れ合いたい。大二叔父は、それを懐中にしておったらしい。玄関を通る時の所持品検査か何かの折に、それが露見したのだろう」

「叔父さんは、そんなものを持って、何しに公会堂へ行ったんだろう。父さんの仇討ちに、進駐軍の司令官を刺そうとでも考えたんだろうか」

「わからん。叔父貴はその時以来誰ともいっさい口を利いとらんとたい。公会堂の現場ではもちろん、その後連行されて訊問《じんもん》された米軍の憲兵隊でも地元の警察でも完黙を通している。叔父貴は陸士の優等生だったけん、当然英語はでくる。だから、米兵の英語くらい目をつぶっていてもわかる。しかし、彼は何をきかれても、脅されても、相手の目を睨《にら》み返したまま、返事も反論もしなかったとか。ただ、進駐軍の軍政部にとっても、日本の治安警察にとっても、黙って見逃すわけにはいかん。戦争が終わってようやく五、六年、経済も世相もまだ十分には落ち着かず、この熊本市内でも米兵と市民とのいざこざも時々おきておったらしい。例えば、特攻隊帰りの青年と米兵が派手にやり合ったり、柔術の猛者が坪井川に米兵を投げ込んだりといった噂を覚えとるよ。とにかく、叔父貴は、一週間のたらい回し勾留の後、要自宅監視付きで釈放された。紋付羽織袴で県警まで身柄の引き取りに出向いた祖父さんが、主《ぬし》は公会堂で腹でも切るつもりだったのかと訊ねたそうだが、叔父貴はそれにも答えなかったらしい」

兄の表情が少し固くなっていた。昭一兄にとっても、つらい記憶なのに違いなかった。

「それから十日後の早朝に、大二叔父は消えた。仏壇前の経机に、『不忠・不孝をお許し下さい』とだけ書かれた去り状と、傷痍《しょうい》軍人手当の通知票や入金証書の類い、ひきおろし記載ゼロの貯金通帳と印鑑などが置いてあった」

「一昼夜待ったが、帰って来ない。あんな事件の直後、まだ自宅謹慎同然の身での突然の家出、当然家中騒然となった。中でも、前に切腹の件を口にしたお祖父さんは、どこかで腹ば切っとるかもしれん、と本気で心配して、とにかく常題目のお墓へと飛び出して行きなはった。もっとも、則光の鎧通しは公会堂事件で進駐軍司令部に召し上げられたままだったが、供出を免れた短刀、脇差の二、三本は残っていたし、包丁だってよく研いだ竹切り鎌だって家にはあったからな。家の者はもちろん親しいお隣近所の人たちも総出で、ともかく近所近辺の心当たりを懸命に捜し回ったわけだ」

そうだった。そんな事があった。公会堂事件のことはまったく知らされず、その後の勾留による叔父の不在も仕事探しの出張との説明を疑わなかった昭二も、母や祖母と一緒に、近所の散歩先や親戚の家を訊ね回った記憶だけはある。だが、皆が叔父を捜している理由も、その深刻さもほとんど理解していなかった。

「すぐに警察にも知られてその方面からの捜査も加わった。ことに祖父母などは気の触れたごつなられて、陸士の同期生や旧軍関係をはじめ、遠縁の家や、小、中学校の同窓生の所まで訊ね歩いておりなさった。だが、そんな努力も騒ぎも空しく一ケ月が過ぎ、半年が経っても、叔父の生死も、消息も杳《よう》としてつかめない。お祖母さんが心痛と身体《からだ》の疲労が嵩《こう》じて寝こまれてしまわれた一年後、叔父から現金書留が届いた。中学生になったばかりの俺には、中身は知らされなかったが、少なからぬ現金と、簡明な詫び状だけだったらしい。封筒の消印も叔父の住所も東京の品川区内。即座に祖父が、とにかくすぐに一度帰熊せよと速達書留で返信されたが、一週間後に宛名の主も住所も確認できないとのことわり書付きで、返信は差し戻されてきた。以来、年に一、二度、主に盆と暮れ近くだが、似たような中身の現金書留が、祖父さんのお亡くなりになるまでは届いていたようだ。以後のあらましは、主も中学生になる頃だったし、多少の覚えはあるだろう」

「うん、その結びがお祖父さんのお葬式」

「そうだ。初七日に例のやり方で書留が届いた。不思議な事に、こちらから連絡はでけんとに、叔父の方は祖父の死去を知っていた。それが証拠に、この時の書留の宛名は、この俺になっとった。不忠、不孝、忘恩の自分がいまさら父母の霊前に参ずるわけにはいかぬ。改めて、自分を柏木の家に縁なき者と思い定めよといった、結構な主旨であったよな。よっぽど俺は、皆の前でその封書ば引き裂こうかと思うたばい。お前様のお父上、お母上の生命《いのち》を縮め、死期を早めたのは何処の、誰だと怒鳴りたかった」

昭一兄の口調が急に激し、両眼に涙が浮いていた。

「もともと互いに馴染まん仲だったが、あの節目の苦みはひどかったな。あれで俺も、どうぞ御勝手にと腹を括《くく》ったもんだ」

兄の涙を初めて見た。亡くなった祖父が目を細めて、父親に似て剛毅、清明とほめていた昭一兄。いま兄の眼裏《まなうら》に映されているのは大二叔父の憎体《にくてい》な不機嫌面ばかりではあるまい。一家の柱の還《かえ》らぬ遺族の家の、どこか喜怒哀楽の背骨が抜けているような不安定な日常が去来しているのに違いなかった。少年期の兄はそんな日常を母を助けて健気《けなげ》に支えてきた。自分は何をした。何もできなかった。叔父と自分は異物だった……思わず、泣き虫昭二が顔を出しそうになる。しかし、剛毅な兄の涙はすぐに止んだ。

二人して仏壇に向かって坐り直す。

合掌、拝礼を終えて立ち上がる時に、兄が言った。

「この写真に映っていない者同士の絆か」

先刻、「成程な」の後に呑み込まれて声に出なかった呟きだった。穏やかな、暖かみを沈めた口調だった。


兄一家と夕食の後、兄とはまた、今度はウイスキーを飲んだ。昭一兄の涙を見たのも初めてなら、これほど二人して深酒をするのも初めてだった。「妙な兄弟だよな」とそのことを肴《さかな》にして、さらにグラスを傾けた。二人共に大して強くはなかった。ほどなく目蓋《まぶた》が重くなった。

「今夜は叔父貴の部屋で寝てもらう。もちろんしっかり掃除も済ませ、布団一式新品だ。黴《かび》も茸も生えとらんけん安心して眠らるるばい。明日は、叔父貴の残した物ば、お前さんの気の済むまで調べるとよか。お前さんが見れば、今度の件で何か参考になるもんが見つかるかもしれん。夜中に叔父貴の化け物が出たら、それこそ物《も》っ怪《け》の幸い。いろいろ直《じか》に訊ねてみらるるたい」

いい匂いのする新しい夜具に這入って、初夏のしっとりした薄闇の中でいっとき目を開けていたが、大二叔父の化生は現れなかった。兄との酒盛りの報いか功徳か、すとんとより深い闇に落ちた。

本当に何もなかった。

もともと敗軍の戦地からの復員、荷物らしいものを持ち帰れるはずもなかったろう。それにしても、中身はほとんど着古した衣類の柳行李がただ一個。そんなはずはないと、袋棚の隅々はもちろん古い夜具の仕舞われた押し入れの天井裏まで探ってみたが、兄に聞いていたとおり、目ぼしいものなど何一つ発見できなかった。

気合を入れてとりかかった離れ小部屋内外の捜査も、一時間もせずに呆《あ》っ気なく済んだ。気抜けすると同時に、兄との対話以来、密かに巣食い始めた疑念が頭をもたげた。突然の家出も、その引き金となったという公会堂事件もみな、大二叔父の仕組んだ一人芝居ではなかったのか。

昭一兄が忌憚《きたん》なく漏らしたように、どこか壊れているところがあったにせよ、大二叔父は頭の鈍い旧軍人では断じてない。それどころか、奸智《かんち》の語が自然に思い浮かぶほどの並外れた博識と鋭利な思考力を持っていた。これ見よがしの凶器所持にしろ唐突な家出にしろ、叔父が実行するのにしては無謀というより不様すぎはしないか。そしていま思い返せば、あの運動会での「お手々つないで」の転倒騒ぎも……。加えて、写真をはじめ各種記録、日記や書き付け類一切合財の始末。つまり、叔父は、それまでの自分の過去の消去、少なくとも柏木の家からの離脱の仕掛けをつくったのではないか。だが、それだけのことなら、或る朝にふっといなくなることで済んだはず。が、彼はそうしなかったし、そうはならなかった。発つ鳥跡を濁さずふうの綺麗事どころか、周囲に未曽有の混乱と悲歎を巻き起こし、その深刻な後引きは、おそらく、祖父母の死去の遠因ともなって長く残る。そのことを、明敏な叔父が考えないはずはなかった。とすれば、叔父はやはり、どこかでひき歪《ゆが》んでしまったのだろうか。それとも、それらの不都合を十分に考慮した上でのもう少し手の込んだ筋書きに添って遂行された一連の所業だったのか。

家出のほぼ一年後から始まり、七、八年後に相次いだ祖父母の死去までぽつぽつと断続したという書留便の存在。本人の住所や行状は秘匿されたまま、熊本の実家の動勢についてのあらましの情報は得ていたらしい奇怪さ。祖父死去後の初七日に届いた最後の書留便中にあったという絶縁を伝える文言。以来、今年三月中旬にドライフルーツに紛れ込ませて届けられた謎めいた通信までおよそ十二年にわたる、長い途絶……。

その間に一度、昭二だけが東京で大二叔父に会った。新宿淀橋署の前で、出所の出迎えを受けてド胆を抜かれた。それから十日ばかりの間にいずれもル・チリソビレで三度顔を合わせ、三度目にはお互いに不興のまま別れた。積もる話は尽きないはずなのに、和せず噛み合わず、十五年以前の「お手々つないで」、おたずね遊びの仲好しに立ち帰ることはできなかった。叔父は、住居も仕事も明かさず、熊本離脱前後の一連の事共にもまったく触れようとしなかった。叔父は、衰弱してても壊れてもいなかった。相変わらず、不機嫌で鋭利な精悍さを痩身に漂わせていた。対象が何であれ、目的をもって進退している大人の男の顔だった。

「出て行け。二度とここへ来るな」

別れしなに、大二叔父は昭二に低い声でそう告げた。そして、その七年後には、その同じ場所に明子さんを訪れるよう依頼してきたのだった。

「何があったの。何をしようとしているの」

出来るものなら、あのチリソビレの夜に飛び帰って、訊ねてみたかった。


離れの狭く短い濡れ縁に腰を下ろす。新緑の裏庭の向こうに、叔父の菜園の遺跡が見えた。よほどの悪天候でないかぎり、四季を通じて叔父の姿はそこにあった。日照りはもとより、多少の雨や雪、颪や霧にも頓着しなかった。復員帰省時に持ち帰ったらしい軍用作業服に兵隊帽か麦藁《むぎわら》帽子をかぶり、一日中黙々と片手で鍬を振り、スコップを扱い、草むしりに精を出していた。目前の五月も中旬の盛大な雑草園に、小雪のちらつく仄暗《ほのぐら》い畑地で大二叔父にしかできない不思議な姿勢と拍子で土を起こしている影絵のような姿が重なる。

「この固か瘤《こぶ》は、なんね」

散歩の途中だったか、握り馴れている叔父の左掌《ひだりて》を右手の指先で突っついて、昭二は訊ねた。

「百姓胝《ひゃくしょうだこ》たい。むかしは竹刀《しない》胝だったが、いま握るとは鍬ばっかりだけんね。見てみ、こっちにはなかろうが」

松葉杖の支え木から離した右の掌を開けてみせた。

「痛《い》とはなかつね。こぎゃん、角のごつなって。畑にばっかりおるけんたい。祖父ちゃんも言いよんなはったよ。天気の悪か日は、本でん読んどればよかとにって」

右手を松葉杖に戻して、叔父はおやおやといった表情をつくって、苦笑した。

「小一坊やが、生意気かこつば言うな。本なら、もう読むしこ読んだ。勉強も訓練もするしこした」

叔父はいつものように、ぶすりと言って、百姓胝の生えた左掌で昭二の右手を引っぱった。その後に、「挙句《あげく》がこの様《ざま》たい」とでも続けようとして腹中に仕舞い込まれたのが現在《いま》ではわかる。

その遣り取りが運動会の前だったか後だったかは思い出せない。確かなのは、運動会騒ぎを境に、叔父はますます無口になり、散歩に出ることも少なくなった。それでも、週に一度くらいは「行くばい」の誘いは続いた。しかし、散歩のコースが変わった。それまで、近所でも人通りの少ない裏道を選んでの里山めぐりだったのが、街中《まちなか》への遠出に一変した。叔父はまず段山《だにやま》のたばこ屋で一週間分ほどの朝日を買い、市電通りをとことこ歩いて蔚山《うるさん》町の郵便局で公衆電話を借り、同じ道を島崎へ帰った。いつもそう長い時間ではなかったが、電話の間中、昭二は叔父がたばこ屋で買ってくれる芋飴をしゃぶりながら、郵便局の外で待っていた。

百姓胝の生えた左掌で摑んだ電話器のつなぐ相手は誰だったのだろう。何の話をしていたのだろう。その貴重な記憶の復活にはどこか金錆《かなさび》臭い隠し味も潜んでいた。

草っ原に化したかつての叔父の仕事場に、つい先程まで吹いていた微風が凪《な》いでいた。

「珍しか名前だけん、覚えやすかぞ。ハジメツグオ。昭二坊も一年生だけん。書けるだろ。熊本におる、たった一人の友達たい」

大二叔父はそう言うと、不意に離した左手の人差指で、宙に一二夫《はじめつぐお》と描いてみせた。

「学校のね。それとも遊び友達ね」

前日の運動会以来はじめて掛けてもらった声だけに、昭二の返事も少し弾んだ。

「どっちでもなか。いくさ友達たい」

戦《いくさ》友達の言い回しが自分でも可笑しかったのか、頭上で短い笑いの漏れる気配がした。


午前中、実家の離れの濡れ縁で叔父の畑の遺跡を眺めていて不意にそんな記憶の蘇生があったせいか、二十年以前に一度しか往復していない田舎道なのに、迷わなかった。

疎林と畑地を縫って車一台がやっと通れるほどの未舗装道路が、西山の中腹に向かって伸びていた。散在する人家は増えもせず減った様子もなく、すれ違う人も車も稀《まれ》な風景は以前とほとんど変わりない。ただ、木々の丈が倍近く伸びたように見えるのが、二十年の歳月を否応なしに物語る。

ふと、不安が横切った。あの家は前の場所にあるのだろうか。木工達人の無口な一《はじめ》さんは御存命なのだろうか。気難しい大二叔父が自認した唯一の戦友達。たとえ言葉では聞けなくても他の人にはない叔父の過去の事共を胸底深く保存されている人に違いない。危惧と期待の綯《な》い交ぜになった気分の高ぶりが、歩きづらい上り勾配の馬車道を辿る昭二の足を急がせた。

軒の傾きは目立つものの、頑丈そうな百姓家は目当ての場所にあった。開いている大戸口で何度か声を掛けてみたが、応答も人の気配もない。次いで二十年以前の記憶を頼りに納屋らしきところにあったはずの二夫氏《つぐお》の木工作業場に回ったが、そこの引き戸は閉じられていた。不吉な予感がした。

最後に家の裏手に回る。里山の西側の傾斜地を三段仕立てに拓《ひら》いた畑地があった。その一段目の近場で、野良仕事をしていた六十年配の婦人がこちらを向いた。

畝路《うねみち》を伝って近づくと、彼女は姐さん被《かぶ》りにしていた手拭いをとり、腰を伸ばした。小さな髷《まげ》を結った半白の頭髪の下に、皺の多い日焼けした農婦の顔があった。昭二に向けられた眼が驚き気味に見開かれている。

辞儀をして名乗ろうとすると、彼女の方から口を開いた。

「坊ちゃま。柏木の昭二坊ちゃまでござんしょう。いつかはおいでなさると思うておりました」

そこまで言って、彼女は急に絶句した。眼がさらに見開かれた。

「もしかして、大尉様に……」

チリソビレを再訪した二ケ月前の明子さんと同じ反応だった。昭二は慌てて首を激しく横に振った。

「いえ、そうではありません。叔父は外国に出掛けておりますが、無事です」

彼女の全身から力が抜けるのが見てとれた。

一呼吸の後、彼女は前打ち鍬や畑道具をそこに置くと、そのまま昭二を先に立てて家の方へ帰り始めた。昭二の訪問を以前から予期していたふうの動作だった。畝路を辿る背後から、老農婦の、少し皺枯れた声が届いた。

「お気付きかもしれまっせんが、主人の二夫は六年前に果てました。今年が七回忌でございます」

不吉な予感は的中した。暗然としながら、とりあえずのお悔やみをと思うが、足場の悪い畑の畝路、振り返るのも立ち止まるのもままならない。一《はじめ》夫人はその事を承知の上で、対応の厄介な通告をここで行ったのだろう。昭二も、黙って頭を下げるほかはなかった。

大戸口から家に入り、仏間を兼ねた居間と思われる部屋に通された。とにかく、仏壇に向かう。素朴な仏壇に並んだ遺牌の中央に、「釈木心」と墨書のある白木の遺牌が据えてある。まさしく俗名一二夫《はじめつぐお》さんのものに違いない。手を合わせながら、口の中で木心さんかと呟く。大二叔父の傷んだ松葉杖を黙々と修理していた初老の男の座像が鮮明に蘇る。自然に涙が溢れた。もう一度この人に会いたいとしみじみと思った。何も話さなくてよい。壊れていても歪んでいてもいい。もう一度この元兵士が木を削り、木の語りを聴き、木に語りかける姿を見たいと痛切に思った。

どれくらい仏壇に向かって座っていたか、後ろに座っていたはずの夫人の気配が消えているのに気付いて、少し慌てた。手を合わせ、拝礼をして、土産に持参した雷おこしと虎屋の羊羹をお供え代わりに小さな経机の傍《かたわ》らに置き、最後にもう一度仏壇を見上げた時、釈木心の隣に据えてある同型の白木の遺牌に眼を釘付けにされた。表に何の戒名も法号もない全くの白木。こちらに近づく足音が聞こえた。昭二はまた少し慌てて、仏壇の前を離れた。

一夫人が戻ってきた。驚いたことに、野良着から黒っぽい普段着に着替え、髪も心持ち整えているように見えた。そんな時間、自分は仏壇の前にいたのか。昭二は三度呆然とした。

中座したことを詫び、唯今用意したらしい茶を勧めてから、一夫人は言った。

「お遺牌に気の付かれたでっしゅう。両方とも生前にあの人が作ったもので、自分の分には戒名も自分で決め、自分で書いておりました。無記名の方は、柏木大尉様のものです。隊長様に御依頼をいただいて作りました」

そうか、やはりそうだったのか。後頭部をごつんと一発殴られたような気がした。

「それは、いつのことですか」

「主人が亡くなる半年ほど前、十年ぶりくらいに隊長様が急においでになった時です。新聞も読まず、ラジオも滅多に聴きまっせんので世の中の事は何もわかりまっせんが、たしか南方でまた戦の激しゅうなったと聞いておった頃でしたろか」

頭を振って、簡単なはずの逆算と加算を繰り返す。年次だけでなく、記憶の輪郭そのものが混濁し、重複して鮮明な像を結ばない。南方での戦は、おそらくベトナムのことだろう。とすれば、東京新宿で叔父に再会した頃ではないか。あの時叔父とは唐突に棘々しく出会い、ぎくしゃくした状態で別れた。その半年後に叔父は明子さんの前から姿を消す。チリソビレで同年配の男と口論めいた言葉の遣り取りがあったらしいのもその前後。

そして、その十年前といえば、叔父が公会堂事件を起こして熊本を離脱した昭二の小学校一年生の冬。ともに叔父の余人には不可解な暮らしぶりの変わり目に当たる時期ではないか。その度に、叔父はただ一人の戦友達に別れを告げにここを訪れ、二度目には、自分の遺牌の制作を依頼していった。叔父が一さんの工房を訪れた時、死期を自覚していたらしい戦友はたまたま自前の遺牌を削っていたのだろう。それを目にした叔父が即座に自身のをも注文する。そんな寸劇のシーンめいた情景が浮かんだ。

その帰熊の折に、一里と離れていない島崎の柏木家に叔父は寄っていない。すでに絶縁状を送っている本家に挨拶する意志も義理もなかったのだろうか。あるいは最初から秘匿することを自分に課していたのか。大二叔父は、積年の計画による何事かを秘かに決行しようとしていたのに違いない。

「そのときに叔父は、御主人や奥様に何か特別に話をするとか、書き付けをお預けするとかございませんでしたか」

昭二の問いに、一《はじめ》夫人はゆっくり首を振った。

「いいえ、特には何もございまっせんでした。何せ主人は喋れまっせんし、その頃には耳もほとんど聞こえんごとなっておりましたので。字の読み書きはできましたが、それも滅多にしまっせん。ただ、人の顔と目をじいっと見とるだけ。それだけで気持ちは通じとったたっでっしゅう。時々頷いたり、いやいやをしたりしておりました。大尉様と主人の間はそれで十分だったたつでっしゅう」

夫人は仏壇の方へ視線を向けて、言った。しんみりした口調だった。

「奥様は先程畑で、僕がこちらに伺うことを予期しておられたようなお話でしたが、どうしてでしょうか」

「その日のお帰り間際に、大尉様は主人だけでなく私にも聞かせるふうに、目だけでなく口からの言葉で言いなさりました」

彼女はちょっと息を整えて、大二叔父の口真似めいた台詞《せりふ》を吐いた。

「来るか来んかわからんが、大昔に一度ここに連れてきた甥《おい》の昭二が、もしまた訪ねて来たら、茶一杯のませてやってくれ。あの坊主だけが俺の幼馴染み、遊び友達だったけんな。とおっしゃりました」

ここにも泣かせる文句をちゃんと残している。思わずぐすりとすると同時に、つくづく困った叔父貴とも思った。しかし、その困った叔父のことをもう少し聞いておかねばならない。

「それだけですか」

不躾《ぶしつけ》を承知の上で念を押してみる。

「はい、それだけでした。そして、それが大尉様と主人との、この世でのお別れになりました」

この世でのお別れの文句が、いっときの沈黙を生んだ。

「御主人と叔父とは、どんなお付き合いだったのでしょうか。僕がむかし叔父から聞いたのは、自分のただ一人の戦友達というだけで、いつのどの戦地でだったのかも知りません。御存知でしたら、ぜひお教え下さい」

お茶を一口飲む間があって、夫人が口を開いた。

「主人は復員してここに帰ってから半年ばかりは少しは喋れました。それがどんなわけかだんだん口数が減り、やがてまったくものを言わなくなりました。その間に、ぼつぼつと喋ったことを繋ぎ合わせますと、三十五歳の二等兵で二度目の召集を受け、すぐ外地へ出され、フィリピンで柏木大尉様の、その頃はまだ中尉さんだったそうですが、従卒とでんいいますか当番兵になったようです。そして、半年ばかり後の、場所は忘れましたが、山中での戦闘でそろって負傷しました。中尉様は以前に負傷されていた同じ右脚に、主人は頭に弾を受けました。幸いに即死は免れましたが二人共ひどい怪我で、中尉様は脚の障害をさらに悪化させられ、主人は脳の働きにいろいろと障《さわ》りを残しました」

関元氏に聞いた叔父の二度目の負傷が立証された。

「それは、いつの事ですか」

「出征した十九年の夏頃じゃなかでっしゅうか」

米軍のリンガエン上陸の半年以前のこと、関元氏が言ったように、交戦の相手は正規の米比軍のはずはなく、フクゲリラか米軍の残留将校の指揮する別系の比ゲリラだったたと考えられた。ゲリラ討伐に出撃して反撃されての交戦だったたか。

「山中でのそんな大怪我でしたら後の手当てや退去がさぞ大変だったでしょうね」

「はい、主人もガナがおらんだったなら、二人共そこで死んどったろて言うとりました」

思わず、耳を疑った。

「ガナップのことですか」

「ガナップていうとですか。向こうの人の名前でっしゅうな。とにかく、敵ばようやっと撃退して、その現地の人達に背負われて山地ば抜け、マニラの陸軍病院に一昼夜かかって運び込まれたと話しとりました。途中、中尉様がほとんど意識を失っていた主人を気遣って、水を飲ませたり、御自分の着衣を掛けてくれたりしていただいた事なども。中尉様と主人との御縁の深まりは、歳の近い将校さんと当番兵、隣近所と言うてもよか互いの実家の近さ、そして、お互いの戦場での負傷と闘病、その前後に主人が中尉様のステッキや松葉杖を作って差し上げていたことなんかが重なってじゃあなかでっしゅうか」

そうだったろう。だが、背景にあのガナップが出現しようとは。陽炎《かげろう》の奥に見え隠れする定かならぬ影絵に向かう焦点が一絞り、絞り込まれるような思いだった。

しばらく静かな時が流れた。昭二は叔父と一さんの間で交わされた沈黙の会話を再現しようと試みる。その中には共に重傷を負ってガナップに救助された痛切な経験と記憶にかかわる話題もあったにちがいない。しかし、二人の表情や居住まいは揺るぎなく浮かんでも、もともと発声されることのなかった会話自体が浮上する気配はなかった。一夫人も二人の因縁をしのんでいたのだろう。しんみりしながらどこか念を押すような声音で言った。

「坊ちゃまが来なさったつは、あのお遺牌ばお持ち帰りなさることではなかったとですね。大尉様はどこかで、お元気なのですね」

昭二が返事をする代わりにしっかり頷いてみせると、夫人はすぐに言葉を継いだ。

「では、あの大尉様のお遺牌はこのままお預りしておいてよかとですね」

「はい。叔父が頂きに参りますまで、どうぞよろしくお願いいたします」

答えながら、そんな事態が本当に来るだろうかという疑念を抑え込む。

「安心しました。ほんなこつ、妙な言い方ですばってん、そこから大尉様のおんなはらんごつなっと、主人がさぞ淋《さび》ししゃすると思いましての」

急に在の肥後弁に返った夫人は、「ご免なはりまっせ」と断って、すすり泣き始めた。泣き虫昭二は、それに和したいのをようやく我慢した。

兄の家での二泊目の夕食時も兄弟酒となった。食卓には、昭二が一夫人から頂いて帰った多彩な野菜類が義姉の手で美しく調理されて並んでいた。

昭一兄は一《はじめ》さんのことをまったく知らなかった。遺牌のことを話すと、兄はさらに驚いて、「人騒がせな」と一言呟いた。

その人騒がせな叔父に関して、兄にたずねたいことが、もう一つあった。

「公会堂事件の後、大二叔父さんは警察から自宅監察を受けていたんだろう。叔父さんが家出した後はどうだったの」

「うん、最初は連日のように叔父貴からの連絡がないか調べに来ていたが、それが三日に一度、やがて一週間、十日に一度という具合にだんだん緩んできて、三ケ月くらいしたら係の刑事も来なくなった。後で知ったが、その刑事は、どうやら叔父貴の旧制中学の後輩だったらしかがね」

「ここに電話を引いたのは、いつだったたっけ」

「祖父様祖母様が果てられた頃だから、叔父貴の家出よりずっと後の話だ」

今頃、何を訊《き》くかといった顔で、兄は杯を口に運んだ。

「オザサ氏はどうやら亡くなられたようですな」

席につくなり、関元氏は昭二の眼を直視して言った。

「いつ、どこでですか」

一瞬息を呑んだが、昭二もつとめて冷静を装って訊ね返す。ここにも、人の死がからんでいる。

「五年前の今時分、貴君も御存知のマニラでも名うてのスラム街トンドの裏手を流れるパシグ川の汚れ淵《ぶち》にごみに混じって浮いていたのが、その人物らしい」

「らしいといいますと」

「死後だいぶ経ってから発見されたので死因は不明。半裸体で所持品もほとんど無く、どうやら外国人らしいというだけで身元確認も不可能。そのうえ、あの辺りでは特に珍らしい事件でもないので、あまり話題にもならず。あちらの新聞での扱いもいい加減なものでした」

「それが、どうしてオザサ氏とわかるのですか」

「同じ頃、同じマニラで華僑資本の或る貿易公司の役員待遇だったオザサと呼ばれる日系人が行方不明になっていました。それで、彼がそのパシグ川の不幸な遺体の主に当てられたのでしょう。推定の物的根拠はずいぶんと頼りないものでしたがね」

「どんな根拠ですか」

「オザサ氏には、残留日本兵との噂もあったようです。遺体の崩れが進んでいて、十分な確認はできなかったようですが、頬のあたりに古い弾痕らしきものが見られたそうで、それも推定の根拠の一つになったと仄聞《そくぶん》しました。中華街にも近く、三日に一度は死人が浮くと囁かれる場所も場所、原因は商売上のねじれ、あるいはただの金か女かわかりませんが、警察ではとにかく、強盗殺人プラス死体遺棄、しかし加害者不明として片付けられています」

暗然とするより、背筋に悪寒の走るような情報だった。こんな犯罪事件が大二叔父とどうかかわるのか。しかも、事件は、昭二が叔父と東京で最後に会ったわずか二年後。チリソビレに叔父が姿を見せなくなってから一年半後。「事情があって、動けぬ」の文言が、刃を植えた床のように現実の量感を伴ってせり上がる。

「日本のメディアでも報道されましたか」

「いや、載っていないようですね。戦後賠償の大筋は整ったとはいえ、まだ生煮えの部分もある不安定な時期ですから、未確認要素の多い、しかも縁起でもない情報をそのまま流すのが避《さ》けられたんでしょう。しかし外電は来ていたはずと考えて、そちら関係の知人に当時の関連外電の控えを調べてもらっての、私の推測ですがね。先々月マニラホテルで貴君からオザサの名を聞いて、あの事件の記憶の切れっ端だけはひらめきましたんでね」

たしかにあの時、関元氏は三度、オザサの名を口にした。事件当時、関元氏もマニラにいたのかもしれない。なによりこの有数のフィリピン通が全く感知しない事件であるはずはなかった。その上、オザサを残留日本兵かとも漏らした。とすれば、大二叔父の不透明部分とのかかわりがないとも限らない。もっと聞き出せるはず。しかし、相手の方が上手だった。

「宿題のオザサについていま私が喋れるのは、これが全部です。さて、今度は、貴君のお話を伺いましょう。因果な商売で、今日もあまり時間がありません。郷里へお帰りだったとか、そちらでの収穫は」

そう言うと、腕時計に視線を走らせた。まだ五月下旬というのに程よく冷房の効いた一流商社の役員室に、先程運ばれた上等のコーヒーの深い香りが揺らいでいる。

機先を制せられたものの、なんとか気分を持ち直した昭二は、主に昭一兄から得た大二叔父の熊本離脱前後の事共を報告した。散歩の途中で叔父が掛けていた公衆電話の件にも触れておいた。

「そんなことがありましたか。さすがバターン戦の勇士、激しい御気性を彷彿させる進退ぶりですな」

感に堪えぬといった面持ちの一方で、若干の揶揄《やゆ》の棘《とげ》をも隠さぬ微妙な口調で、関元氏は言った。

「せんだって私が叔父上に東京で二、三度お目にかかったと申しましたが、それはその御出郷の四、五年、いやもう少し後の頃になりますかな。もちろんもう軍服ではありませんでしたが、片脚は御不自由ながら、背筋の伸びた精悍な印象は以前と少しもお変わりありませんでしたよ」

「どちらでお会いになりました」

「この同じ霞が関にありました、某保守系代議士の事務所と、同じ議員の主催した会食の席で何度か」

「議員のお名前は」

性急に過ぎると自覚しながら、我慢できない。案の定、関元氏はちょっと渋い面をつくった。あるいは真似をしただけなのか。

「それは、お聞きにならん方がよいでしょう。叔父上にとっても、貴君にも」

頑《かたく》なに隠す様子も脅迫の気配もなかった。いま聞かなくても、いずれわかることですよと言外に告げているふうの表情だった。

「私とはいつも、台湾での一別以来の久闊《きゅうかつ》を叙し、お互いのとりあえずの無事を祝う御挨拶程度の交歓でしたがね」

「どんな人々の寄り合うお席でしたか」

「霞が関ですから、同じ政党の議員や顧問格のお偉いさん方、各省庁の役人、大手の総合商社や土建業界の社長連中、それに金融の頭取クラスが主で、旧軍関係の方々も少々おられましたな」

この関元氏が直接に名を挙げるのをひとまずは遠慮するような海千山千の大人たちの、どこか老怪の舞踏会めいた宴席の光景が、モノクロの陰画《ネガ》フィルムを通したように浮かぶ。そんな会合に、大二叔父はどんな面付きをして立ち混じり、どんな役割を演じていたのか。

「あなたと叔父との間で、フィリピンの話は出ませんでしたか」

おぞましかろうとなかろうと、聞くべきことは聞いておかねばならない。昭二も腹を括《くく》った。

「出ましたよ。私があちらに縁のある仕事をしている事を御存知だったようで、御自分も近々出向くつもりだから、その折にはよろしくといった程度の話で、御用向きに関しては何も。そういえば、その折に私の方からは名刺を差し上げましたが、柏木元大尉からは名刺も、また当時のお仕事や御連絡先などもお聞かせいただけませんでしたな。その辺の事は、貴君の方がおわかりでしょう」

手痛い反撃を食った。

「それが……」と口籠もりながら、新宿淀橋署の駐車場で十数年ぶりに再会した叔父の恰好を思い浮かべる。黒のスーツに黒のソフト、手には松葉杖ならぬ黒光りする洒落たステッキ、一見して葬礼用とは違う上等そうな黒ずくめの装い。運転手つきの車も黒塗りの外車のようだった。そのあまりの変わり様にド胆を抜かれて、世田谷の昭二の下宿まで送ってくれたその高級車の車中でも、「いまの仕事は何ね」と幼時のおたずね遊びの調子を取り戻せなかった。

それから十日ばかりの間に三度、叔父と会った。落ち合う場所は、いずれも、ル・チリソビレ。時間の開きすぎた再会で歯車が噛み合わず、それでも互いに黙りこくっていただけではなかったのに、大二叔父は当時の仕事の中身や住居を終《つい》に明かさなかった。


「面目ない話ですが。まだ掴《つか》めないのです」

答えながら、身が縮んだ。もちろん、大二叔父ともっとも親密な間柄だったはずの明子さんにも重ねて訊ねた。しかし、その度に明子さんは首を小さく振って悄気返《しょげかえ》るばかり。「それが、何年もの間ひと方ならぬ御親切を頂きながら、御自身の事は何一つ教えて下さらないのです。戦争の事だけでなく、お仕事もお住まいも。どうしてだったのかしら。それほど私は頼りなかったのでしょうか……」。そこでいつも明子さんは口籠もって泣き出しそうになる。そんなはずはないと思いながら、昭二にそれ以上の追及は無理だった。

答えに窮して黙り込んだ昭二に助け舟を寄越したのは、皮肉にも関元氏の多忙だった。今度は明らかにそれらしい動作で腕時計を見やり、多忙氏はきっぱり言った。

「そうですか。お身内でも二十年も行き来がなければ、仕方ありますまいな。それでは私も私なりに、先程申し上げたパーティーの線などを細目に当たってみましょう。まだ十日ばかりはこちらにおりますのでね。それで、貴君の方はいつ頃に。次のあちら行きは」

「私もその頃になると思います。お願いとお訊ねばかりで恐縮ですが、今後ともなにとぞお力添えをお願いいたします」

身内のことで、ひたすら頭を下げなければならない自分が情けない。一方、胸の奥では、「事情があって、動けぬ」の呻きがうずいている。途方に暮れてばかりはいられない。

三

帰社すると、この時刻には珍しく在社中の小沼社長に呼ばれた。社長室に入れば、これまた珍しく、社長は執務席に着いていていた。

「清正公《せいしょこ》さんのお城の若葉はどないでしたかいな。お土産も忘れんと、おおきに」

机の上に置かれた朝鮮飴を指差してそう言うと、すぐに語調が少し変わった。

「今朝十時頃にマニラの米倉から兄《あん》さん宛てに電話が入りましてな。課長と兄さんが会社回りに出掛けられた直後で、そんなら社長にと言うんでわてが出ると、直接兄さんでないと通じん至急の用がある、帰ったらすぐ自分の電話に掛けてくれとのことや。そん時にはわてにもここに居《お》るようにとも注文しよった。で、出掛けんならん用事もあるんやが、そちらには不義理して、兄さんを待っとったんですわ。定めし、叔父さんの件じゃろ。はよ、電話しなはれ」

向きを変えた卓上電話が昭二の前に置かれた。

寒暖とかかわりなく、ただ痛覚だけを伴って身体《からだ》の芯を突き抜けるものがあった。つい先刻、霞が関でパシグ川の変死体の一件を耳にしたばかり。同様な事が大二叔父の身に起きたのか。最悪の緊急事態への対応を考慮して、賢明なマニラ支社長は本社社長に通話時の同席を依頼したのに違いない。間違えるなよ、早く繋がれと念じながらダイヤルを回す。

待つ程もなかった。

「ペドロが逮捕されて、パサイ市警に留置されている」

名を告げ合った後、まずそれだけが聞こえた。受話器の底に多少砂をこするような掠《かす》れが残っているが、滑舌の明快な元運動部員の口調に変わりはなかった。ホッとすると同時に、別のパンチを浴びる衝撃があった。

「容疑は暴行傷害と脅迫らしい。事件が起きたのは先週の水曜日、君が帰国して三日後で、こちらにわかったのは、一昨日《おととい》、ペドロの細君と名乗る女性が会社に君を訪ねてきてからだ。彼女の話では、ペドロは事件の前日あたりから、自分に何か起こったら君の名を告げてここを訪ねるように言い置いていたらしい。それで、昨日、僕がパサイまで出向いて事情を聞き、ペドロにも面会した。容疑には暴行、傷害、脅迫とおどろおどろしく並んでいるが、やり合った当人同士の傷の程度に大した差はないし、脅迫に至っては、相手の男が訳のわからぬ言い掛かりを受けたと言っているだけで何の具体的根拠もない。ただ、ペドロがナイフをちらつかせたことと、最前の逮捕、勾留、釈放との間が近すぎるというのが加害、被害判定の分け目になってるらしい。それだけのことだが、とばっちりがうちに飛んできたのが、よくわからないんだよ」

「ペドロにも会ったんでしょう。彼は何と言ってました」

浅黒い顔面にさらに大小の青あざを増したペドロの暗い眼差《まなざし》が浮かぶ。

「カシワギに会ったら話す。それだけで、あとは何も喋らず、差し入れた煙草を担当の警官とプカプカやっていたよ」

帰国する前日の夕方、マニラ湾口の落日の下で交わしたペドロとの奇妙な対決と和解のことは、米倉には話していない。ボントック道沿いの町での事件とそこでの釈放工作でしかペドロを知らぬ米倉支社長には、そんな横柄なペドロの態度は心外だったのだろう、明快な口調にあるかなしかの渋みが混じっていた。

「で、とりあえず例の融通芸を使って出してやれないではないが、前の出し物から何せ十日しか経っていないからね。同じ芸を使いすぎると飽きられる上に、あちこちに借りも増えるしね。それから、もう一つ、あの小悪党の様子では、君が直接顔を見せない限り出る気も喋る気もないらしい。面倒なチンピラだよ。まったく」

言葉は珍しく多少荒っぽいが、早く何とかしてやりたいという気遣いは十分感じられた。

「それで、電話を入れたんだが、あるいは、すぐにこちらに来てもらうことになるかもしれない。社長にそこに居て頂いたのも、その為です。ところで、社長はペドロ青年の件、どの程度御存知なのかな」

「おそらく何も。名前も聞かれていないはずです」

答えながら昭二は、執務席に腰を下ろし、軽く腕組みをしたまま浅く俯《うつむ》いている小沼社長の様子を窺《うかが》った。

「では、この件は私からお話ししよう。お父上や叔父上の事情も背負った君より、その方が私見、私情が入らず、かえってわかり易いでしょう。社長に代わって下さい」

その声が直《じか》に聞こえたはずはないのに、社長がふっと顔を上げ、何か御用といった表情を浮かべた。居眠りしかけていたのかもしれない。場違いのおかしみを覚えて、しかし厳粛な声音で昭二は用件を告げ、受話器を差し出した。

「小沼やが」と切り出した時には、声にも面にも眠気の影は失せていた。

南支那海の向こうに沈み込む夕陽を浴びてペドロは言った。「お前を張っていた奴の身元を調べてやるよ」。ペドロが昭二以外に喋らないのは、おそらくその件にかかわる事に違いない。それが大二叔父探索にどう関係するのか、また本当にそんな奴がいたのかどうかさえ定かでないが、とにかくペドロは動いた。顔の傷を増やす危険も厭わず、ガナップの息子は動いてくれた。

不意に、社長の声が耳に入った。

「そっちのことは、お前さんに任せるわ。あんたのええようにしなはれ。責任はわてが取るよってな」

受話器を台に戻して、社長は昭二を真っ直ぐに見た。眠気の気配はどこにもなかった。いささかしょぼついているが、男の眼だった。

「今夜は無理じゃろうが、明日でも明後日《あさって》でもええ、一日でも早《はよ》うフィリピンへ飛びなはれ。後の面倒はわてが何とでもするさかい。叔父はんの事が動き出しとるんと違うか」

翌朝出社すると、今度は上原常務と林田営業課長が待っていた。

昭二の挨拶に常務は会釈を返したが、課長は表情も崩さず、いきなりの通告口調で切り出した。

「昨日米倉支社長からの要請を受けられた社長の御指示で、君には急遽またフィリピンへ行ってもらうことになりました。再出張の用件については、直接に社長から聞かれたことと思います。

それで、一昨日から始めた団体旅行勧誘を主目的とする企業回りの営業研修は一時中断して、次の君の帰国後ということになります。今後の日程調整などに面倒が生じなくもないが、君を名指しての米倉君の要請であれば、仕方ありませんな。今日、明日の企業回りは、前回に君が学習不足を痛感したというタガログ語の練習にでも振り替えて、再出張に備えたまえ」

出張の用件の内容も事情も、課長はまったく知らされていないのに違いない。加えて頭越しに進行する部下への指示指令を明らかに不快に思っている口調だった。その気持ちは昭二にも痛いほど理解できる。

「お世話をおかけいたします」

昭二はそう答えるほかはない。ここで大二叔父探索一件の因縁話を始めるわけにはいかなかった。

「貴君が気に懸けることではありません。急な海外出張も旅行社に勤めた社員の仕事の一つですからね。チケットは、明後日の午前中の便の手配を事務方に頼んであります。あちらでの事は、すべて米倉君が手配するでしょう。前回の研修の続きとでも考えて、御苦労ですが、よろしく励んで下さい」

とりなすように言葉を挟んでくれた上原常務の穏やかな対応は有り難い。一方で、身の縮む思いが募った。

今回のフィリピン渡航が十中八九社用でないことを、昭二本人が誰よりも痛感していた。程度の違いはあれ、その辺の事情を呑み込んでいるのは小沼社長とマニラにいる米倉支社長の二人だけ。自分は二人の、ことに小沼社長の奇特な厚意に甘えて、というより付け込んで勝手に動き回っているお調子者ではないか。新南旅行社にとって、迷惑至極な一匹の飛び込み虫ではないか……

前回の研修出張はともかく、今回の再出張は社用とはまるきり違う。ペドロの件も、前回は会社が請け負った慰霊巡拝団の旅程中に起こったトラブルであり、その後始末も会社が引き受けるのは当然だろうが、今回の一件は会社の業務とまったくかかわりなく、昭二とペドロ両人だけにからむ因縁に起因する難題である以上、その尻拭いは柏木昭二個人が果たさなければならない。

お金が要る。何より、ペドロの早期釈放を実現するための金が要る。必要額の予想もつかないが、いくら掛かろうと、それだけは会社に出させる訳にはいかない。では、どうやって用意する。しかも、今日、明日中に。

気楽な独身とはいえ、しがない予備校の講師暮らしの二十七歳に、そこそこの貯えがあるはずもない。工面《くめん》といって思いつくのは借用だが、さて相手となると心細い。互いに懐具合を熟知している旧流人部屋の面々は、初《はな》から相手にならない。もっとも確かなのは、熊本の昭一兄。しかし、今日電話で頼んでも、明日中にというのは難しい。それでも頼まれれば、律儀な兄は、電信振替か何かで送金に努めてくれるだろう。だが、今回は兄には頼めない。つい先日、「柏木家の縦糸は及ばずながら俺が面倒を見る。叔父貴の方は、お前さんに頼んだぞ」と面と向かって明言され、あらためてしっかり頷いてきたばかりだった。それを今更、「済まんが、今度ばかりは」とは口が裂けても頼めない。

銀髪に飾られた関元氏の血色のいい顔が現れ、仄暗《ほのぐら》い天井灯を浴びた明子さんの白い横顔が浮かんだ。とたんに、昭二は、「甲斐性なしの、節操なしの、意気地なし」と呟くと、右掌《みぎて》で自分の頬を叩いていた。二階から一階へ下りる階段の踊り場だった。小さな音がしたらしく、すれ違った事務の女性社員がくすりと笑った。

それで、昭二はながい白昼夢から覚めた。あろうことか自分が毎晩、大金の側で眠っている現実に思い当たった。次の呟きは、「この間抜けが」だった。


「兄さん、こりゃ、あきまへんな」

一見するなり、社長は声を上げた。御近所のいつもの小上がり、座卓の上には茶碗だけ。まだ戸外は明るく、早い時間で他に客がいないのを確かめての入店だった。

「贋札《にせさつ》ですか、全部」

卓上に表裏を交互に並べた紙幣を慌てて仕舞おうとする昭二を制して、小沼社長は中の一枚を再度指でつまみ上げ、電灯に透かし見た。

「うんにゃあ、本物ですがな、みな」

「じゃあ、なぜ、あきまへんのですか」

昼間、会社の階段の踊り場でふと気付き、「間抜け、阿呆」と自分を罵りながら世田谷のアパートに急遽帰宅し、本棚の奥に隠した厄介なお荷物の一部を懐に、また新橋へとって返したのだった。叔父からの便りは一語一句正確に暗誦できるのに、この四、五日、一緒に隠した札束の方の記憶はどこかに置き忘れていた。こんな事態の最中にである。壊れているのは大二叔父ではなく、自分の方ではないのか。頭の中が真っ白になる衝撃が走った。そんな錯乱騒動を経て持ち込んだ大金である。あきまへんでは済まされない。

「これ、何ドル札や。この鼻ひげ親父は何人《どなた》かいな」

「米ドルの千ドル札で、像主はクリーブランド大統領ですが、それが、何か」

「兄さんは、ほんまにぼんぼんやな。それでよう大学に入り、英語の先生にならはりましたな」

非難というより呆れたふうの口調だった。

「こんな大層なもん、一体どないしはったんや。このわてかて、現物に触るんは、相場をやってた大昔に倒産したどえらい銀行の地下金庫以来のこっちゃ。まさか、あんた、銀行強盗でもしやはったんと、ちゃうか」

さすがに、物騒な文言が飛び出したせいか、少し声のトーンが下がった。

しかし、たとえ冗談でも、そこまでの質問を浴びれば、答えざるを得ない。しかも、借用の形《かた》ではなく、両替のために持ち出した秘蔵の大金である。小沼社長に納得してもらわなくては、この切羽詰まった金策は破綻する。昭二は、ドライフルーツに埋まって到来した件《くだん》の大金の由来を話した。

「わかりましたわ。あちらにおられる御年配の叔父上からの隠密の送金とならば、事の善し悪しは置いといて、まるでわからんわけではない。ですがな、兄さん、この金は使えんのや。この千ドル札の製造は終戦の年を境に他の高額紙幣ともどもに中止され、一般の市場では流通停止、銀行間の取引などでも次第に用いなくなり、現在ではほとんど姿を消したも同然のお金ですわ。アメリカの銀行やお役所に持っていけば引き取ってくれんでもないらしいが、大量だったりすれば出所を確かめられたり、個人の場合は身元や所持の証明も必要で、同じドルに両替するにも、かなり厄介な手続きがいりますな。昨今の為替レートでは、一ドルが約三〇〇円、ここにある五枚だけで百五十万円の、かなりの大枚ですがな。それでも、そこいらの金融に持ち込んでも、質種《しちぐさ》にもならん金ですわ」

小沼社長は、むつかしい表情を浮かべて、仕方なさそうな手つきで卓上の茶碗に手をのばした。

お運びのサトコさんがいつもの晩酌御膳を並べ始めた時には、卓上の五千ドルは、小沼社長の懐中に仕舞い込まれていた。昭二があっと言う間もない手際だった。

「おう、やっと来てくれはったな」と口に出して、社長はさっさと茶碗を脇へ寄せると、返す手で銚子を取り上げ、まず昭二の方へ差し出した。これまた、有無を言わせぬ機敏さだった。

「いえ、今日ばかりは」

「今日じゃから、飲むんじゃよ」

勢いに押されて、昭二は自分の盃を起こして酒を受ける。

「明後日から兄さんは、何やら物騒な勝負の土俵に上がらんとあかんらしい。米倉から聞いた、ペドロとかいうさん臭い青年との間柄はようわからんが、今し方兄さんから聞いたクリーブランド先生の方は、こりゃ厄介でっせ。本筋の叔父上捜しにこんなんがからんどるとすれば、兄さんもよう胆据《きも》えんとあきまへんな。それを聞いてしもうたこのわてもや。聞いただけやない。その中の五枚はもうわてのポケットに入っとる。つまり、得体のしれん大枚の両替を、勝手に引き受けてしもうたわけやな。ただ、手持ちのドル札は一ドルもないよって、とりあえず日本円に替えて、明日にでも兄さんに渡す。兄さんはそれを懐にしてあちらに渡り、あちらで米倉に事情を含めて、ドルでもペソでも都合のええ金に替えればええ。持ち出し規制が心配なら一旦会社の口座に入れて、あちらの支社へ振り込むちゅう手もあるが、兄さんは会社の金も手も借りとうないんやったな。心配しなさんな。明日渡す五千ドルの両替分百五十万円は、わてがこの半年の間に昵懇《じっこん》の御近所さんで稼がせてもろうた純粋アルバイトの報償金や」

息つぎのためか、いったん話が途切れ、社長は自分の盃を口元に運んだ。

「しかし、それでは、社長にまた御負担と御迷惑をおかけすることになります。しかも、普通では両替するにも困難な外国高額紙幣を所持なさることになっては、何とも申し訳ございません」

自分の幼稚すぎる慇懃《いんぎん》無礼ぶりにせり上がる反吐《へど》を噛み殺しながら、昭二は自分も盃を口に運ぶ。それがまた、唯一自分にできる謝意の表現のように思えて、わびしかった。

「お気遣いは御無用。わては会社の仕事にはとんと不向きで下手糞やが、あの方面には不思議に相性がようて要領よく、毎日何時間やってもへばりまへんのや。相場でもそうやったし、玉遊びでもな。百円の元手があれば、半年後にはまた同じくらいの報償金の貯えができとるじゃろ。それに、両替の方もな、それほど悲観することもあらへん。蛇の道は蛇いうてな。術《て》がまるでないわけでもおまへん。通常一般の流通はなくても、国同士の借款決済や貿易決済なんかでは実際に使われとるし、外国の銀行では公然と両替も可能らしい。兄さんには無理でも、わてなら何とかなりますよって。それよか、今度のフィリピン行きは、兄さんの正念場や。金のことはこれ以上心配せんと、せんならん事だけに気張んなはれや」

社長は双方の盃を再度満たすと、乾杯の仕種に移った。眼尻の皺で穏やかな慈眼に見えるが、瞳の奥に宿っているのはそれだけではなかった。初対面以来の短い期間に、この独特の真情と実効性豊かな叱咤激励に何度接したことか。自分は、この人に助けられてここまで来た。音頭は抜きの無言の乾杯に和しながら、南海の潮が差すように、昭二の胸の底が熱くなってきた。


再渡航を明日に控えて、連絡しておかねばならない相手が三人いた。

出社してまず関元氏に電話を入れた。実年齢不詳の油断のならない切れ者は、先日訪れた霞が関の事務所にもう出勤していた。早朝からの電話を詫び、明日からのフィリピン行きを告げると、関元氏はすかさず反問した。

「何かあったのですか」

「社用で」と答えながら、昭二は針の先ほどの不審を覚えた。二人の間に共通する課題は大二叔父探索の糸口を手繰ることに尽きる。それに関する問答なら、「何かわかったのですか」の質問のはず。関元氏に別の気懸かりでも生じたのか。

しかし、それだけだった。相手の多忙を考慮して昭二はそれ以上の会話を避《さ》け、関元氏も、マニラでの再会を約して電話は終わった。

次の熊本へは、昼休みを見計らって、勤務先の高校へ掛けてみた。兄が電話口に出る間、受話器の向こうから、共学ながらまだ男子が圧倒的に多い高等学校の昼休みの騒音が伝わってくる。昭二も通ったし、旧制中学時代には父も叔父も通った伝統校だった。長さの異なる数本の時間の組紐がわらわらと立ち上ってくるような幻がふと浮かんで、消えた。兄が出た。ペドロの一件は完全に外して、再出張の事だけを告げた。

「いくら社用でも、臨採の新入社員でそう度々の外国行きでは小遣いにも不自由するだろ。いくらか送ろか」

いかにも昭一兄らしい端的な心遣いだったが、辞退した。

「それからな、いらん世話かもしれんがお前さんは俺と違うて妙に填《はま》り込むところがある。填るなよ。元気で帰って来い」

これも亡父ゆずりの剣道家らしい明快な一別の台詞《せりふ》だった。

昼間に電話を入れておいたせいか、そこだけは西欧中世の城門の扉を思わせる「ル・チリソビレ」の木扉に、すでに馴染みになった「臨時休店、御免下さいませ」の報知板が掛けてあった。いつもの席につき、お茶の支度を終えた明子さんが右隣の高椅子に腰を下ろすのを待って、昭二は、今回の渡航の主用件を手短に語った。前回の渡比時に経験したペドロとの口中の毬《いが》つくような因縁の大方は、すでに話してあった。それでも、明子さんの反応は鋭く痛々しかった。

「あの不幸な青年がまた捕まりましたの。しかも、あなたとの御縁が元で」

眼を見開いた明子さんの白い顔は、写真で見たひと昔以前の純心な女学生を思わせた。声が少し震えていた。

「あのお方のことで次々に大変なことが起こるのですね。ご本人は一体どこで、どうしていらっしゃるのでしょう」

明子さんの眼の潤みがふくらむのが見えて、昭二は慌てる。

「今回のペドロの一件が大二叔父に関わりがあるのかどうか、わかりません。街の若者同士のただの喧嘩かもしれません。まずそれを確かめに僕が出掛けるのです。叔父さん捜しのチャンスが増えるとでも考えて下さい」

明子さんを安心させるためとはいえ、そんなことをしゃあしゃあと口にしている自分が軽薄で許しがたい。

「でも、ペドロさんは今度も怪我をして警察に勾留されているのでしょう。あなたにも同じような危険がふりかからないとも限りません。そんなことになったら、どうしましょう」

彼女の目の中のふくらみがはじけて、頬を伝うのが見えた。同時に、膝に置いた昭二の右手の甲に暖かく柔らかいものの感触が重なった。

「御心配はいりません。必ず無事に帰ってきます。今度こそ叔父貴捜しの成果をお土産に」

平然を装ってそう応えながら、何より右手の上の柔らかいものが離れるのを怖《おそ》れている自分に、呆れる。身体《からだ》の芯のあたりに妙に暖かい痺《しび》れがふくらんでいた。

第4章　雨期の彼方へ

一

　ほぼ四時間、ずっと雲の中か上を飛んだ。研修とはいえ一応は団体旅行のお世話役を課せられた前回と違って、今回はとりあえず一人旅。窓際の席がとれたのを幸いに、列島から南支那海を南下するに従って変化する光景を鳥の眼で展望できると期待したが、当てが外れた。九州の上空で梅雨前線に突入して以後、窓の外はひたすら雲……奄美諸島も沖縄列島も先島も台湾もバシー海峡も、欠片《かけら》さえ見えなかった。

　形状も濃淡も刻々に千変万化する雲の観察もそれなりに興味深かったが、ながくは続かなかった。低気圧の分厚い表情の歪《ゆが》みと崩れの襞《ひだ》に吸い込まれていくような鈍重な恐怖が、じわじわと広がってくる。

　同じ雲でも、初秋の高空にかかるような純白の雲はないか。機が濃灰色の雲塊を突き抜けて上空に出る度に、昭二は窓ガラスに額を押しつけて広がった視界の果てまで目を配ってみるが、探し当てることができなかった。代わりに昨夜見た白い花が冴え冴えと眼裏《まなうら》に浮かんだ。そのために白い雲を探していたのかもしれない。

いつもの席に着く以前に、大二叔父の定席に活《い》けられた花がいつもの白木蓮でないのに気付いていた。しかし、すぐに明子さんとの間に肝心のフィリピン再訪の話が始まり、そんな悠長な話題を持ち出せぬままに時が過ぎた。

ペドロの一件が一段落した頃合い、昭二はようやくそのことを口にした。右手の甲に重ねられたままの明子さんの掌《て》に促されたようでもあった。

「今日のお花はいつもと違いますね。芍薬《しゃくやく》ですか。これは」

「そう、お若いのに、よくおわかりですね。今時分になると、どこのお店にも白木蓮も白椿《しろつばき》も入らなくなるの。年中白いお花を切らさないのは、大変ですのよ。でも、それを探し回るのも、私の楽しみ」

声音がちょっと弾むようだった。

「何故、いつも白い花なんですか」

「理由は簡単、白が大尉も私も一等好きな色。大尉や戦死した兄たちが出征時に軍服の上から十文字に掛けたという襷《たすき》の色。そうして、この世に一つだけの無色の色、無垢、清浄、神聖の色」

詩句を詠むような口調と共に、掌の圧力がほんの少し加わったような気がした。しかし、つい今し方少し弾んだようなと感じた声音は聞き違いだったのか。ごく微《かす》かだが自嘲に似た無惨の震えが夕日影のように細く尾を曳《ひ》いているのに気付く。

昭二のどこかで、小さな気泡が弾《はじ》けた。この流れのこの一瞬でなければ、口にできない問い掛けだった。

「本当に失礼なお訊《たず》ねです。僕をここから追い出しても構いません。明子さんと大二叔父とは、どのような御関係だったのですか」

息継ぎもせずに、口走っていた。

明子さんは怒声も漏らさず、立ち上がりもしなかった。重ねた掌を離す気配もなかった。

「いつかそのことをお訊ねになると思っておりました。先々月にあなた様が、ここを突然お訪ねになった時から」

明子さんはちょっと首を動かして、昭二の顔ごしに、隣の白芍薬に視線を走らせて、言葉を継いだ。

「兄の陸士同期の親友とその妹。私の大事な、ただ一人の後見人。でも、婚約も結婚もせず、一緒に住んだことも、遠方に旅行したことも、抱き合ったことも一度もなく、それでもこの世で私が一番好きで頼りにして、お傍《そば》にいたい人」

口調の湿りが次第に増してくるのがわかった。昭二は膝の上の右掌を解いて、いったん立ち上がろうとした。そうしなければ、明子さんに正対して詫びることもできない。これ以上、明子さんに喋らせてはならない。悲しませてはならない。だが、明子さんはそうはさせず、重ねた掌にさらに圧力を加え、膝ごと椅子に昭二を押しつけるようにして、言葉を続けた。

「十五、六年前のことかしら、あのお方に、このお店の名前を付けていただいた時、私は小さな決心をしました。あのお方がお志を果たせぬままに戦《いさく》で散りそびれられたように、私も女としての普通の幸せの枝から散りそびれても構わないと。あの方の身体《からだ》と心に深く刻まれた同じ病を、私も少し分けていただいて生きようと」

身がよじれた。自分の度しがたい阿呆ぶり、無神経が許せなかった。一瞬、七年以前の同じ場面にフィードバックした。昭二が店名の「ル・チリソビレ」を「まさに、字で書いたル・サンティマン」と皮肉った時、叔父は黙ったまま、「る・散りそびれ」と書いた箸袋を引き裂いて灰皿に落とし、マッチを擦って火をつけた。その炎に映えた眼差《まなざし》の中の、生の怒気とは異質の何とも名状しがたい悲嘆と失望を、昭二は読みとれなかった。そして、まったく同じ過ちを、同じ無神経の阿呆ぶりを、今度は明子さん相手に仕出かしている。昭二は、言葉もなく明子さんの掌の重なっていない空の左拳を掌に爪がめり込むほどに握り締めた。

「お花のお話でしたね」

水底からゆるゆると立ち上る一粒の気泡が水面にぽつんと現れたようなあえかな声音で、明子さんが途絶えた会話をつないでくれた。

「そうです。白い花の話でした」

「ここを閉めることになったら、次は真っ白のお花だけの花屋さんを開きたいわ。年中白い光に包まれたまぶしいくらい明るいお店を」

声音の湿りと震えの影は薄れたが、語りの文脈はしっかりと続いていた。明子さんにそのつもりはなくても、昭二には葬場の白花尽くしの荘厳がどうしても浮かぶ。明子さんの口にする文言も気になった。「白は無色にして無垢」、「同じ病を生きる」、「店を閉めたら」、「年中白い光に包まれて」……新たな危惧の芽生えが加わって、息苦しくなる。中でも、もっともわかりやすい危惧が口をついて出た。

「店を閉めてはいけません」

「もちろんです。あなたが無事にお帰りになるまでは」

明子さんは、きっぱりと答えた。

昭二は上半身を不自然に捻って、明子さんの間近になった白い顔を見詰めた。ついで、空いている左掌の拳を解いて明子さんの左掌に重ねる。

すると間を置かず、柔らかく温かいもう一つの掌が、さらにその上に重なった。

「同じ病に生きる者が増えるのですね」

窮屈な姿勢で正対したまま、明子さんが、今度はしんみりした口調で言った。意味合いを考えることもせず、昭二は黙って頷いた。

真っ白い雲は見えなかった。

代わりに、荒々しく波立って広がる雲海の彼方に、銀灰色に輝いて飛び去る複数の機影を捉えた。マニラ国際空港到着予定時刻の二十分ばかり前だった。とすれば、機はいま、ルソン島中部のやや西寄りにあるパンパンガ州の西方海上を飛行しているのか。パンパンガには米空軍の巨大なクラーク基地があり、そこから連日、ベトナムへ向かう大小の軍用機が発着していることは、周知の事実だった。

さらに西方の雲の海へ飛び去った小編隊の機影は、素人目にも民間の旅客機ではなかった。胡麻粒のようになってそれらが消えた彼方には、紛れもない、現在の戦場がある。

柏木昭二はそれを横目に、父と叔父とが共に悪戦苦闘したかつての戦場に再び近づいていた。


空港から程近いマニラ市警パサイ分署に着いた時、激しい降りの最中だった。まだ雨期も走りの時期なのに、米倉支社長の運転する社用車からおりて署の入口に駆け込む十メートル足らずの間に、頭から上衣の肩口までずぶ濡れに近い有様《ありさま》だった。

「こちらの雨はどっと強く降るが、たいていは一時間もせずにさっと上がる。それを一日に何回か繰り返すだけだ。今の降りももう二、三十分すればすぐ上がるよ。車の中で待っていたら」という米倉の忠告に従わなかったのが悔やまれた。そういえば、空港でも路上でも、傘を差して歩く人をほとんど見掛けなかった。

上衣の雨滴を払い、ハンカチで頭と肩を一拭きして、カウンター式の受付でこちらの名を告げると、すぐ脇の小部屋に案内された。警察の面会室や接見室というより、街の病院の待合室に似ていた。通りに面しているらしい方の窓には格子もなく、カーテンさえ下りていない。

「君の顔を確かめるだけで、あの不良は外に出られることになっている。話はすべて済んでいます。なに、麻薬と殺しと反政府行動以外ならこそばゆいくらい寛容なお国柄でね」と車中で支社長も漏らしたが、どこにもヒリついた空気は感じられない。「ただ、ペドロもポリス・サイドも引き取りに来るのは君だけというのが条件だ。こちらもその方が願ったりでね。で、署までは僕が君を送るが、署を出てから先はタクシーでも使うんですな。ペドロとは混み入った話もあるんだろう。僕が傍にいない方がいい」。気立ても頭の巡りもいい元テニスプレーヤーが言い、さらに言葉を添えた。「新橋の親爺さんとも電話で打ち合わせ済みだが、今度の出張は君の私用が主でこちらの社用の加勢がついでということです。だから、この機会に、君にしかできない叔父さん捜しを存分にやって下さい。出来ることは、お手伝いします。ドル立てで用いた融通芸の立て替え分は、君の懐中にある円の札束で今夜でもお返しいただきますがね」

悪戯っぽく微笑して、付け加えた。

昭二が千ドル札の件を小沼社長に相談したのは一昨日《おととい》の夕方、それを社長はその夜のうちにマニラに報せ、合点承知の支社長は昨日には得意の交渉術と融通芸を駆使して今日のペドロの釈放劇実現の演出に奔走したのに違いない。東京とマニラの二人の上司の心尽くしと息の合った機敏さに、昭二はただただ感謝し、呆れた。

窓ガラスを震わせていた雨の音が心持ち弱まってきたようだった。

昭二がつい先刻入ってきたドアと反対側の壁にもう一つ、より頑丈そうな引き戸が閉まっている。おそらくそこからペドロが出てくるのだろう。そう思った途端、二つの情景が浮かんだ。

一つは七年前の東京の新宿淀橋警察署玄関口、担当の刑事に一別の会釈をして外に出ると、駐車場の一角に、思いがけなく、黒ずくめの洒落た格好をした大二叔父が立っている。二つ目は、二十年以前の熊本市警のどの部屋でか、その大二叔父は紋付羽織袴の祖父の出迎えに接したはずである。登場人物が少しずつ交代する、あまり楽しくはない会遇の構図は何だか、血族間の因縁の暗示めいて、奇妙に懐かしく、もの悲しかった。そして三度目が、現在なのか。

向こう側で内鍵を外す音がして、引き戸が開き、黄色いポロシャツにジーンズのペドロと制服姿の警官が姿を現した。

「早かったじゃないか。ここのおっかないおじさん達ともう少し仲好しになりたかったのにな」

少し腫れの残った唇の端を歪めての憎まれ口が、ペドロの最初のご挨拶だった。こちらも「そりゃあ悪かったな。十日ばかり後に出直そうか」くらいのお返しをと思ったが、口に出す前に、警官がペドロの背をつついて、部屋の中に数セット置かれた窓寄りの机、椅子に押しやり、昭二にも向かい合った椅子への着席を促した。その時初めて、ペドロがまだ手錠掛けのままなのに気付いた。

係の警官もペドロの横に腰を下ろし、まず昭二に英語で訊ねた。

「この男の名前と、あなたとの関係は」

「ペドロ・メンドゥーサ。私の友人です」

昭二は中年の警官の顔を直視して答える。次に警官はペドロに、今後はタガログ語で同じ質問をする。

「ショウジ・カシワギ。俺のポン友だよ」

いかにも面倒臭げに、ペドロはそんなふうに答えたようだ。

驚いたことに、儀式はそれだけだった。係官は身柄受出証《うけだし》らしい書類に昭二のサインを採ると、ポケットから鍵を取り出し、ペドロの手錠をさっさと外し、昭二が入ってきたドアの方へ顎をしゃくった。

別れ際にペドロが、昭二には理解不能な現地語で捨て台詞《ぜりふ》を吐いたが、係官は薄く笑っただけだった。米倉支社長の融通芸の手際のよさを目《ま》の当たりにする思いだった。

雨は上がっていた。

東の空には晴れ間ものぞき、時折おそい午後の赤みを帯びた陽光も漏れてくる。存分に湿気を抱いた暑熱は、乾期の炎暑よりも耐えがたい。

とりあえず乾いた喉を潤そうと、分署から歩いて行ける距離にある、アリストクラート・レストランに入った。外国人観光客や地元市民の家族連れでいつも大賑わいの市中でも指折りの大衆レストランを選んだのには理由があった。昭二はとにかく、釈放直後でいかにも下町のチンピラ然としたペドロとの二人連れも、そんな雑然とした賑わいの中でならかえって目立つまいとの浅智恵からだった。

出入口から程よく離れた家族席の一角で、サンミゲルのオンザロックを一口、喉に流し込んでから、ペドロは話し始めた。

「お前を旅行社前で待ち伏せて海岸通りの公園で一発食わせた翌日から同じ時分、同じ場所で、俺はあの日にお前を張っていた奴を張っていた。その四日後、お前が日本に帰った翌々日だったな。そろそろ現れる頃だと思っていたが、そいつは、通りの向かいの電柱の陰でチェーンスモーキングに熱中していた。前の日の安っぽいビジネスマン風から汚れ遊び人風に形を変えていたが、俺にはすぐにわかった。よほどに惚けた奴で、四日前にまんまと獲物を奪われた俺には気付かない。俺もシャツの色くらいは変えていたがね。小一時間くらい経ったか、旅行社も閉社時間になり、いつも最後に退社するあのマネージャーが正面ドアに施錠するのを確かめて、そいつも諦めたか、マビニ通りをエルミタの方へ上り始めたので、後をつけたってわけだ。人気の少なくなったところで路地にでも引き込んで、少し脅かしてやろうと思ってな。ところが、そいつは人通りの多い表通りをどんどん歩いて、リサール公園に入り込みやがった。で、俺も方針変更で、まずそいつの行き先を突き留《と》めることにして、きたねえ尻の後をついて行った。それで、どこに行きついたと思う」

リサール公園と聞いてどきりとしたが、まさかの思いの方が強く、昭二は黙って首を振った。

「マニラホテルだよ。あの風体でそれはなかろう。しかし、そのまま這入って行って、こちらが見咎《みとが》められるのも面倒だと思って外で待っていると、小便にしては少しばかり時間をかけて出てきやがった。中で小遣いにでもありついたか、入る時より御機嫌な足取りだったよ」

ペドロのスラングの多いアメリカン・イングリッシュも、聞き馴れてくると別の印象に変わった。小学校も満足に終えていないらしいフィリピン青年の並々ならぬ言語センスに昭二は度々、驚かされる。本人に訊ねれば、「天成ということもあるが、俺みたいな稼業には、銭勘定の次に大事な学習だからな」とでも吐《ぬ》かすだろう。

自称嘘《うそ》吐《つ》きの名手はもう一口、ビールのぶっかけ氷割りをあおると、話に戻った。

「一仕事済ませたという感じで、そいつはロハス通りの方へ歩き出したので、俺は少し慌てた。そのままだとまた人通りの多い場所に出るし、タクシーかジープニー（乗合自動車）にでも乗り込まれたらもっと困る。で、お前にやったのと同じ手で、通路脇の植え込みの後ろにそいつを引き入れたって訳だ。そこまではうまくいった。誰にも見られてなかったし、刃物の脅しが利いてそいつも大声を出したり、暴れたりしなかった。とにかく、手早く事を片付けにゃあならぬ。そいつの喉に刃物をこすりつけて、訊ねることに答えなければ、命もポケットの小遣いもゼロになるぞと、こんな場面のテキスト通りに凄んでみせた。そいつは顎の下の刃に注意して小さく頷《うなず》いた。確かめたいのは三点、そいつがマビニの旅行社の前で張っていたのは誰で、何のためか。誰に頼まれたのか。一、二番には、頭でも撫でてやりたいほどにすらすらと答えた。日本の旅行社の新米社員のカシワギ、その新米が社外で誰と会いどこを訪ねるのかを調べるためだと。一日おきに五回張り込んだが、首尾よく仕事ができたのは一度もなかったとまで、馬鹿正直に告白してくれたよ。つまり、四回目の夕方に俺がお前を横獲りにし、五回目がそいつが俺につかまえられた当日ということだ。誠にお気の毒と、肩でも抱いてやりたくなったよ」

三口目で互いのジョッキが空になった。指を立ててボーイに追加注文も済ませ、暗い眼の話上手は語り継ぐ。

「そこから後が不味かったたな。依頼主の件に触れた途端、そいつの口に鉄鎖のチャックが引かれた。そこのホテルでお小遣いをくれたお客の名前でもいいぜと鎌を掛けても、とんと駄目。で仕方なく、右手のナイフは使わずに、左の拳でそいつの眼の下あたりに一発くらわせた。この前にお前も身に染みたと思うが、俺には少々ボクシングの心得がある。植え込みの下枝が邪魔して、ちょっと目測が狂ったが、とにかくそいつは後ろにひっくり返った。それが誤算だったたな。そいつは俺がナイフを使わないのを見てとって、反撃する気になった。二、三度、くんずほぐれつ殴り合い、罵り合ったが、互いに決定打が出せない。そのうちに、植え込みの表に人が集まってくる気配が濃くなった。それを感じとって、そいつは何か喚《わめ》きながら、植え込みの内壁を掻き破って表に走り出る。逃がしてなるかと後を追ったが、表に出るなり眼にしたのは、十数人の人集《ひとだか》りの中でホテルのガードマンに取り組っているそいつと、俺のすぐ両脇に立っている制服のポリスだった。中の一人が俺のナイフを取り上げ、道路脇に停車したパトカーに顎をしゃくって、一巻の終わり」

二杯目のジョッキの中身を、ペドロは一口で半分ほど喉に流し込んだ。

「マニラホテル前での騒動なのに、なんで離れたパサイまで連行されたんだい。管轄が違うんじゃないか」

マニラホテルへのこだわりが解けないままに、昭二は訊ねた。

「俺が知るか。観光名所のマニラシティーのど真ん中。お高いホテルの前での事件にしたくなかったんだろう。相手の奴も、それっきり。どこか他の所で取り調べを受けたのかもしれんがね」

次の一口で、二杯目のジョッキも空になった。再びウエイターにお代わりの合図を送ると、ペドロは昭二の差し出したハイライトに手を伸ばした。

「この程度のことでお前を呼び戻して悪かったが、あの時の約束は約束だからな。それに、今度はどじを踏んだが、次ということもある。あいつの面付き、ビサヤ訛りの喋り方や歩き方まで、俺の頭にしっかり刻み込んである。ホテルを出てロハス通りを公園の方へ向かったそいつの足取りから想像すると、どうやらイントラムロスを抜けてパシグ川を渡りチャイナ・タウン方向へ歩くつもりだったらしい。その先はトンドだ。つまり俺の仕事場の近辺だな。あいつも余程の馬鹿でない限り、お前の会社のまわりをうろついたりマニラホテルの出入りなどは二度としないだろうが、キアポからトンドに大網を張っておけば、いずれ俺の目か耳にひっかかる。今度は逃がさない。もう少し待ってくれ」

珍らしく神妙な口調に、昭二は途惑った。

「いや、謝らねばならんのは僕の方だよ。君を二度も痛い目にあわせてしまった。それに、本当にこの僕を見張っている者がいるのを確かめてくれた。それだけでも有り難いよ」

自分でも意味不明の言葉を返しながら、ペドロの報告の中に出没する一群の地名がぞわぞわと繋がっていくような奇妙な連想が働く。その要にあるのは、マニラホテル。

「しかしだな。このマニラ界隈ではほやほやの新人のお前を、いったいどこの誰が、何のために張るんだよ。そこのところがもう一つわからん。もしかしたら、真面目な面をして、お前、裏で薬《ヤク》か銃《ハジキ》の商売に噛んでるんじゃあるまいな。あの呆け探偵も、ミスターカシワギが社外で誰と会うかを探るための張り番だと言ってたぞ。社外でというのは、社用ではなく私用で、つまり表に出せぬ用件を裏社会の人物と交換することじゃあないのかい」

冗談のつもりだろうが、煙草の煙幕の底に沈んだ暗い眼でそう言い放たれると、落ち着かない気分になる。次いで、吐き気に似た自己嫌悪がこみ上げてくる。ペドロの疑念に、理がある。

ペドロとはいつも際どい状況で、際どく向き合い、際どい言葉を交わしながら、大二叔父にかかわる事柄にはまったく触れてこなかった。叔父の消息を捜していることはもちろん、叔父の存在すら明らかにしてない。

ペドロの疑念は当然だった。初めてこの国に渡航してきた日本の旅行会社の新入社員研修生になぜ見張りが付いたのか。しかも、まず本人が気付かなければならないのに、別の理由で付いた別の見張り役に指摘されるまで気付かず、その理由を自己点検するのも怠り、さらにその後始末を喧嘩相手に一任して、太平楽を決め込んでいる……。

自分の顔色が青褪めていくのがわかる。その顔を伏せるように前に傾けて、昭二は低い声で言った。

「君に謝らなければならない。前に話しておかねばならなかったのに、話していないことがあった」

「何だ。やっぱり、薬と銃か」

眼差は変わらなかったが、口元は明らかに微笑《わら》っていた。

「何でもいいから、早く喋れよ。ビールが煮えてしまうぞ」

年齢は同じでも、ペドロの方が倍も大人だった。互いに三杯目のジョッキを前に、昭二は、ドライフルーツ詰め合せ到来以来の物語を始めた。

切れ目の多い多様な情報の消化不良部分は省いて、大筋のひと通りを語り終えた時、椰子《やし》の実細工の灰皿は、ハイライトの吸い殻で七分目まで埋まっていた。

「大人《おとな》しい顔に似ず面白すぎる話をするじゃないか。俺を担いでるんじゃないだろうな、ミスター・カシワギ」

興味をそそられたか、ペドロの相変わらず仄暗《ほのぐら》い眼の底に青白い炎が揺れていた。

「ただ喋るのが遅すぎる。ガナップにかかわりがあるのなら、なぜまずこの俺に相談しない。血の巡りの悪い野郎だよ。お前は」

「その通りだが、君の告白を聞いたあの夕方までは、叔父とガナップとの接点をまったく知らなかった。叔父の二度目の負傷の時にガナップの連中に助けられたと知ったのは、今度帰郷して、叔父の昔の戦友の奥さんに聞いたからだよ」

目付きは悪いが血の巡りのよい異色の友はすぐに反問した。

「確かにガナップと言ったのか」

「奥さんはただガナと言った。ずっと人の名前と思っていたらしい。亡くなられた御主人も口の不自由な人だったしね」

「いつ、どこでの戦闘だ」

「米軍のリンガエン上陸前だから、終戦の前の年、つまり一九四四年の十月か十一月頃で、場所は中部ルソンの某山間地というだけで、詳しい事はわからん。君も僕も、互いに母さんの腹の中に浮いていた頃だよな」

ペドロの眼の表に薄い雲の気配が動いて、すぐに消えた。

「マカとか、マカピリとかの単語は出なかったか」

「いや、聞かなかった。何だい、それ」

訊ね返しながら、脳中を電流が走った。明子メモの中で、まったく手掛かりのなかった最後の一語ではないか。坂口の短い講義の中に出てきたような気はするが、定かでない。その空穴に、いま合鍵が嵌《はま》った。

「大学出で教師までやってたというのに、本当に何も知らんのだな。他所の国にそんな込み入った話で来るんだったら、もう少し下調べして来いよ」

態《わざ》とらしく顔をしかめてみせる。

「アメリカ軍のリンガエン上陸前後に、負け色の見えてきたジャップの占領軍に協力するために急々に立ち上げられたらしい親日義勇団の名だよ。もともと政治運動が主体だったガナップと一味違って、実際に武器をとって米比軍と戦おうという戦闘部隊だ。ただ具体的な活動は年が明けてからだから、お前の叔父貴と一緒にフック・ゲリラと戦ったのは、結成前のマカピリだったのかもしれん。あるいは、軍事訓練の目的で日本軍の抗日ゲリラ討伐隊に同行していたとか。マカピリは意気込んで発足したものの、その翌日から敗走という時期にジャップ軍につき合ったわけで、生き残った者は少ない。三十年近くたった今も、周りに遠慮しいしい生きている爺さんもいる。だが、当時はみんな勇敢で純心な青年たちだったらしい。俺みたいにな」

最後の一句は、語り手も聞き手も冗談とは承知の上。

「僕の不勉強は君のお小言の通りだが、君はまたずいぶん詳しいな。ガナップはともかく、なぜマカピリを持ち出したんだい」

話の意外な展開に、昭二は、ひたすら不機嫌な雲の中と上を飛んできた空路の疲れも忘れかけた。関心の主題に向かって螺子《ねじ》が巻き込まれていくようなピリッとした緊張があった。

打てば響くはずの語り巧者は、珍しく即答せずに、窓ごしに外を見ていた。ちょっと考え事をしている顔付きだった。まだ明るかったが、雨は止んでいた。

「これからどうする。昼過ぎに着いていきなり俺を迎えに来たんだろう。一度マビニの会社に帰るのか」

マカの話には戻らず、こちらの都合を訊《き》いてきた。

「いや、寄らなくていい。荷物も空港に迎えに来た支社長に宿舎に運んでもらっている。今日の仕事は君と話をすることだ」

「では、付き合え。俺の豪邸で晩めしを食おう。奥方にも会わせてやれるしな。それとな、一緒にいる彼女の親爺が、実はいま喋った元マカでな。俺のガナ、マカ情報は以前に全部その爺さんから仕入れた話だ。いまでは体も頭の中も干上がり始めてるがな」

レストランを出て、タクシーを拾い、キアポのレクト駅の近くにあるというペドロの豪邸に向かった。

車が走り出してから、先日の仕事の御礼と新しい傷の見舞いとことわって、用意してきた封筒を手渡した。辞意も謝意も表さず、ポケットに納めたペドロは言った。

「今日俺が出てくるとは、アデラも思っていないだろう。途中で酒と食い物を買って帰ろう。爺さんの御機嫌もあるしな」

リサール公園にさしかかった。ペドロが急にマニラホテルへ行くようにドライバーに告げるのを聞いて、昭二は驚いた。

「おい、まさかあそこで料理を仕入れていこうと思っているんではあるまいな」

「料理じゃあない。このあいだの張り込み野郎の残していった付けを払ってこようと思ってな。いま余計なギャラも貰ったことだし。なに、あいつの真似をしてトイレを借りるだけの時間だよ」

「いや、それをやったら何もかもぶち壊しだ。それに、あそこで君が確かめようと考えている相手のことは、おおよその見当もついている。だから、君がいま行く必要はないんだよ」

運転手が英語が不得手なことを祈りながら、昭二は懸命に口説いた。思わず肘でペドロの肩を揺すっていた。昭二の見幕に気圧《けお》されたか、ペドロは、まずドライバーにタガログ語で行き先変更を告げ、次いで、昭二の方に向き直って、英語で言った。口調に少し棘があった。

「見当がついてるって、本当か。それも隠してたのか。後で聞かせてもらうぜ」

関元氏のことは、オザサと同じく消化不良気味とあって、ペドロに話していなかった。ペドロの事件当日の報告の中でマニラホテルと聞いた瞬間にひらめいたのは、関元氏にほかならなかった。大二叔父の消息探索のために二度面接し、相互協力を約したはずのあのマニラ邦人社会の大物が他愛ない若造の身辺を探っている。しかも、ペドロの表現では下町の汚れ探偵を使って。いったい何の目的で。とはいえ、事件当日、監視対象の若造と同じく、その大物は帰国していて、マニラホテルにはいなかったはず。それでも個人オフィスをホテル内に置いているからには、秘書か代理役かが詰めている可能性はある。汚れ探偵がホテルに訪ねたのは、その代理役だったかもしれない。としても、汚れ探偵は代理役に昭二の不在以外に何を伝えたのか。他に考えられるのはただ一つ。その数日前に眼の前で監視対象の身柄をまんまと奪い、尾行もまいてしまった得体のしれない悪党、つまりペドロが現れるのを待ち伏せていたが、首尾をえなかったという冴えない報告。

つい昨日の東京での電話の応答がよみがえる。

「何かあったのですか」は、やはり聞きちがいではなかったのではないか。ペドロ事件のいきさつも、関元氏は知っていたのではないか。そもそも何故、関元氏は大二叔父の消息に関心があるのか、オザサに複雑な反応を示すのはなぜか。マニラホテル一階のカフェでの最初の面談の折に感じた微かな体内警報の震えを、昭二は思い出していた。

リサール公園の東側から北上する同名の通りを走る。サンタクルーズ橋を渡るとき、しばらく黙っていたペドロが口をきいた。

「この下を流れてるのが聖なるパシグだ。上流も下流も汚ねえが、ここらから分かれてチャイナ・タウン、トンドと抜けていく溝の眺めは半端じゃないぜ。犬や豚、カラスやネズミが食わないものなら何だって浮いている。もちろんそいつら自身もだがね」

「人の死体もだろう」

パシグと聞いた途端にオザサが浮かんだ。

「その通り、いまでも十日に一体くらいは見つかるらしい。以前不良仲間の一人が、役所から涙銭が貰えるってんで新顔のゾンビ探しをやっていた。ところが三ケ月もせんうちにご本人が死体になっちまった。仲間うちでいっときパシグの呪いという文句が流行ったが、まあ溝の毒気に当たったんだな。誤って溝に落っこちて一口でも水を呑み込んだらまず助からんと言われてるからな。そこいらから左折して七、八分も走ればトンドの最深部、聖なるパシグの絶景が開けるが、覗《のぞ》いていくかい。いいお勉強にはなるぜ」

オザサにかかわる情報の検証には絶好の機会だが、気になることがあった。先程マニラホテルに立ち寄るのを中止して以来、タクシーの運転手が客席の会話に聞き耳を立てている様子がうかがえた。

昼間パサイ分署前で、昭二を車から下ろした米倉のアドバイスを思い出した。

「通りがかりに拾ったタクシーで、自分でもよく所在や地理のわからん行き先を告げるのは注意した方がいい。あちこち連れ回された挙句《あげく》に法外な料金を請求される。人気のない場所に連れ込まれて、身ぐるみ剥がれる例も少なくない。ことに、下町やスラムには、暗くなったら一人では近付かないことだな」

あたりは雨の降りだす気配が濃くなって仄暗さを増してきたが、今日は連れがいる。しかも、こんな物騒な舞台設定には悪磨《わるず》れしている不良のペドロ。

しかし、今日のペドロは意外に慎重だった。「今度はトンドかね」とドライバーが口を挟んだのに、「また降ってきそうだな。今日は止めとくか。初めに言ったレクト駅の前で停《と》めてくれ」と、然《さ》り気なく告げた。

駅の近くの商店街で、酒や出来合いの皿盛り料理、電球や絆創膏などを買った。

「アデラは、俺が今日出てくるとは思ってないからな」

照れ臭そうに言い訳めいた口をきくペドロが別人のように見えた。

表通りから水捌けの悪い路地を右に左にかなり這入り込んだ一角に、同じ板壁にトタン葺《ぶ》きの両隣と軒を接して、ペドロの豪邸があった。路地に直接面した戸口脇のわずかな地面から立ち上がったサンパギータが、仄闇の中で健気《けなげ》に花を付けていた。

「アデラも爺さんもほとんど英語が喋れない。爺さんの方は若い時分にタガログ語にこだわったとかいうガナップの親分衆の影響があるかもしれんが、いまは老い惚けでそれ以外の言葉もよくわからんようになっとるな。アデラは幼い頃からそんな爺さんと一緒に暮らし、ほとんど学校にも行ってないことによる。ガナップやマカピリの生き残りが戦後、村や町から追われたことは知ってるよな。そんな食いつめた生きづらい連中が流れついた一帯が、この辺から海側に広がる町なんだよ。十四、五年前にガナップの息子の俺が同じ歳のマカピリの娘か孫のアデラに出会ったのも、あの聖なる廃《すた》れ川の畔《ほとり》だったたってわけさ」

店屋物にアデラ夫人が作り添えたシニガンスープの夕食が済み、ペドロと昭二は床の円座に腰を据えて、煙草を吸っていた。

雨のせいで、外に出なくても涼しく、一灯しかない裸電球のまわりを何種類もの羽虫が飛び交っている。ラジオもテレビも電話の音もせず、街中《まちなか》の一隅なのに驚くほどに静かだった。爺さんは部屋の一方の壁際の低い寝床に腰を下ろし、ペドロが買って帰った白濁した地酒を楽しんでいた。

「爺さんと言ってるが、実はよくわからんのだよ。きれぎれに聞いた話を繋いでみると、アデラの亡くなった実の親父とあの爺さんは戦時中からの、つまりガナ・マカ時代からの友人だったらしい。アデラの父母は戦後早い時期にどこかで死に、物心ついた時には、姫は爺さんと一緒にいたそうだ」

「お爺さんは何《ど》んな仕事をしてたんだい」

「知り合った頃は、表通りの家具店で細工物の手伝いをやってたよ。ここの椅子、机、ベッドみな、爺さんの手造りだ。四、五年前から急に惚けが始まって、以来小刀一本触っていないがね」

ペドロが床に置いたグラスに手を伸ばしたとき、近付いたアデラが自分も傍に片膝をついて、小さな紙箱の中身のペラペラした物をつまみ上げた。先程買ってきた絆創膏らしい。次いでその一枚を剥がし、ペドロの首筋の打ち傷に貼りつける。むずかゆそうなペドロの面付がおかしい。頬や口のまわり、目の下など数ケ所への施療が済む間、昭二もグラスの中身を舌にのせてみる。駅の裏通りの酒屋から仕入れてきたそのウイスキーは、案の定ひどい代物だった。

「奥方のお仕事は看護婦さんなのかい」

口直しに、戯れごとを訊いてみる。プッと、ペドロが珍しく吹き出した。が、それは一瞬、すぐに元の不機嫌面に戻った。

「今日、奥方が何か喋るのを聞いたか。お前の挨拶や質問に間違いなく応えたか」

愕然とした。どちらもなかった。頷いたり微笑を浮かべたり、手足を動かして時々の感情を伝えることはあっても、明瞭な音声として返ってくる言葉はなかった。アデラの肩を抱くようにして、ペドロが話し始めた。

「俺が最初に逮捕勾留されたのは、十五歳のアデラを口説き損った腹癒《はらい》せに殴ってそんな体にしたヤンキー坊やを半殺しにした時だ。金も手づるもないことで警察でも病院でも相手にされず、顎を砕かれ両方の鼓膜を破られたアデラをただ抱きかかえて泣くしかなかった。一夜が明けた朝、俺は爺さんから借りた作業用大型ナイフを持って、カビテ基地近くにあったその坊やの家を探しあてて乗り込んだ。坊やの親父は海軍の准将だったらしい。とにかく、半殺しにした。取り押さえられたこちらはもっとひどい状態だったがね。が、相手が相手だったから、ちょっとした騒ぎにはなり、いわばそのお蔭でアデラの被害も表沙汰になり、手術も可能になった。だが、時期が遅れて結果は思わしくなく、耳も口も頭の中も機能回復は絶望的。これが、我が家族の実情だ。くそっ、あのヤンキー野郎、チャンスがあれば、必ず殺す」

声が震えていた。夫の喋っている内容が伝わったのか、妻はペドロに取り縋って泣いていた。慰めようもなかった。ただ、大二叔父の暗い顔が浮かんだ。懐に家伝の短刀を呑み、松葉杖をひきずって米軍政部の置かれた熊本市公会堂へ向かう叔父を。

夜の走り雨が収まった頃合いに、ペドロはリサール通りまで送って来て、知り合いのタクシーをつかまえてくれた。

「互いの抱える事情の大筋は通じ合った。もうただの友達ではない。あまり気持ち良くはないが、今日からお前と俺は双児の兄弟みたいなもんだ。ところで、明日から何処を探る。誰を脅す」

別れぎわに、ペドロが言った。

二

宿舎のビジネスホテルに帰ると、米倉支社長の部屋を訪ねた。まず数々の心尽くしへの礼を述べ、肝心のペドロ釈放に関わる諸経費の出し替え分を、小沼社長に両替してもらった日本円で支払った。それで高いのか安いのかわからないが、とにかくクリーブランド札二枚分で済んだ。

それから、翌朝にはセブ出張予定の支社長と小一時間ばかり寝酒を飲んだ。

「ペドロ君の件はとりあえず落着したとして、本筋の叔父上探索の方は、どこから再開しますか。そういえば一昨日《おととい》マガンダン本店から電話があり、例の荷を持ち込んだ発送注文者の件で、これではないかという領収書の写しが出てきたそうですよ。向こうでも百パーセントの確信はなさそうですが、出掛けてみてはどうです」

「もちろん、伺います」

意気込みが声に出る。朗報である。ドライフルーツ詰め合わせの荷の到来が、そもそもの発端。不審解明の突破口もそこからでなければならない。入口を確保しておいて、関元氏のマニラ着を待つ……。支社長の秘蔵らしい本物のコニャックは特別に美味かった。

マガンダン社には一人で出向いた。

十一時にペドロとアリストクラート・レストランで待ち合わせる約束だったが、あえてペドロは抜きにした。強面《こわもて》のペドロが相棒では聞き出せる情報も聞き出せない恐れがある。

正解だった。米倉支社長に同行した前回にも対応した同じ発送事務主任が、ごく短い挨拶と簡単な質問の後すぐに、領収書のコピーを渡してくれた。悪怯《わるび》れたふうも警戒しているふうも見えなかった。

受け取って一瞥するなり、稲妻に打たれた。領収書の宛名欄に、どうにか判読できる金釘《かなくぎ》流のアルファベットで、「モンタルバン」。

紙片をつまんでいる指が震えた。

「当日、荷物の発送注文を受けてこの領収書を出された係の人はわかりませんか。できましたらお会いしたいのですが」

指先と同じく声音も震えかけるのを抑えてたずねる。

「それが、あの日に店にいた社員十数人に当たりましたが、特定できないんですよ。なにせ外国からの団体客で混んでいる時には、売り場も事務も窓口も戦場ですからね。発送注文書はもちろん領収書のサインも、お客様ご自身にお願いしているほどです」

「それでは、この宛名も注文した人が書いたのですね」

断じて大二叔父の筆跡ではない。その日来店して新南旅行社の日本人団体客に紛れ込んで買い物をし、その梱包中に自前の小包を巧みにはさみ込む作業をしたのも、叔父ではない。叔父本人だったなら、脚の不自由な様子からだけでも、十数人の店員中の何人かの記憶には残るはず。

「おそらくそうだと思います。注文票の方はみつかりません。申し訳ありませんが」

これまた悪怯れたふうもなく、主任はにこやかに詫びてみせた。

それでは、「事情があって動けぬ」大二叔父の代役をつとめたのは、誰なのか。しかも人名というより在所を表示するとしか思えぬ「モンタルバン」とは。

二度目の稲妻が疾った。

十一時に約束の店に入ると、入口近い席にペドロがいた。まだ正午まで間があるのに、サンミゲル・オンザロックを飲んでいる。

「朝からビールか。コーラにでもしとけば可愛いのに」

昭二の口調もつい砕けぎみになる。

「なめるなよ。あんなもんが飲めるか」

ペドロの方は一向に変わらない。

「コーラは嫌いか。ベテランのアメリカン・スラング使いで、ラッキーストライクは常用している君が。どうして」

「俺が殺し損なったヤンキー坊やの臭いがするからだよ。あー気色悪い。世界中のコーラを叩き割ってやりたいぜ」

ペドロが一人で決めた腹違いの双児の誼《よしみ》か、切れ目は深いままに、親近の間隔は確かに縮まっている。

「で、今日は、どこへ乗り込む。昨日行き損なったマニラホテルでもいいぜ。俺も昨日よりは粧《めか》し込んできたからな」

大して代わり映えはしないものの、白っぽいシャツにジーンズ、多少さっぱりしてはいる。が、どんなに双児の誼とはいえ、衣裳が替わったとはいえ、関元氏との会見にペドロを同道する気はなかった。そうすれば、関元氏と昭二の間の交流は破綻し、危険な色合いの対立に移行するのは目に見えている。叔父の消息がわかるまで、それだけは避《さ》けねばならない道筋だった。幸いにもその関元氏は、おそらくまだ東京にいて、マニラに来るのは二、三日後のはず。こちらに来れば、新南支社に向こうから連絡があるに違いなかった。

「モンタルバン」と聞くと、ペドロはしばらく黙った。

「東方の山手か。歩けば丸一日、今からでは行き着く前に日が暮れる。バスやジープニーでは乗り継ぎが多くて時間がかかる。タクシーをやとえば、値切りに値切ってもそう安くはならん。しかも、おかしな奴を道連れにしたくはないしな」

ペドロの言う通りだった。費用の件はとにかく、最後の懸念はまったく同感だった。

「よし、十五分ばかり待っててくれ。ヘリを調達してくる」

それだけ言うと、ペドロは席を立ち、立ったままコップに残った泡と氷を一口で飲み干すと、ヘリの語に呆れ顔の昭二を置き去りにして表へ出ていった。

喉が渇いた。

ペドロのビールの立ち飲みを眼前にしたからではない。小一時間前に、マガンダン本店で「モンタルバン」の記載のある領収書のコピーを手にして以来、昭二は奇怪な意識の磁場嵐に吹き晒《さら》されていた。それは獲物に近づく高揚感の一方で、朽ち廃《すた》れた過去への階段を果てもなく這い降りて行く気の重い下降感とが捻り合う、惑乱に近かった。自身の現在いる場所が定まらない、見えない。自分ではなく別の誰かの夢の中か、脳の襞《ひだ》に刻まれた長い物語の一節に自分が埋め込まれているような非現実感。風物の輪郭の歪《ゆが》み、色彩の鈍さ、空気の薄さ、仄暗《ほのぐら》さ……。そこからやってくる喉の渇き。

モンタルバンは、公報に記載された父大一の死地。しかし、大二叔父の戦場でも、特別に関わりの深い地名でもなかったはず。それが、なぜ、荷の領収書の宛名欄に記載されていたのか。つい、二、三日前に耳の底に仕舞いこんだばかりの懐かしい声音がよみがえる。昭一兄の電話ごしの声。「お前は俺と違うて、妙に填《はま》り込むところがある。填るなよ」。そして、明子さんの湿り気を帯びた切ない語り、「あの方の身体《からだ》と心に深く刻まれた同じ病に生きる者が増えるのですね」。

目の前のコップに手を伸ばし、中身も確かめずに喉に流し込む。

ペドロが帰ってきた。元の席に着くなり、サンミゲルのお代わりを注文して、にやりと笑った。どこか声が弾んでいた。

「ヘリは予約が多くて塞がっていたんで、車にした。中古だが、お前んとこの国産車だ」

「誰が運転するんだい」

「俺に決まってるじゃないか。間抜け」

「免許証は持ってるのかい」

「何だ、それ。そんなもの、ここでは誰も持っとらんよ」


走り出して二、三分もしないうちに、乗り合わせたことを後悔した。

雑音のひどさや振動の凄まじさは覚悟していた。内装の傷みや計器類の不備も我慢できる。だが、破れ窓からのものではない湿った風に気付いてふと足元を見て、眼を疑った。何ケ所か床が抜けていて、靴底を削りとるような近さで流れ去るアスファルトの路面が見える。つい先程まで降っていた雨のしぶきも吹き上がってくる。間違って踏み破りでもしたらと思うだけで、冷や汗がにじんだ。

そんな車を銜《くわ》え煙草で、時速八十キロで転がしているペドロの腕と度胸に、ただ呆れ返るほかはない。信号機にも組織だった交通整理にもほとんどお目にかかれないお国柄とはいえ、片側三車線の首都のメインロードを、多種多様な車が思い思いのスピードで即製の瀬や淵《ふち》を作りながら流れていく様子は、たしかに壮観だが、見慣れない者の心臓によいはずはない。おまけに、隣のドライバーは直前にビール二杯を腹に納めている。助手席の昭二は、できるだけ近景を見ずに遠景をうかがうことで予想できる数時間の恐慌に備える以外になかった。

ロハス通りを出発し、エドサからタフト通りに入り、パコ公園の近くでリサール・ハイウェイに乗り、マラカニアンの東で聖なるパシグを渡り、サント・トーマス大学からケソン道路に入る。そこまでは、どうにか理解できた。しかし、そこから先となると、ひと月前に慰霊巡拝グループに同道して通ったはずの道筋の印象は漠然としていた。

「いま、どのあたりだい」

今日最初の一本を銜えて、昭二はペドロに訊《たず》ねた。路上の車列の混み具合が少し緩んできていた。

「やがてケソン市を抜ける。このままマリキナに出て、パシグの支流のマリキナ川に沿ってほぼ東へ走り、サンマテオを通り過ぎてどんどん走れば、次の町がモンタルバンだ。二時間もあれば着くだろう。ところで、モンタルバンの、どこへ行けばいいんだい。大した見所もない田舎町だが、周りの山地や原野、田畑を入れると結構な広さだぜ。人だって四、五万はいる。ただ街をほっつき歩いても、めぼしいもんには出合わないぜ」

ペドロの言うとおりだった。意気込んで出発したものの、特定の行き先があってのことではない。ただ、合理的な推理、確定とは別の領域で妙な熱を帯びた勘働きが動き出していた。昭一兄に忠告されたばかりの「填り込み」が発症しかけている、そんな自覚があった。

「ワワ、テンジンダニ、ラコタンザン」

しっかり肺に入れた煙を吐き出しながら、昭二は答えた。なんだが、呪文でも唱えるような口調になった。

「ワワダムへは行ったことがある。でも、その何とか谷と山は知らねえな。本当にあるのかい、そんな所が」

ペドロも新しい煙草を銜えながら、露骨に疑わしい表情を浮かべたが、車のスピードはまったく落とさない。陰ってきた光の加減でか、ペドロの横顔が朝日を銜えた大二叔父のそれに酷似して見えた。

「父上の戦死公報が届いた翌年だったが、父上の最期の消息を知っている人が、ここを訪ねてこられた。俺が三年生だったから、お前さんはまだ三つか四つの頃だな」

酒気で赤らんだ兄の眼のまわりに、厳粛の一刷《ひとは》けが走っていた。

「母さんと祖父様《じいさま》祖母様《ばあさま》との間に挟まれて俺も聞いていたが、話の半分もわからなかった。ずっと後で母さんに聞き直したりいろんな戦史、戦記を読んだりして、俺なりに編集してみると、その、前の年に復員して百姓に戻られた元兵隊さんは、概《おおよ》そ次のような話をされたようだ。時期はおそらく昭和二十年の六月初旬、マニラ東方山地の中央部モンタルバンから幾分北寄りのラコタン山付近でのことと思われる」

昭一兄は一息つくと心持ち居住まいを正した。

「父上はその頃、本部付きの伝令班におられたらしい。体格がよく、兵隊なのに立派な軍刀を所持しておられたので目立ったのだろう、将校が兵隊服を着ているように見えたとか。部隊がマリキナ陣地にいた頃は時々見かけていたが、山に入ってからは全く会う機会がなく、もう戦没されたとばかりその人は思っていたそうだ。その人の小隊でも山に入ってから二カ月くらいの間に三分の二が病没し、当時は小さな谷の入り口に張り出した岩陰に七、八人が残っているだけだった。それも全員が栄養失調とマラリアで、交替で糧秣《りょうまつ》の採集に出る以外ほとんど動けない有様《ありさま》だった。すでに雨期に入りかけていて、その日も一時ひどい雨が降ったが、その雨が上がった夕方、久しぶりに中隊本部から人が訪ねてきた。下士官一人と兵が一人。その兵隊が父上だった。その父上も栄養失調の症状でずいぶんむくんでおられたらしい。谷の川原からその人たちのいる岩陰までの二十メートルばかりを十分もかけて這い上ってこられたとか。連絡の内容は各地に散らばった残存部隊の位置と員数確認を主とした簡単なもので、すぐに引き返されたが、その間に短い会話が交わされた。いつも持っておられた軍刀が見えないので訊ねると、埋めたとぽつりと答えられた。死んで敵の手に渡すよりはというような事を父上は漏らされたようだ」

兄の両眼に、酒気とは無縁の露の玉が湧いていた。

「三歳の僕がいなかったのはわかるけれど、大二叔父さんは同席していたの。その頃はもう復員してこの家にいたはずだけど」

訊ねておかねばならなかった。父と叔父と昭二自身を三重に連結する要石《かなめいし》が、その話にしっかり埋め込まれていた。

「もちろん居られた。正座できないのでひとりだけ縁側に低めの足継ぎを置いて腰掛け、黙ってその人の話をうかがい、聞き終えると座敷内の一同に丁重な辞儀をして、これまた黙って縁側を離れられた。以来ますます無口、いっそう出不精にして無愛想。四、五年後に公会堂事件を起こしてこの家と郷里を棄て、現在ではどうやら祖国日本からも出ておられるらしい」

大二叔父のこととなると、昭一兄の語り口は辛辣になる。真面目で律気《りちぎ》なだけにそうなる。しかし、その兄のおかげで現実に一度も会ったことのない父の姿が仄見《ほのみ》え、昭二の知らない叔父の影の部分が明らかになる。そして、その兄の親身で曇りのない忠告「慎るなよ」に背く線上を昭二は動いていた。

サンマテオの町を過ぎると、道は川沿いを離れて、いっとき丘陵地帯の中腹を走る。右手前方に東方山地の前山群が見えてくる。中の一つは前回にその麓を辿った芙蓉山《ふようざん》。かつては父の所属する臨時歩兵第五中隊も守備についていた兵団指令部が置かれていたという、鉄兜を伏せたようないかつい形の山である。山裾をマリキナ川に合流するまでのモンタルバン川が巡る。上流にワワダムがあり、さらにその向こうに広がる山地の深まりのどこかに天神谷とラコタン山があるはずだった。

填らなければ、見えてこないものもある。

雨雲に霞《かす》んでいく芙蓉山を遠望しながら、昭二は呟いてみた。


午後二時過ぎにモンタルバンに入った。

町の入口近くのガソリンスタンドでまず老体のブルーバードの腹を満たしてやり、乗員の方も近所のサリサリストア（何でも屋）で簡単な昼食を摂《と》った。後の行程を考えてか、さすがにペドロもビールは注文せず、昭二のマンゴージュースに付き合ってくれた。

頭の回転と身動きは相変わらず素速《すばや》かった。スタンドでもサリサリストアでも、地元住民らしい何人かに声を掛け、ワワから先への道筋を油断なく探っていた。本来なら最も有効な当たり先である警察や役所の出先を敬遠することでは、二人の間に暗黙の了解ができている。この辺りの対日感情があまり芳しくない事情は、以前に米倉からも聞いていた。となれば、親日姿勢を公然化して活動した元ガナップやマカピリに関する記憶や関心も、懐かしいものであるはずはない。そんな町や村里で、老齢の身障者とはいえ元日本帝国陸軍将校の消息を聞き回ることの不穏さは容易に想像できた。

地図の類いも、旅行案内用や昭一兄から借りてきた戦中の軍用地図の写しなど数種持ってはいた。だが、いずれも古かったり、地名の表示が不統一、あるいは、縮尺不足だったりして、頼りにならなかった。まして、「事情があって動けぬ」当人が自ら居所や連絡先を陽炎《かげろう》の迷路の奥に隠し込んでいてはなおさらだった。

「かなり厄介な山ん中らしいな」

車を出すなり、ペドロが言った。

「今は止んでるが、次に降り出して、その上暗くなったら、この車では山道は走れねえ。谷に落っこちて、ジ・エンド。それでも構わなければ乗っけて行くが、どうする」

この車の凄まじさは先刻体験済み。ペドロに訊ねられるまでもなかった。

「ここは君らの国土、君の判断に任せるよ。で、どこに連れて行くつもりだい」

「青二才の外交官みたいな物言いだな。よろしい。近くて行きやすいのはワワだが、あそこはお前も一度行っている。それで今日は、逆方向から、つまりラコタン、バラバック山の南谷の方からワワに向かって下ってみよう。テンジンバレーについては、誰もその名さえ知らぬ。もともと糞ったれ日本軍の付けた地名だしな。行き先はそうだが、それも通れる車道が続いていればの話だ。雨が強くなったら、文句なしに引き返す。俺もまだ死にたくはないからな」

相棒には珍しく慎重な台詞《せりふ》だった。昭二にとっては結構なことだが、ついからかってみたくもなる。以前に聞かされたペドロの名言を、思い出したからでもある。

「今日はやけに賢明だな。昨晩のお祈りが効いたのかい」

ドライバーはふんと鼻を鳴らしただけで、車を一揺れさせて加速した。

十キロも走らぬうちに簡易舗装二車線は砂利敷き一車線に変わり、「レメディオス」のバリオ（村落）標識のある山間の小村に着いたのは、モンタルバンを出て、およそ三十分後だった。

ペドロが聞き出してきたように、その村からラコタン山と呼ばれる小高い山が目近《めぢか》によく見える。どちらを向いても山尽くしの中で、その山も周辺の山々と同様に、麓から山頂まで所々に松林を交えた熱帯性照葉樹林に分厚く覆われていた。大した標高ではないが、山頂近くの傾斜は険しそうで、車道はもとより徒歩での登山路も拓《ひら》けていそうにない。

昭一兄が私的にまとめた臨時歩兵第五中隊戦歴メモの要旨を、昭二はすでに暗記している。それによれば、昭和二十年四～五月、マリキナ東方台地の主要陣地のすべてを失った小林兵団の残存部隊は山地の奥へ奥へと後退を重ね、六月下旬には最終拠点となるラコタン山周辺に潜伏する。以来、ノバリチェス方面への糧秣斬り込みという名目の食料収奪を繰り返しながら細々《ほそぼそ》と自活し、終戦からひと月近く経った九月八日、残存者二十一名が同山麓で米軍に投降したという。

公報による父柏木大一の死亡期日は七月五日。死因も情況もわからず、遺骨、遺物の一片とてなく、ながく行方不明として処理された上での戦死だが、この期日が確かなら、父の死地はまさしくここラコタン山付近となる。残存兵の投降地は、このレメディオス村の一隅だったかもしれない。しかし、そうであったにせよ、その頃すでに父の遺骸は、ほど近い谷間の岩陰か、密林の巨樹の根方か、野獣の古巣の洞窟の岩床で、ひっそりと溶けているはずだった。

存分に雨期の水分を吸って黒々と脹《ふく》らんだラコタン山が眼前にそびえている。村の中を目立たぬように移動しながら所々で下車し、無愛想な山と谷を観察する。気を鎮め、気を凝らして、山地から放射されるはずの何かを感受しようとする。父の死地がここならば、肉が溶け、骨の散らばった窪みが近くにあるのなら、何かが動くはず。だが、動かない。樹々《きぎ》の梢《こずえ》も揺れず、震えず、飛ぶ鳥の影も横切らず、鳴き声も湧いてこない。どこから眺めても、耳を澄ませても、湿りを増した緩い風以外に寄せてくるものが何もない。か細い不吉な吐息の気配さえない。父の最期の地はここではないのではないか、そんな気が兆した。

自身の居場所を兄の戦場と死地に重ね焼きにして暗示するつもりなら、「モンタルバン」がそうであるのなら、大二叔父はもう一枚、さらに有効なカードを発信しているはず。それが届いていない。いや、昭二が読みとっていないだけなのか。このままでは、父の死地も叔父の行方も不明のままに終わってしまう。

急にあたりが黒ずんだ。山地に向けた顔に、最初の雨滴が当たった。何かが動くのか、改めて、眼と気を凝らす。

しかし、雨滴の数は増えても、山と谷に向けられた受信盤は微動もせず、鉄兜を伏せたような山はひたすら無愛想に立っている。ふと、モンタルバンの町に入る前に車窓から遠望したほぼ同形の山が浮かんだ。ひと月以前には麓を巡り、ウグイスに似た小鳥の囀《さえず》りを聞き、重ねて遠雷のような砲声の幻聴に驚かされた、傷んだ鉄兜の形をした山。昭和二十年三月下旬、連日の米軍の猛爆撃、猛砲撃で草木から表土まで焼き尽くされ、山形が一変したと語られた戦場の山。無惨な敗戦であれ、小林兵団、臨時歩兵第五中隊、そして父個人のおそらく最初にして最後の戦場らしい戦場。芙蓉山。小さな電撃が走った。


「降り出したな」

すぐ近くで、ペドロの声。

「さあ、引き返そうぜ。兄弟。ここから先は、降らなくても、暗くなくても、このオンボロでは走れない。次にはもうちいっとましな機械を用意してこようぜ」

そう言うと、昭二の返事も聞かずにペドロは車へ引き返した。

すぐに、本降りになった。

滝の中をくぐっているように、前方も左右も、ほとんど見えない。床の破れ目からは、絶え間なくしぶきが吹き上げてくる。それでも、ペドロは平然とハンドルを握り、アクセルを踏み続ける。だが、煙草は銜えず、無駄口も控え、何となく大人《おとな》しく、用心深い。

滝の中の走行への恐怖を紛らすためにも、先程と同じ質問をしたくなった。

「何だが、急に大人になったみたいだな。何が、あったんだい」

「アデラの腹に、ベビーが出来た。昨日の夜、お前が帰ってから、初めて知った。今日だけは、無事に早く帰ってやらんとな」

腹違いの双子の相棒は、ぶすりと、しかし照れ臭げにそう答えた。

三

今日一日は、マニラ市中にいるつもりだった。

一昨日《おととい》空港に着いたその足でペドロの身柄受け出しにパサイ警察署に寄り、午後は一件の顚末《てんまつ》の報告を受け、夕方にはペドロ宅への家庭訪問。昨日は朝からマガンダン社に出向き、モンタルバンを目指す情報を入手。午後はペドロの調達した車で現地へ。雨の合間を縫って奥地のラコタン山麓まで入った。夜に宿舎のホテルに帰り着いた時には、さすがに草臥《くたび》れていた。タフなペドロも同じだろう。出所翌日のボロ車での長時間の雨中ドライブ。加えて、身体《からだ》の不自由な妻の懐妊。一日くらいゆっくりさせてやらねばならない。

出社早々、電話があった。本人からではなくマニラホテルの事務所からで、今日午前中の便で着くので、午後早い折にホテルで会いたいとの関元氏の伝言だった。「伺います」と答えながら、昭二の体内警報が反応した。会見の場所も最初の面接場所、つまりペドロ事件の震源地。緊張と同時に武者震いめいた気の高ぶりがあった。

まだ十日と経っていない一別以来の再会の挨拶も手短に、初会時と同じ一階奥のカフェの、それも同じ席に着くと、関元氏は昭二の顔にぴたりと視線を据えた。借り切ってあるのか、薄暗くした室内には、入口近くに控える年配のウエイターのほかに人気はない。テーブルにはすでに熱いコーヒーのセッティングがしてあった。

「毎度のことで恐縮ですが、あまり時間がありません。お互い端的に話しましょう」

相変わらず渋い精悍の気を沈ませた顔付きと声音だが、恐縮の色は微塵もない。

「まず、先日このホテルの近くで起こったつまらぬ騒動は依頼した調査機関に当方の意図が十分に理解されていなかった不手際が原因のようです。そのことについては心からお詫びします。貴君にも、それから当方の調査員に暴行を働いてパサイ署に連行されたと聞く青年にも、相応の慰謝はさせていただくつもりです」

一度は低頭して再び上げ戻された表情にも変わりなかった。余りに都合のよい物言いに唖然《あぜん》としたが、やはり憤りの方が強かった。

「慰謝の方は辞退しますが、私の身辺調査をされる理由はお聞かせ願います。私共の柏木大二捜しの協力関係は、貴方《あなた》の方からのお申し出だったはずですが」

舐めるなよとの思いが腹の中でたぎり、昭二は口調の尖りを抑えることができない。

「私共、主に海外で仕事をしている者の因果な癖とでもお考えいただきたい。外国人、同国人を問わず、仕事相手のほとんどは初対面、どのような事業提携であれ、協力や依頼関係の遣《や》り取りであれ、相手方の裏も表もよく知るにこしたことはありません。時に姑息、隠微、強引な方法であっても、それが関係の存続、深浅、強弱のニュアンスを決定するのに必要なリサーチです。その習い性となった悪癖がつい働いたわけですが、今回は見事にというか無様に失敗しました。それにしても、あの野蛮な粗暴犯は何者です。貴君の知り人とも思えないが」

「こちらで知り合った大切な友人です。それに事件の一方の当事者ではあるが、一方的な犯人ではない」

言葉を返しながら、関元氏の対応がいよいよ腹に据えかねてきた。相手が端的にというのであれば、こちらも相応に構える外はない。多忙を口実に逃げられる前に、確かめなければならない事がいくつもあった。

「関元さんはそもそもなぜ、私の叔父の消息に関心がおありなのですか」

昭二は、相手の余裕の色を浮かべた両眼を真っ直ぐに見返して訊《たず》ねた。

「少し面倒な話になるが、お話ししよう。先日霞が関の事務所でお会いした時、七、八年以前に同じ霞が関の某代議士主催の会合や宴席で何度か柏木元大尉にお目にかかった事は話しましたね。それから半年ばかり経って、元大尉はこのマニラへ来られた。私の郷里、学校、役所それぞれの場での先輩であり、戦後補償問題推進の中心人物であった例の代議士先生の、私宛てに密封された私信を持参されていた。内容は、『この柏木氏はフィリピンの或る親日グループへの戦後補償実現に苦慮しておられるので、相談に乗り、協力してあげてくれ。ただし、対人補償は一切せず対物補償に限る我が国の補償原則では、公然化できる事柄ではない。で、そちらの国情に通じたお主に万事頼む』といった、何とも厄介なご依頼だった」

関元氏が一息ついた機を逃さず訊ねる。

「そのグループというのは、ガナップやマカピリのことですね」

関元氏の眼が光った。

「どうして知っておられる」

「叔父の元戦友の奥さんの思い出話。それに、貴方が先程おっしゃった粗暴犯に教わりました」

ささやかな竹篦《しっぺ》返《がえ》しのつもりだったが、相手は露骨に苦い顔をつくった。しかし、回復も素早かった。

「それで困った私は、公然化できない分野に通じた或る人物を大尉に引き合わせた。誰だかおわかりですね」

わかった。だが、その名は直接相手に言わせねばならない。黙って首を横に振った。

「ミスター・リュウ・オザサ。国籍不明の貿易商にして、国家レベルのキック・バック取引の仕掛け人であり仲介者」

「パシグ川に浮いていた人物ですね。前回のお話では、その事以外は触れられませんでしたが」

皮肉を交えたはずだが、したたかな相手は、もう動じなかった。

「情報の交換では小出しが鉄則。貴君がガナップを出されたので、そのお返しにオザサの事を少々」

無性に腹が立った。隠しようもない反撥の棘がざわめき立つのを押さえきれない。

「無知浅学の若造には有難い御教示です。できましたら、もう少しわかりやすい具体的な御教示を」

相手の不快を煽るのは承知の上で、言葉を継いだ。

「叔父が元ガナップやマカピリ兵士への義援を思い立ったのは、抗日ゲリラとの戦闘で瀕死の重傷を負った折に助けられた恩義に報いるための個人的な意思表示と考えていました。ところが、お話によれば、舞台が霞ヶ関あたりまで広がってきますと、それだけではないような気がします。当時の情況の渦中にいらっしゃった貴方のこと、何か御心当りはございませんでしょうか」

「たとえば、どんな」

人当りの好い有能な元外交官に似合わぬぶすりとした口調が返ってきた。

「具体的な根拠も乏しく、説明もできかねる私の勝手な想像ですが、当時の軍部や外交政策推進の失態や責任にもかかわるような問題です」

思い切って、口に出した。

「残念ですが、それは根拠のない想像でさえなく、貴君のひとりよがりの妄想にすぎませんね。それに、当時の私は、大使館員とはいえ、駆け出しのペイペイでした。一度お話したように、大統領府と大使館と軍司令部の間を不通になった電話代りに走り回っていたに過ぎません。上層部の思わくや深層の動きなど感知しようもない」

関元氏が同じ言い回しを用いるのは珍らしい。その辺の情報漏洩に掛けられた要心の堅固さがうかがえた。この雰囲気では、高雄の陸軍病院での大二叔父との出会い周辺の事情、また叔父の突然の上京や外見の変身ぶりと霞ヶ関人脈との関係などについての寸話を引き出すのさえ無理だろう。関元氏と大二叔父との台湾での遭遇時期が、ラウレル大統領一行の日本への亡命途上での台湾滞在期間との重なりや戦後の両人のどこか不透明なかかわり方を考え合わせると、関元氏が口にする程度の偶然の重なりだったとはとうてい思えない。あるいは、子供の昭二が、芋飴をしゃぶりながら耳にした、大二叔父の長距離電話先もこの関元氏ではなかったのか。また、上京後の叔父の暮らし向きを支えた金主も、某代議士とその周辺の人脈への繋がりをつけたのも、マニラ以前に叔父とオザサを結びつけたのも……。初老の温顔に微苦笑を浮かべた表情を正視したまま、昭二の脳裏に多様な悪夢の断片にも似た寸景が点滅する。

危険信号も鳴っていた。もし、明子さんが小耳にはさんだ叔父の口論相手のチリソビレの夜の客が関元氏本人か彼の息のかかった者だったとすれば、昭二と関元氏共々に危険なカードを交わし合っていることになる。

数呼吸分互いに黙り合った後、関元氏が口を開いた。棘の気配を収めたしっかりした口調と眼《まな》差《ざし》だった。

「想像であれ妄想であれ、御父上を亡くし、叔父上の安否に悩んでおられる貴君のそのような思いを頭ごなしに間違っているとは申しません。いずれにせよ日本は負けました。完膚なきまでの敗戦でした。この国のほとんど全土を戦場にして、壊し尽くしてのです。しかも、何よりこの戦域での日本人およそ五十万人の死者の二倍強の百万をこえる住民の命を奪ってです。敗戦国とはいえここの国土と国民に対して責任がないなどとは逆立ちしても言えることではありません。日本の軍部、政府、外交、経済すべての面で重大な責任があり、それに謙虚に対応しなければならないのは当然です。その最も苛烈な時期をこの現場で過ごした私です。その事は人一倍身にしみています。しかし、それをいま貴君と議論する時間はありません。ただ、このことだけは御承知置き下さい。そんな実体験があればこそ、戦後の日本とこの国との間の賠償補償問題の解決と推進はもちろん、柏木大尉の御志実現に関しても出来うる限りの協力をさせていただいてきました」

眼差と口調に、沈着な圧力が戻っていた。嘘ではなかろう。この人物はこの人なりの考えと遣り方で尽力したのに違いない。問題は、「この人なり」の部分だが、堅いバリヤーの張られているらしいその領域にいま踏み込む自信も勝算もなかった。浅学無知の若造は、その若造なりの遣り方を進めるほかにない。相手がそうであるように、こちらも先を急がねばならなかった。

「それで、その後の叔父の動きは。オザサ氏の協力を得て元ガナップやマカピリ兵士への援助体制は整ったのですか」

「それが、叔父上の御期待どおりには進まなかったらしい。以後、叔父上やオザサ氏とはわずかに四、五度、それも擦れ違いの立ち話程度にしかお会いしていないが、漏れ聞いたところでは、オザサが進める隠れ補償金捻出工作も、叔父上が旧知を頼って進められていた、元親日義勇軍兵士たちの掘り起こしもスムーズには運ばなかったらしい。戦後も過ぎること四半世紀近く、公式の場での講和も結ばれ、戦後補償も段々に進められているとはいえ、フィリピン国家と大多数の国民にとって、彼等は公然とした通敵者、いわゆる人民の敵だったのですからね。ことに、出身者の多い中部ルソンの町村部では、彼ら及び彼らの遺族や一族に対する憎悪と偏見は現在でも我々の想像を絶するほどに深い」

関元氏は言葉を切り、しっかりした動作で、時刻を確かめた。

「そうしておよそ一年半が経過し、オザサがパシグに浮いた。前後して、柏木大尉の姿も消息もこの首都圏界隈から消えてしまったというわけです」

「叔父は亡くなったのでしょうか」

思わず口に出した昭二を、油断のない視線が射た。

「私がいつそんな事を言いました。叔父上とオザサを引き合わせたのは、この私。そのオザサが死に、一方の元大尉は姿を消した。何がどうなったのか、私には知る必要がある。それだけです」

関元氏はそう言うと、湯気の名残も消えうせたコーヒーカップに手を伸ばした。

三度目に腕時計をのぞいた関元氏が立ち上がろうとする機先を、昭二はとりあえず制した。

「もう二点だけ教えて下さい。オザサ氏が工面《くめん》中だった裏補償金の捻出先はどちらだったのか。叔父が掘り起こしていた元親日義勇軍関係者のお心当たりは」

不快というより、異様なほどに醒めた眼差が返ってきた。

「お気の毒だが、先程申し上げた以外には存じませんな。ただ、お二人の間で『フジ・オペレーション』とかの妙な単語が漏れたのを小耳に挟んだことがありましたがね」

「富士山のフジですか」

「まあ、そんなところでしょう。柏木さんは歴《れっき》とした旧帝国陸軍将校、オザサも残留日本兵の噂もあった人物。暗号だったならばお似合いと言えましょうな」

何かが閃いた。

「それでは、四、五日うちに、また」

そう言い残して先にカフェを出て行く関元氏を見送った後、柏木昭二は冷えきったコーヒーをゆっくりと味わった。

はじめて、関元氏の多忙に感謝した。その多忙さ故に、あの沈着賢明な実業人が、別れ際に心ならずも漏らした捨て台詞《ぜりふ》めいた一語。しかも好意からではなく、いくらかの悪意と揶揄《やゆ》を含めて吐かれた一語が、叔父の発した信号カードの一枚になろうとは。

「しっかりキャッチしたよ。叔父さん」

昭二は思わず呟いていた。閃きは衰えなかった。「フジ」のカードが閃く度に他の手持ちの札とつながり、響鳴し合った。

アリストクラート・レストランの駐車場に着くと、銀灰色のセダンに寄りかかったペドロが小さく手を振るのが見えた。中古だが、一昨日《おととい》の老い込み過ぎた青い鳥よりずっとましな車だった。しかも、驚いたことに、後部席に二人。アデラ夫人とマカピリ爺様が、恥ずかしげにちんまりと腰掛けている。

「モンタルバンへ行くと言うと、爺さんが若い頃にあの辺にいたことがあるんで自分も連れて行けと言う。そうなると繕い物の内職と爺さんの介護で滅多に外に出ない奥方もということになった。おそらく一世一代の一家ドライブ。お前の何やらやばそうな調査のカムフラージュくらいにはなると思って、我慢してくれ」

異存があろうはずがない。助手席に座って、昭二は無意識に床を見た。抜けた穴もなく、当然、コンクリートの路面も見えなかった。こちらにも異存はなかった。

「ところで、モンタルバンの何処へ行く」

ロハス大通りへ車を乗り出しながら、ペドロが訊ねた。

即座に答えた。

「ワワに行く途中にあるフヨウザン」

「そんな山があったっけ。日本名だよな」

ペドロはちょっと首を後方に捻ると、タガログ語の大声を投げた。咳払いに似た短い返答らしい声音が聞こえた。

「爺さんもわからんらしい。惚けてるしな。現地に近づけば何か思い出すかもしれんがね。それで何故、そこなんだ。一昨日のラコタン山と同じ結果になるんじゃないか」

「行けば、わかる」

「やけに自信があるな。ザンはマウントらしいが、フヨウって何だ」

さすがに腹違いの双児の兄弟、いい線を突いてくる。

「花の名だよ。知ってるかもしれんが、日本に富士山という国内最高峰の名山がある。このルソン島のレガスピからよく見えるマヨン火山とよく似た美しい形をした休火山で、日本のシンボルだ。芙蓉山《ふようざん》はその富士山の別名でもあるんだよ」

「山の形が似てるのか。花の様子がか」

「清らかで曇りのない優美な印象のアナロジーだと思う。秋になると日本では、淡紅色の比較的に大きな花があちこちで見られるが、ことに白い芙蓉の愛らしくもまた神々しい美しさは、言葉に尽くせないくらいだよ。ところが、そんな神秘的に優美な花が全部一日でしぼみ、日暮れにはほろりとあっけなく落ちる。究極の美と滅び、そう思わんか」

喋りながら自分の口調が妙に熱してくるのがわかる。

「そこんところが、お前さんら日本の武士や軍人好みに通じると言うんだろう。わかったよ。フヨウ山の命名の由来はな。わからんのは今日のお前ののぼせ様だ。頭から湯気が立ってる。何の迷いもなく行き先を指示し、そこでの成果を無条件に信じている。大丈夫か、兄弟。雨期の山中には妙な悪霊共が隠れてるっていうぜ。一昨日のラコタンで、そいつらの隠れ家に小便でも懸けたんじゃあるまいな」

条件は整っている、と昭二はひとりごちた。

昨日の午後マニラホテルの人気の失《う》せたカフェの片隅で、叔父からの形のない信号カードを読みふけった。その断片をつなぎ続けた。富士山と芙蓉山、白芙蓉と明子さんの白花への執着、一日でしぼんで落ちる清明な花の命とチリソビレの痛切で苛酷な因縁、そして、叔父にとっては兄の、昭二にとっては父のおそらく最後の戦場、モンタルバンの中なる芙蓉山。必ず、何かある。

「ところで、その山に登るのかい。車道はついてるんだろうな。フジやマヨンとは格が違うとしても、四、五百メートルはあるぞ」

ハンドルに掛けたままの左手の肘で昭二の右肘を突っついて、ペドロがぼやいた。

「山に登ることはないと思う」

顔を正面に向けたまま、昭二は淀みなく即答した。

おそらく最後に発信したと思われるカードにだけは形があった。そこに叔父は「事情があって、動けぬ」と明確に書いている。いつ、どこでかは判然としないが、古色の沈んだ航空便箋や万年筆による筆跡から、非常な環境や不自然な姿勢で書かれたものでないことがうかがえた。つまり、その昭二宛ての便りを書いた時点では、叔父は山中の大木の根方や谷間の岩陰にではなく、少なくとも屋根の下の、しかも机の代用になる平たい板ぐらいは使える場所にいたはず。とすれば、前回に慰霊巡拝グループに同行して歩いた、ワワから流れ下るモンタルバン川が芙蓉山の山裾を大きく迂回して流れる傾斜地に散らばったあの小さな集落あたりか。とにかく、そこへ行く。

　街のある台地を少し下った浅い谷で、東方山地から流れ下ったモンタルバン川がマリキナ川に合する。その合流点から二キロばかり山麓の砂利道を川沿いに走ると、山側の道路際に大きな採石場が姿を見せる。目指す集落は、主にその採石場で食を得ている人々の住居地区らしかった。ほとんどは草木の枝葉葺《ふ》き屋根に板壁囲いの小屋で、車も村人の姿も少なく、採石場や凹凸だらけの砂利道に似て、雨期の最中なのにどこかざらけた空気が漂っていた。

　昭二の指示に従って、ペドロは極端なのろのろ運転で、集落の中を抜けてくれた。気を引かれるものは、何もない。決して長くはない集落の中道を二度ゆっくり往復して、集落の上手の出口で、名残の一瞥を谷側に並んだ小屋に投げた。

　あった。

　他の誰でもない、柏木昭二だけに向けられた最終カードがそこに立っていた。

店先を道路に半分食《は》み出すようにして、屋台仕立てのサリサリストア（何でも屋）が建っていた。三段になった屋台の上に、マンゴー、バナナ、イチジクなどの果物、種々の野菜や根菜、ウグイやカムルチーなどの川魚類も並び、上の段の薄汚れたガラス棚の中には揚げ物や炒め物の盛り皿が置いてある。台の上だけではない。周りの板壁や竹柱には、羽毛をつけたままの鶏や野鳩、狸に似た獣まで吊《つ》り下げてある。この国の郊外の道路脇ならどこにも見られる光景だった。

昭二をひきつけるものは、店の内でなく外にあった。それも、片流れトタン葺《ぶ》きの屋根の上。しかも、小さく古びた小屋の屋根飾りにしては、不様なほどに大きくいかにも新しい。仕様は木彫彩色のようだが、白、黒、黄、紺、緑、褐色に朱も少々の七色を原色のままに用いた彩色は、像の大きさ共々異様な存在感を放っていた。そして、何よりその形姿《けいし》。ふつう風見に用いられる鶏でも鳩でも鳥でもない。紛れもなく、翼を広げて飛翔する猛禽、サルクイワシ。

車を飛び降りて、矯《た》めつ眇《すが》めつそれを確認すると、昭二は、店の奥へ声を掛けた。奥といっても表からせいぜい三メートル、惣菜の皿盛りを並べたガラス棚の陰に、ひどく痩せた老婆が腰を下ろしていた。昭二が英語で挨拶を述べるが、言葉は返ってこない。

ペドロが店内に半身を入れて昭二と並び、タガログ語で何か言った。すかさず昭二がペドロに通訳を頼む。

「あの大きな鳥の屋根飾りは、誰が作ったのか。いつからあそこに据えられているか」

ペドロが土地の言葉で訊ねる。

「自分の主人が作った。四ケ月前からあそこにある。売り物ではない。婆さんはそう言うとる」

「御主人にお会いしたいと頼んでくれ」

「主人はあれを屋根に上げてすぐ死んだ」

ペドロが英語でそう伝えた時、昭二は息が詰まった。大二叔父の死を直感した。老婆の語ったのが彼女の夫の死と理解しながら、同時にそれは叔父の死の通告に他ならなかった。一瞬の気死から覚めた後、名も知らぬ根菜の山を、ただ呆然と眺めていた。

「カシワギ」

病人の咳《しわぶ》きに似た低い擦れ声が漏れた。

「おい、婆さんがカシワギと言ってるぞ。お前のことじゃないか」

午前中もまだ早い時分のせいか他に客の出入りもなく、表の通りにも採石場関係らしいトラック以外に通過する車も少なかった。

「カシワギ」の声に深く頷き、丁重に辞儀を返した昭二に、婆様も驚き交じりの親愛のこもった眼差で応えた。自分が名指した者に違いないと納得したのだろう。次いで屋台の脇にある庭ともいえぬ狭い空き地へ二人を導いた。近所の人々や採石場で働く男たちが昼食を摂《と》ったり休んだりする場所でもあるのか、素朴なテーブルとベンチが置かれていた。三人が腰を下ろすと、空き地の隅に停《と》めた車から降りてきたアデラ夫人とマカ爺も一座に加わった。

構わないことにした。この人たちと繋がったおかげで、ここまで来れた。

婆様が語り始めた。ペドロには小刻みな通訳ではなく、一通り話が終わった後に、その大概を伝えてくれるよう頼んでおいた。竹の小枝を折るような婆様の口調に耳を傾けながら顔を上げると、薄雲のかかった空に舞い上がろうと羽を広げた猿喰鷲《さるくいわし》の勇姿があった。

大二叔父が最後にここに来たのは、五年前の今時分、やはり雨期に入ったばかりの明け方だった。濡れ鼠で泥まみれ、身体のあちこちから血を流し、半分折れた杖にすがり、その上に大荷物を背負って、この小屋の戸口に倒れ込んだ男が誰か、それまでに幾度も会っていた夫婦にもわからないほどだった。叔父は、マニラから車を乗り継いでモンタルバンの街に入り、そこからは人目を避《さ》けて徒歩でここへ辿り着いたと語り、余人には一切告げず、医者も薬も無用、四、五日眠らせてくれればいいと告げて、小屋の奥の板敷に横たわった。それから丸二日間眠りつづけ、三日目の昼頃目を覚ましたので、スープとバナナを与えたが、少し口に入れただけですぐ吐き戻し、むせ返った。それがようやく治ると自分の持ち込んだ荷物を開かせ、数時間を費やして何やら書き物を認《したた》め、中の荷を小分けした後に、あらためて夫婦を呼び、およそ三つの事を頼んだ。まず主人のムロスに木彫りの大鳥を作ること。できる限り生きているサルクイを写し、十分に満足できるものが完成したら、この小屋の近く、道から見えるところに飾ること。飾り終えたら、一通目の宛名書きの封書を目立たぬ方法で自分の日本の本家あてに送れ。最後は、二通目の書きつけは持ち込んだスーツケースと共に厳重に保管し、いずれ必ずここにやって来るカシワギショウジに直《じか》に手渡すこと。それだけを苦しげな息の下で言い置いて、再び眠りに落ちた。そして数時間後、夫婦が様子を窮った時には、叔父の姿は消えていた。自力で動ける容態ではなかった。驚いた夫婦は、すぐ下の川原、道筋に広がる草原や森の中、川の上流のワワダム近辺まで懸命に探し回った。しかし、遺体はもちろん、それらしい足跡も血痕も発見できなかった。仕方なくムロス氏は、瀕死の叔父の依頼に応えるべくサルクイ像制作を始めた。だが、以前知り合いの日本の兵隊から基本の基本を見習っただけの素人作業、なかなか満足できる作品は仕上がらない。そのうちムロス自身むかし患った重症のマラリアの再発を繰り返し、三年程はそれも中断。ようやくこれで何とかと頷ける大鳥像が出来上がり、苦心の彩色も鮮やかなサルクイ飛翔像を屋根に据えつけたのが、今年の二月。三月の初めには、叔父の目立つなとの注文どおりに、マニラで働いている若い甥に頼んで国際空港近くの有名な物産会社から、国産の土産と一緒に一通目の書きつけなどを送り終えた。しかし、それで肩の荷が下りて油断したのか、何度目かのマラリア再発。荷を送り終えた二週間後の三月末に、主人のムロスは急死した。

「今から三ケ月前だよな。婆さんの話の途中で二、三点確かめておいた。死んだムロス氏は元ガナップ。お前さんの負傷した叔父貴をマニラまで護送した一人らしい。それと、あのサルクイ細工の技は、その叔父貴の部下のツグオという兵隊から習ったとか。心当たりはあるかい」

ムロス夫人の語りを英語で話し終えたペドロが補足した。

「あるとも。ムロスにも、ツグオにも」

答えながら涙を堪えきれない。やはり、ムロスはイントラムロスなどではなかった。ガナともツグオともサルクイワシとも最も深く結びつく、表示されない最重要カードだった。そして皆、死んでしまった……

一度小屋に引っ込んで再び現れたムロス夫人が、大ぶりの紙封筒を差し出した。受け取って、油紙で幾重にも包まれた封書を開く。熊本で手にした同じ航空便箋、同じ万年筆の筆跡。

——よく来たな、昭二坊。我が唯一無二の同根の同志……。

涙で字が滲む。涙のせいばかりではない。

「済まんが、後はひとりで読ませてくれ」

ペドロもムロス夫人も、黙って頷いた。

——今がいつかは知らぬ。が、今貴君がこれを読んでおるという事は、芙蓉山の西麓、モンタルバン川の曲瀬《くせ》の崖っ縁にあるムロスの小屋にともかく辿り着いたということだな。さぞ苦労したろう。迷惑至極の叔父を持った不運を嘆きもしたろう。とにかく、よく来てくれた。傍《そば》にムロスか細君がいるか。戦中、戦後を通じて、一方ならぬ世話をかけてしまった夫妻だが、主人のムロスは同じ時期に悪性のマラリアに取り憑かれた同病の友でもある。互いに高熱で子種を焼き切ったらしく子もできず、戦後も厄介な闘病のくり返し。息災なら嬉しい。ただいま、貴君の目前にあるのが彼の生存と律気《りちぎ》の成果だ。そして、何よりの成果は、貴君がそれを探し当てた現実だ。

憶《おぼ》えてるか。昭二坊よ。君の小学校入学早々に行われた君の父上、俺にとっては兄上の納骨法要の日を。常題目の墓地へ行く道中で、俺は君に約束した。君が大きくなったら、フィリピンへ連れていく。父上に似た野生の猿喰鷲を見せてやる、と。その約束だけはきっと叶えてやろうと己に誓って今日まで生きてきた。しかし、死に損ないを重ねた俺も今度はどうやら駄目らしい。そこで、あれを、俺の不調法な生涯の終点の形代《かたしろ》として、同時に叶えてやれぬままに終わる約束の詫び代とすることにした。勘弁してくれ、昭二坊……


外は暗い。とりどりの街の灯に彩られた窓の暗いキャンバスに、自分の顔が映っている。しかし、いまの柏木昭二ではなく、二十年以前、小学校一年坊主の泣きべそ面。その上方にこちらは何時見ても変わらぬもう一人の仏頂面。繋いでいる手も歩いている五本の足も見えないが、二つの顔はわずかに上下左右に揺れている。ただでさえ輪郭の甘いその像が、窓の向こうの闇と灯に滲み、溶ける。二十年が一直線に走り寄る。

「憶えてるよ。大二叔父さん。鳶《とび》の飛んでた空も、運動会で転んだことも、箸袋を裂いた紙を焼いたあの夜のことも、その他のこともみんな」

思わず声に出して呟きながら涙が堰を切った。宿舎のホテルの一人部屋。誰に遠慮することもなかった。すでに三度目の読み返し途中の書簡を机上に置く。代わりに米倉支社長が陣中見舞いにと置いていったスコッチの封を切り、コップに注ぐ。部屋に冷蔵庫はないので、氷の用意はない。洗面所の水は飲めたものではない。生《き》のまま一口飲んで激しく咽《む》せる。

大二叔父が死んだ。

ムロス氏の大鳥像を実見し、夫人の具体的な見聞に基づいた話をきき、さらにこれまでマニラ界隈で入手した皆無に等しい生存情報を考え合わせると、叔父の死は疑問の余地がない。遺体こそ発見できないが、遺書としか読めない書き置きが、ここにある。そして、瀕死の叔父が人目を忍んで運び込んだあの荷物。まだ細かく確かめてはいないが、おそらく小分けして厳重に梱包されたクリーブランド紙幣。いかに信頼できる同志の所とはいえ、置き去りにできる代物ではない。

夫人の案内で、ムロス氏のお墓詣りをした。街道から四、五十メートル山手に入ったバナナ林の一隅に、簡素な木製の十字架が二基並んでいた。どちらともまだ新しく、表記がない。昭二の思いは瞬時に、一家《はじめ》の仏壇に飛んだ。「釈木心」の隣に据えられた白木の遺牌《いはい》。向かって右側の、野の花が供えてある方の十字架の前に夫人が跪《ひざまず》いた。短い祈りの聖句が漏れた後、一息継いで、墓の主に語りかける口調でのタガログ語が加えられた。昭二の来訪が告げられているのに違いない。

夫人に続いて昭二たち各々の参拝。殿《しんがり》をつとめるマカ爺が不思議な姿勢をとった。十字架の前に踵《かかと》を合わせて直立し、開いた右掌《みぎて》を額の脇にかざした。痛ましいくらいに整わない動作だったが、明らかに旧日本軍人の敬礼の形だった。ガナップとマカピリ、組織、部隊の名は異なりながら共に必敗の日本軍に味方して戦った義勇兵集団。惚けの巣食った耳で周囲の会話の流れを漂いながら、マカ爺は正確に理解していたのだ。敗戦と戦後の不遇を共有したかつての戦友に、マカ爺は決して親密に遇してくれたとは言い難い異国の礼法で別れを告げていた。マカ爺が後ろに下がるのを待って、昭二は訊ねた。訊ねずにいられなかった。

「こちらは、何方《どなた》のお墓ですか。同じ時期に建てられたようですが」

すぐにペドロが通訳し、夫人が答えた。山岳民族の出らしい老いた浅黒い皺面《しわづら》に、どこか恥じらうような若やぎが一瞬兆したようだった。

「わたしのです。主人はカシワギ隊長の屋根飾りを作り終えてすぐ、残った材を用いてこの二つの十字架を仕上げて、言いました。お前の分も作っといた。早く来いというのではないが、並んで入る場所が決まっていればお互い安心だしな、と」

英語に直しながら、ペドロの目が湿っているのに気付く。視線を下げると、何とペドロとアデラが手を繋いでいた。あたり一面に暖かい潮が差してくる気配があった。一《はじめ》夫妻といい、ムロス夫妻といい、不機嫌な青鬼のような大二叔父の周りに、こんなにも心優しい人々がおられた。同時に、確信できた。あの猿喰鷲こそ、紛れもない叔父の墓標であることを。

――病気といえば、熊本の実家に復員して以来の俺は「チリソビレ」という名の病人だったのかもしれない。父上、母上、義姉上《あね》、そして昭一君の顔を正視した記憶がない。顔を向けていても、見ていなかった。見ることができなかった。中でも殊に、ほとんど年齢の変わらぬ義姉上に対しては。優しくして下されば下さるほど、そうだった。死んでしかるべき職業軍人のはずが傷病者として生き残った未練な復員士官。生死の事は天命として、俺は逆立ちしても兄貴には代われない。兄程の器量も才覚もなく、両親や家族の面倒もみれないばかりか、幼いお前たち兄弟の守り役も満足につとまらぬ余計者。それがわかっていながら、父母も義姉上もお優しい。毎日が、針の蓆《むしろ》か焼けたフライパンの上に座っているような気分だった。俺がいることで、家の中の空気も錆《さび》ついていくように思えた。家を、郷里を出ねばならぬ。誰がどこからどう見ても、出て行って当然という形をつくって出奔せねばならぬ。そこで、後に公会堂事件などと称される見苦しい騒ぎを起こして、誰にも告げず上京した。

為《な》すべき事も伝《つて》も全くなかったわけではない。まずは陸士同期の盟友大伴の遺族を訪ねた。大伴が中支戦線で戦死したことは聞いていた。中野・千光前の一部焼け残った邸宅で年老いた旧知の御両親と妹の明子に会った。大伴行人とは互いに違った外地への出征直前に盟約を交わしていた。生き残った方が死んだ友にとって大切な幼い者の面倒を見る。大伴が歳の離れた唯一の妹を名指したのは当然だったが、妻子はもちろん妹も弟もいない俺は困った。両親と義姉とその一人息子昭一には頼り甲斐抜群の大一兄がいる。それで、神憑《かみがか》りとしか思えぬ直感のひらめきで、昭二の名をあげた。もちろん名実共に貴君はこの世に存在していない昭和十六年秋のことだ。名の方は、兄と俺の命名の前例に倣って、するりと口をついて出た。復員して現存する三歳児の柏木昭二に対面した時は、雷の直撃を浴びる以上の衝撃だったぞ……

この伝奇物語めいた叙述をどう受け取ればよいか。何度も生唾をのむ。唾だけでは収まらぬ。生のスコッチの援軍が必要だった。

——一昨年になるか、心身共に不様な容態でこの地獄島を再訪した目的は二つある。一つは、兄上の最期の地を確かめる。兄上ほどの勇士が行方不明のままでは浮かばれぬ。そして、いずれ真正の死地へ貴君らを先導するのが、せめてもの俺の務めだ。手に入る限りの資料、情報は掻《か》き集めた。所属部隊の戦歴や敗走ルートから考えて、モンタルバンは問題ない。が、その中の何処かを定める根拠がない。幸いこの土地の出だったムロスが親身に尽力してくれたが、それでも特定できぬまま、今日に到った……。

さて、眼が霞《かす》む。ペンが滑る。脇腹の出血が止まらぬ。急がねばならぬな……。

一昨夜だったと思う。チャイナタウンの外れで、オザサという通り名の中国商人が死んだ。戦時には日米中間のトリプルスパイだったとの噂もある多国籍人で、いつ、どこで、誰に殺されてもおかしくない悪党だ。その男が、俺のこの国再訪の二つ目の主要目的だった対G義援金工作に潜り込み、その基金をくすねようとして殺された。脇腹の銃創はその抗争で受けた傷だ。体内に弾を入れるのは三度目。三度目の何とやらの諺《ことわざ》もある。あんな悪党との道連れは御免だが、散りそびれに似合ったくたばり様かもしれぬ。であっても、この小屋で死ぬわけにはいかぬ。先に書いた便りとこの書き付けを他の荷と共にムロスに預け面倒な後事を託したら、秘《ひそ》かにここを這い出る。その余力だけは残してある。

ほど近い谷の崖地に人一人が横になってしか入れぬ極細の横穴が複数口を開けているのを何度か夢に見た。そこへ行く。先の住人である兄上がきっと導いてくれる。以前から予兆があった。兄者の死地は必ずや芙蓉山の麓、モンタルバン川大曲《おおくせ》瀬の谷。記録も伝聞も物証もなくても、俺は秘かにそう思い定めていた。なぜならそこに近づく度に、哨煙が濃く漂い、砲声が鳴り渡る。佩刀《はいとう》備前則光の焼き刃の匂いもかすかに残る。その最後の戦場こそ兄者の無念の魂魄《こんぱく》の宿営地。であれば、この不肖の弟もその片隅に横たわり、御英霊の鎮墓獣の一頭ともならん。

そして、いつか、昭二よ、貴君がここへ来る。いや、間違いなく今日、すでにここへ来た。我ら兄弟の墓域に入り、墓前に立った。我らは、そのお前の成長した姿をしっかりと見定めた。天晴れ、泣き虫昭二殿、そして、有難う……。

また字が滲んだ。いよいよ読み辛くなっていく用語、文脈、文字の乱れのせいだけではない。大二叔父の末期の息づかいに応えるように昭二の涙腺が脈打つ。

追而《おって》があった。

――例によって、頼みが二件。ムロスに預けるケースの中身を、同封別紙記載の名簿に従って均等に分配してほしい。本来ならもっと多数の名簿を作り、もっと多額の義援金を準備したかったが、己の時間、力量、才覚の不足を恥じるのみ。それでも二百人余、遠方にいる者も少なくなく、コレヒドール陥落時に、我が軍の某機関の手で秘かにマニラの軍司令部に運ばれたらしい米の旧高額ドル札の両替など厄介至極の難事だが、細かい事はムロスと名簿の頭に並んだ三人の元Gに相談して進めてほしい。分配に当たっては細心に、内密に、また決して金の出所や俺の名をあげてはならぬ。それから、親族や余程気心の通じた者以外に、俺が死んだ事を漏らしてはならぬ。ことに旧軍人、この国の邦人社会の連中、政治、外交、通商にかかわる者たちの耳に入れてはならぬぞ。何としても行方不明、音信不通を押し通す。つまりこの死に損ないの老傷病兵がこの国のどこかでまだ息をしている。それが君や元Gの面々の安全保障に繋がると思ってくれ……。

さて、極めつきの最後だ。明子に、万感をこめて一言、相済まぬ、と。そして、昭二君。これも万感をこめて、奥の常連席を君に贈る。快く受けてくれれば、それを力に杖なしで三途《さんず》の川辺に辿り着けるだろう……

一昨夜おそく、宿舎のホテルから国際電話を入れた。幸いに閉店時間を過ぎていて「ル・チリソビレ」に客はいないようだった。

「ショウジです」と切り出したものの、続く言葉が出ない。不自然な重い沈黙の後、明子さんの声が遠い木霊めいて伝わってくる。

「お亡くなりなさったのですね」

「はい、五年前に」

再び、互いの呼吸を数え合う長い沈黙。窓の外では、雨期の夜の激しい走り雨。

「貴方《あなた》は、何日《いっ》お帰りになりますの」

重苦しい沈黙とまったく取り乱すところのない平静な口調の対応が、かえって悲痛で無気味だった。

「明後日《あさって》の夕方にそちらに伺います。よろしいでしょうか」

「はい、お待ちしております」

それだけの会話だった。


馴染みのはずの『臨時休店、御免くださいませ』の報知板の掛けられた扉を開けようとして、一瞬躊躇する。

五年前の叔父の死を明子さんにどう報告すればよいのか。暗渠《あんきょ》の中を這い進むような内容の書き置きを、そのまま読ませるわけにはいかぬ。明子さんに直に伝えるべき叔父の遺言はただ一言。「万感をこめて一言。相済まぬ」。あんまりじゃないか、叔父貴。つい泣き言が漏れそうになるのを呑み込んで、扉を開けた。

白光にまず目が眩《くら》み、次いで気を奪われた。天井を除いて、床やテーブル、バーの上はもちろん、壁や棚、鉢や瓶、壺にどれも白い花が活《い》けられ、盛られ、掛けられ、差され、展《ひろ》げられていた。花は皆、白い彼岸花。天井灯が照らし出すその白い沼の中に、清楚《せいそ》にきりりと髪を結い上げた喪服の明子さんが立っていた。悲嘆の淵瀬《ふちせ》を渡り切った直後のように背筋が伸び、涙の跡も見られない。

床の上にも撒かれた白花尽くしに注意して近づく昭二を深々とした辞儀で、明子さんが出迎えた。

「お帰りなさいませ。御無事のお帰りで何よりです」

慌てて昭二も礼を返す。

「先ず貴女《あなた》にお詫びしなければなりません。先日ここを出る時、今度は必ず大二叔父捜しの成果をとお約束しておきながら、それが果たせないばかりか、五年も以前の訃報を運んでくるとは……」

皆まで言わせず、明子さんは首を小さく振った後、真っ直ぐに昭二を見上げた。

「よろしいのです。私はもう女学生の小娘ではありません。辛くても、あのお方の御他界をずい分以前から感じておりました。白いお花を活け続けてきたのも、一昨夜のお電話に取り乱すことがなかったのも、その予感といいますか覚悟があったからなのでしょう。ですから、昭二様がお謝りなさることではございません。また、あのお方が何処でどのようにして亡くなられたのかを、唯今お話しになる事もございません。その代わり、お願いがございます。いつか私を彼《か》の国へ連れて行って下さい。あの方のお心とお体を損ない、終《しま》いにお骨を埋めることになった御宿縁の戦《いくさ》の島へ。そして、その時に、あの方の御死去に至る長くて辛い物語を心行くまでお聴かせ下さいませ。今夜は、あのお方を偲《しの》ぶ私と貴男《あなた》だけの白華法会《びゃっかほうえ》。この時期にこれだけの白い彼岸花を集めるのは、大変でしたのよ」

そう言うと、明子さんはカウンター席へ昭二を誘った。他は皆白い花に埋もれているのに、奥の二席だけが空いていた。一番奥の大二叔父の定席に大花瓶はなく、高椅子に藍布《らんぷ》も掛けられていない。

明子さんの白い指先が、典雅にしかし凛然《りんぜん》と、その高椅子を昭二に勧めていた。

（了）

＊本書は、「熊本日々新聞」夕刊に二〇一一年八月二十七日から翌年十月二十八日まで、五十回にわたり連載された小説である。本作品は歴史的事実を背景としているが、フィクションである。

島田真祐（しまだ　しんすけ）

1940年熊本市生まれ。早稲田大学大学院日本文学研究科修了。島田美術館長。著書に「身は修羅の野に」（葦書房）、「二天の影」（講談社）、「幻炎」（弦書房）がある。同市在住。

モンタルバン

二〇一四年二月二十日初版第一刷発行

著　者　島田真祐
発行者　福元満治
発行所　石風社
福岡市中央区渡辺通二―三―二十四
電　話　〇九二（七一四）四八三八
ＦＡＸ　〇九二（七二五）三四四〇

印　刷　正光印刷株式会社
製　本　篠原製本株式会社